沒有名字的人

失落之城

NO NAME

THE DISAPPEARED TOWN

作——FOXFOXBEE

目錄

第一章　脫困

過了也許一分鐘，也許更久，我嘗試著動了動手臂。

胸口一陣壓痛，但好像還可以忍受——我伸手摸了摸自己，沒有槍傷，也沒有血。

地上溼答答一片，一股濃烈的尿騷味衝進鼻子裡，我甚至能想像出前一晚從酒吧出來的墨西哥人對著牆邊小便的情景。

尿味很快被血腥味蓋了過去，我面前趴著剛才的黑西裝男人，他背後中了兩槍。後面走過來一個小個子，毫不客氣地在黑西裝屍體上吐了一口唾沫，他收起了手裡的槍，示意我們跟他走。

小個子在夜色中的玻璃眼球閃著沒有溫度的光，他燒毀的皮膚下露出了半邊牙床，就像動物世界裡極惡的狼。

是荒原客棧的那個侏儒。他救了我們。

一輛黃色計程車熄滅了大燈，藏在樹叢後面。

開門的是荒原客棧的清水，她和上次一樣穿著喪服。侏儒一躍而起，跳上了她的膝蓋。

「節子，又見面了。」清水微微彎腰，像貓一樣笑了。

這次的計程車是七人座，十分寬敞。我看了看皮笑肉不笑的清水和手上的傷，然後擠到了最後一排。

也許是清水天生的威嚴，迪克和達爾文也果斷選擇了最後一排。

汽車啟動的時候，格局變成了我、迪克和達爾文擠在後座，中間空蕩蕩的座位上坐著沙耶加和抱著侏儒的清水。

迪克龐大的身軀已經占據了後座四分之三的位置，我和達爾文幾乎是半蹲著坐在他腿上。

「沒想到這幾個紅脖子的鄉下人，還是有點眼力的。」清水瞥了一眼後座，掩著嘴笑了笑。

「老子的脖子是去海灣度假晒的……」迪克剛想回她一句，被我狠狠踹了一腳。

「你閉嘴吧，非要別人把你趕下車去嗎？」

清水的脾氣我是領教過的，我可不想一天之內再被捅一刀。

計程車拐進了鬧市區，雖然已經是半夜了，但這裡的酒吧一條街仍然燈火通明。街頭擠滿了要去聖代酒店頂樓看夜景的遊客和滾石餐廳裡騎哈雷的飆車族。

我們的計程車滑進五光十色的街燈裡，隱沒在千萬輛計程車中間。

清水用一把精緻的小梳子給侏儒順著頭皮上稀疏的毛髮，他就舒舒服服地趴在清水的和服上，像一隻哈巴狗。

「承……承蒙您的照顧了。」沙耶加一直刻意地跟清水保持著距離。

「有代價的，」清水抬起頭看著沙耶加，突然露出了一個微笑。「但她付過了。」

也許是外面的車燈晃的，我好像看見沙耶加有一瞬間的失神。

「妳的眼睛很像她，節子。」

清水在說這句話的時候，我突然感覺到她的聲音裡，有一陣落寞。

或者說是人情味兒。

在這之前我還以為，在荒原客棧工作的清水應該是連靈魂都賣掉了。

這麼看，清水還算是個「人」。

「呃，謝謝妳也順便救了我們。」迪克在後面不合時宜地打斷了她倆的對話。

清水瞬間收起了笑容，她的眼神就像能捅死人的匕首一樣閃著寒光，但也就是一秒鐘，她藏起了殺氣，用略帶鄙夷的眼光瞟了一眼迪克。

「我們是生意人，不是開善堂的。」清水的聲音冷得像冰水一樣。「你們已經知道了想知道的東西，現在把印章還給我。」

迪克疑惑地拿出印章，有些不捨地看了我和達爾文一眼。

「裡面有追蹤器。」清水連眼皮都沒抬。迪克立刻像拋燙手山芋一樣把印章拋到前座。

清水一邊把印章放進一個特製的消磁容器裡，一邊嘟囔著：「真是的，現在的生意越來越不好做了，客人總是不帶腦子，你們的命不值錢，但別把我們也牽扯進來。」

「請問，買照片的是什麼人？」我弱弱地問了一句。問完我就後悔了，我真是天下第一大傻瓜，簡直是被屎糊了腦子，這麼重要的商業機密是隨便問的嗎？難道非要再挨上一刀才能老實嗎!?

出乎意料的是，清水聽了並沒有生氣，而是轉過頭來笑著說：「你想見他嗎？」

「我……還是算了……」我下意識地連連擺手。

我已經快被這一層又一層的陰謀搞得窒息了，可不想再節外生枝。我只想把M平平安安帶回來，誰買的照片，關我屁事啊！誰知道是不是哪個大富豪突然發神經，一夜之間成了神祕事件愛好者？

清水點了點頭：「恭候妳的佳音。」

計程車一個急轉彎，在路邊的灰狗客車站停下了。

「大嬸，妳是認真的嗎？」迪克難以置信地看了看夜色裡的一排灰狗巴士。「那我的車怎麼辦？」

「你現在可以回去拿呀。」清水連看都懶得看他，閉上眼睛養神。

我們心裡都清楚，命都快沒了，還要什麼車啊！現在回去不就是死路一條嗎？

「我的車怎麼辦？」迪克求助地看著達爾文，那輛紅色道奇就跟他的女朋友一樣。

「回去我再想辦法。」達爾文拍了拍迪克，又跟他輕聲嘀咕了幾句。

「那……請留步吧，再見了。」沙耶加轉頭向車上的清水鞠了一躬。

「節子啊，」清水沒有回頭，像是在自言自語，又像是說給沙耶加聽一樣。「有時候，總要說再見的，畢竟大海和高山的命運本不相連。」

計程車開走了，沙耶加還呆呆地站在路邊。

「怎麼了，走吧。」我拉了一下沙耶加，她的手心冰涼。

夜晚的灰狗巴士上只坐了一半人，大多是需要轉車去加州或紐約的乘客，偶爾能看見一兩個打扮花俏的嬉皮士，車廂裡飄著濃濃的大麻味兒。

沙耶加靠著窗戶睡著了，迪克獨自在後座發呆，達爾文仍皺著眉敲打鍵盤。

「喂，你在看啥呢？」我打了一個哈欠往他身邊湊。電腦螢幕上，赫然排列著十幾篇論文，然而我一個字也看不懂。

在美國雖然待了大半年，總算突破了口語交流大關。但以我的惰性，單字量也就維持在日常用語的三千個左右。稍微有點難度的進階詞彙，我都看不懂。

幸好是跟達爾文說話，用中文就好了。

「這是啥？」我指著其中一篇的一幅青蛙配圖，用中文問道。

「擬態。」達爾文用中文小聲跟我說。

「什麼？」我撓了撓頭。

「今天沙耶加的話提醒了我，在自然界有許多生物，遇到危險或捕獵的時候，會根據周圍的環境任意改變顏色和形狀，以便和環境融為一體，這種生物的演化主要是為了躲避天敵和迷惑獵物。」

「就像變色龍和枯葉蝶一樣嗎？」

「嗯，但還有另一種生物，才是自然界擬態的頂級高手。」達爾文沉默了半晌，瞥了一眼後座還在發呆的迪克。「軟體動物頭足綱，也就是我們說的八爪魚。」

「八爪魚，會隱身？」我瞪大了眼睛。

「八爪魚能根據周圍環境改變身體色素層，以便與之融為一體。它們當中最厲害的高手叫作擬態章魚，甚至能模仿比目魚和海蛇等其他海洋生物——不只是外觀，更是行為上。妳記得我們在M的棺材裡看見的那張皮囊嗎？」

我點了點頭。

「我跟妳說過，那個假吉米逃走的時候，也留下了一層皮囊。但這種3D列印的矽膠物質，如果人類穿進去，也不可能變得和吉米一模一樣，除非……」

「除非配合擬態，改變骨骼形狀？」我終於明白，為什麼同一個八爪魚人，既能模仿十七歲的男性吉米，也能模仿身高不到一六〇公分、發育不良的M。

「你懷疑迪克和八爪魚人……」我硬生生把後半句「一樣嗎」吞了下去。

畢竟達爾文最親的哥哥是因為八爪魚人才死的。不要說是他，哪怕是任何一個人，可能都無法接受自己最好的朋友也是同樣的怪物吧。

「如果他們不是同一類生物，為什麼會有同樣的能力？」達爾文握緊了拳頭。

「如果迪克不是人類，你還能不能跟他做朋友？」

「迪克就算是外星人變的，他也是我的好朋友，」達爾文毫不猶豫地說。「我們從九年級開始就是朋友了。」

「那你知道他九年級之前在哪裡嗎？」

「什麼意思？」

我把駱川出事那天的事情告訴了達爾文，包括沙耶加曾經在猶他州見過迪克的事。

「漸凍症是不會被治好的，沙耶加見到迪克的時候，他的半個身子已經不能動了。你記得他那天發病的時候，凱特阿姨瘋了一樣往他嘴裡塞藥嗎？」

「妳是說，這些藥有問題？」

我點了點頭，從口袋裡小心翼翼地摸出我撿到的那粒藥。

我們到達小鎮的時候，天已經濛濛亮了。達爾文把我拍醒，我也不知道我是什麼時候睡著的，身上還披著他的衣服。

沒有了迪克的車，我們只能走路回家。

我從車站出來，不自覺地打了個哆嗦，跟沙耶加像兩隻互相取暖的小鳥一樣縮在一起。

入秋了，小鎮的清晨有點冷清，沒有大城市的車水馬龍，只有枯黃的樹葉落了一地。我們幾個都好幾天沒洗澡了，身上的衣服透著汗味兒和大巴上粘下來的大麻味兒。一個提著牛奶瓶的老人牽著狗走過，心懷警惕地看著我們，就像看著一群晚上不睡、在街邊「飛麻」的混混兒。

巴士車站離迪克家並不遠，但這段短短的路程是我走過的最沉重的路之一。

沒有人說話，我們都不知道該怎麼面對愛德華。

「我的上帝！寶貝兒，你這是去哪兒了？」凱特阿姨推開門，聲音打著顫。「我差點報警了，為什麼不接電話？」

迪克沒說話，直接越過了凱特阿姨往裡走：「我爸呢？」

「你爸爸昨晚已經回基地了。」

凱特阿姨跟在迪克後面，熟練地把他的髒襪子和外套扔進洗衣機，再把他的書包掛進衣帽間——這麼多年她習慣在照顧兒子這件事上找到安全感。

「我覺得我們應該好好談談。迪克，我越來越不瞭解你了，你總是徹夜不歸，讓我很害怕……」

「我們是該好好談談了。」迪克坐在客廳的沙發上。

達爾文看著我和沙耶加：「我們先到後院去。」

迪克

迪克的家是一個典型的美國中產階級家庭，和南部大部分中產階級一樣，住在綠化帶包圍的白人街區裡。分期付款的複式別墅，有六間臥室，一個泳池，兩隻狗，兩輛汽車。每逢國慶日和感恩節，門口的草地上會掛起紅藍相間的星條旗，向路過的異鄉人昭示著美國夢。客廳裡的毛織地毯清掃得乾乾淨淨，四十英寸的液晶電視掛在火爐上面的牆壁。

凱特平常做家務的時候喜歡看脫口秀，她沒有什麼朋友，但每逢要出門參加聚會的時候，她都會鄭重地把那顆一克拉的訂婚戒指戴上。如果你要是認為一個全職家庭主婦沒有文化，那你就錯了——和大部分美國家庭主婦一樣，凱特受過良好的高等教育，還有一張會計文憑。她過早走進了婚姻的殿堂，成為一個妻子和母親，在丈夫繁忙的公務下與他漸行漸遠，逐漸把所有的愛都傾注在自己的兒子身上。很難說這樣的選擇到底對或不對，但簡單充實，就像客廳桌面上的爆米花、冰箱裡櫻桃味的可口可樂和覆盆子蛋糕。凱特和兒子在愛德華不在的日子裡，開開心心地發胖。

從搬來這個小鎮直到今天，凱特一直表現得很快樂，她得到了小鎮居民的尊重，這裡儼然成了她的第二故鄉。她會不斷跟兒子說，小鎮環境多麼舒適，鄰居多麼慷慨，她多麼愛這裡的生活。但在快樂之下，迪克能感覺到凱特的不安，這種不安像是地下室的青苔，在沉默和陰暗中緩慢滋生。她開始有意無意地反覆問著迪克同樣的問題：

「寶貝，你今天感覺怎麼樣？」

「寶貝，你有沒有不舒服？」

「親愛的，今天你的喘氣聲比平常重了，你還好嗎？」

每當凱特問這些問題的時候，迪克都有一種恍惚的錯覺。就像回到了十年前，就像回到了小時候。

健忘是每個成年人的心理疾病。隨著年齡的增加，童年時期的回憶會變得越來越模糊，也許慢慢就會分不清幻覺和真實記憶的區別。

但和媽媽一樣，迪克沒有忘記在猶他州發生的一切。

一九八七年，愛德華在猶他空軍基地獲得了上校的軍銜。同年，迪克在猶他州的鹽湖城州立醫院出生。

要說二十世紀八〇年代末和整個九〇年代，是美國最好的年代也毫不為過。冷戰結束之後，美國家庭的收入增長了一成，道瓊指數翻了四倍。任何一個中產階級都能拿出五十萬或者用更少的美金，買到紐約布魯克林的複式別墅。

蘇聯解體，沒人再為核爆和世界末日擔憂，哈利・波特的前三部都是在九〇年代出版的，一系列改變世界的文學新星陸續湧現，史蒂夫・賈伯斯回歸蘋果公司，皮克斯製作了《玩具總動員》，星巴克開到了世界各地。

可是迪克有關童年的回憶，就像一盒發霉的錄影帶，紀錄著潮濕的黑白畫面。

迪克出生的時候只有五磅，醫生說他有可能活不過三歲。

他在保溫箱裡待了將近一年，也許是動物本能對生存的渴望，他撐過了幾次手術，終於活著離開了醫院，回到空軍基地旁邊的家裡。

之後的很長時間，回憶的畫面都停在了那個白色的浴室藥櫃上。

那是空軍基地每個家屬公寓統一樣式的廁所，有一個狹小的陶瓷浴缸和一個銅制洗手盆，洗手盆上方的牆上有一個白色的藥櫃。藥櫃靠上的一格裡放著救心丹、貼著軍用標籤的盤尼西林、注射用抗生素、腎上腺素、強心劑、硝酸甘油、安定、止咳糖漿和包成一小支一小支的哌替啶。

靠下的一格則是非處方藥物，包括各種止痛藥、哮喘噴霧、兒童維生素、鈣片、魚肝油和其他保健藥品。

六歲之前，迪克可以輕易拿到靠下一格的藥物——那是他的日常用藥。凱特從兒子懂事起，就訓練他每日按時服藥，例如一旦感覺呼吸不暢，就要立刻把哮喘噴霧拿來放進嘴裡。沒有人希望靠上一格的藥會被用到，但二年級之後，靠上一格的藥物被移到了下面。

那時候的迪克，已經需要每天把硝酸甘油和腎上腺素帶在身邊了。

愛德華長年在軍事基地駐紮，迪克的唯一依靠只有凱特。他們在猶他州的房子遠不及現在的大，無論站在房子的任何一個角落，迪克都能聽到媽媽的聲音。

「寶貝，即使在地毯上也要穿拖鞋，否則會感冒的，細菌會侵入你的肺，一旦得肺炎你就完了。」

「親愛的，不要再碰刀子好嗎？想吃什麼跟媽媽說，刀口感染可是會得敗血症的。」

「不要吃奶油蛋糕！答應媽媽，永遠不要碰這些食物，裡面的膽固醇會讓你生病。」

「不要吃披薩，任何硬一點的東西都不易於消化。」

「今天太冷了，就不要出門了，在床上待著，冷空氣會讓你的哮喘發作的。」

「老師今天打電話來說班上有人得了感冒，你就不要去上學了。」

凱特從那時候就已經開始了和死神的拉鋸戰，她甚至要求跟著迪克到學校去，以便可以時時刻刻都注視著自己的兒子。她擔心只要一不留神，死神就會把她的寶貝從身邊奪走。她對抗不了命運，唯一能做的就是把兒子重重保護起來，就像保護某件貴重易碎的藝術品一樣。有的時候，她甚至想讓迪克退學，永遠留在家裡。可是當她看到那孩子用瘦弱的手臂支撐著下巴，站在視窗向外看的時候，她知道她不能剝奪他生命中僅有一次的童年。

迪克對那所學校的記憶已經很模糊了，唯一清晰記得的是一把傘。

那是一把黃色的小傘，伴隨了他一個又一個夏天。在他讀書時安靜地倚在教室門前的角落，在一堆掃把和水桶中間，和他一樣孤獨。

猶他州氣候很乾燥，夏季尤其炎熱，火辣辣的太陽能把操場的塑膠跑道烤熟，而且路旁幾乎沒什麼樹蔭。不過沒人在意強烈的紫外線，這裡的每個孩子臉上都有或多或少的雀斑。

但媽媽說，他不一樣，如果別人是路邊的鼠尾草，那他就是溫室裡嬌弱的蘭花，炎熱只會讓他枯萎。

每當迪克撐著傘從教學樓走出來時，總會成為學生們恥笑的對象。「我媽說了，」他們抿著嘴在小聲議論著。「只有同性戀才打傘，尤其是他們要尋找同類的時候。」

迪克假裝聽不到同學的嘲諷，視線越過雨傘的邊沿看到站在路對面的媽媽。凱特此時正露出滿意的微笑——她堅信以她兒子的體質，暴露在紫外線下多一秒，都會增加患皮膚癌的風險。

因為迪克的特殊，他幾乎從來沒有朋友。

他總被安排在靠窗的前座——那裡空氣暢通，並且方便照顧。老師們總對迪克展示出特殊的關心和喜愛。尤其是那個叫薩莉的班主任，總是揚起上一次考試的成績單，帶著喜悅的心情對全班說：「迪克這次又拿了A。」

「迪克在這篇作文裡描述了戰鬥機在空軍基地降落的場景，他用到了優美的從句，並使用了複雜的詞語——『敏捷的』『怡然的』……這些詞語已經超出了課本的水準，我們應該為他鼓掌。」

迪克紅著臉低下頭，只有他自己知道，他無非是因為身體不便而多讀了兩本書，他的作文空洞冗長，只是描述了他日復一日看到的場景，他不出色，資質平平，只有一些遣詞造句的小聰明。薩莉對他的青睞，只因為他有一個空軍上校的父親，和他無法治癒的孱弱。

那些表揚不過是基於同情。

老師們覺得，作為一個先天體弱多病、不知道還有幾年能活的小孩，做到這樣已經很好了。他只能跟自己比，不能跟其他孩子比。

稀稀落落的掌聲響起，迪克能感覺到其他同學對自己的仇恨，他們討厭他被誇張的讚美，又因為他的病不能對他進行報復而無可奈何。他們不屑的笑聲就隱藏在這些掌聲的背後。

每一次表揚，都讓迪克備感孤立。他被排斥在群體之外，他是一個異類。

「艾文，為什麼你就不能學學迪克呢？」放學的時候，老師指著一個穿闊腿牛仔褲的男孩大叫道。「有空多看看書，哪怕是課本也行。再不按時交作業，我就要給你媽媽打電話了。」

那個叫艾文的男孩抱著足球，一臉鄙夷地回頭看了看迪克：「但願我有一天殘廢了，我就能變成跟他一樣。」

老師還沒來得及訓斥，艾文就一溜煙地跑出了教室。

迪克撐著桌子站起來，拿起他的小黃傘。他心裡覺得艾文說得沒錯。無論再看多少本書，也比不過擁有一個健康的身體，在陽光下的足球場上揮灑著汗水。

他更羨慕艾文。

而艾文明顯不知道這點。某天放學後，艾文帶著球隊的幾個男孩子在教室門口堵住迪克，問他敢不敢爬樹。

「我媽媽說，『基佬』不敢爬樹——如果你能證明自己不是『基佬』，那我們會考慮讓你當『四分衛』的候補。」

迪克已經忘記當時他是怎麼想的了，但他最終還是點了點頭，跟著艾文他們來到球場後面，那兒有一棵將近一百年樹齡的橡樹。迪克一直爬到了很高的地方，不只為了那場該死的比賽，還為了和他們成為朋友。

他對朋友的概念很模糊，如果非要說的話，也許朋友就意味著他永遠不可能爬到的樹頂吧。

迪克不知道凱特是什麼時候來到樹下的，他只記得聽到了一聲尖叫，向下望去時看到媽媽絕望的臉。凱特看著他的眼神，就像他已經死了一樣。

「該死，你媽媽沒教過你嗎？」凱特揮舞著手提包對著艾文喊道。「你們這群沒教養的東西，你看不出我兒子有病嗎？——寶貝，媽媽求你下來好不好？不！還是不要動了，媽媽去給你找梯子……」

「你們這群該死的蠢貨，你難道不知道我兒子跟你們不一樣嗎？和你們這些髒兮兮的小子不同，他很嬌弱，你們會害死他的！」

不一樣，大概無法成為朋友吧。迪克看著樹下一哄而散的男孩子們想。

可惜凱特的步步為營，仍沒有讓迪克躲過命運的當頭痛擊。

四年級的某一天，迪克撐著他的小黃傘從學校出來，忽然感覺到一陣眩暈，撲通一下倒在了草地上，再也沒能自己爬起來。

他不記得自己是怎麼在媽媽的大呼小叫中被送上救護車，也不記得主治醫生在觀察室一臉嚴肅做出的各項評估，迪克只記住了醫院的消毒水味兒，和媽媽在走廊裡的哀號。

運動神經元硬化症，迪克聽到醫生和凱特的交談中反覆地提到這個詞，可是他的知識儲備並不能理解這個詞。他只是隱隱約約猜測到這是一種慢性疾病，他的手腳會像夏天在蛋糕上融化掉的奶油一樣無力萎縮，這個過程可能很長，也可能很短。在他的想像裡，他最終會變成一攤肉醬，消融在空氣中。

迪克把他的幻想告訴媽媽，可還沒說完，凱特就急促地打斷他，告訴他醫生已經給他用藥了，他會好起來，會再回到學校，這不過是一個跟感冒一樣沒什麼大不了的病。

但除了迪克之外，病房裡的每一個大人，都知道這是一種無法治癒的疾病，現代科學在這種病面前顯得微不足道，除了等死，沒有任何有效療法。

迪克留院觀察了幾天，薩莉老師代表學校送來了慰問卡，上面布滿了同學的簽名和不鹹不淡的祝福語——願你早日康復。
迪克從媽媽焦慮的神情中，猜測到這是個很難實現的願望。
第二天夜裡，許久不見的爸爸也趕了回來。一身軍裝難掩愛德華的憔悴面容，他揉了揉病榻上兒子的頭，眼中似乎有些晶瑩剔透的東西。
「嗨，看我帶來了什麼？」愛德華在床邊坐下，從公事包裡掏出了兩本漫畫書。是《超人》和《美國隊長》。
「爸爸，我翻不了書，」小迪克抬起紮滿針管的手。「你能念給我聽嗎？」
凱特轉過身，掩面而泣。
愛德華告訴迪克自己請了假，他將會陪著兒子在病房裡度過整整一個夏天。在那兩個月裡，他們一起看了很多超級英雄的錄影帶和漫畫。
「爸爸，我以後會不會也成為這樣的人？」迪克指著身穿緊身衣、手握盾牌的美國隊長。「他以前也和我一樣瘦弱，還有肺結核，可是後來他成了拯救世界的英雄。我以後也會成為英雄嗎？」
「會的，上校。會的。」
愛德華朝躺在病床上的迪克敬了一個軍禮，看著兒子一臉天真，他的眼裡早已盈滿淚水。
對超級英雄的嚮往並沒有讓迪克的身體好起來，到了五年級時，他的兩條腿已經不能動了。

「孩子，不用太擔心，這只是腸漏症的症狀之一，慢慢會好起來的。」主治醫師是個有點禿頭的愛爾蘭人，鼻子總是紅紅的。他顯然不太擅長騙人。

「可是我的腿動不了。」迪克小心翼翼地說。

「會好起來的。」主治醫師一邊機械地重複著，一邊把他扶到輪椅上。

一開始的時候，迪克還和普通小孩一樣按時去學校，漸漸的，變成了一週三次，後來變成一週一次。

他插上了尿袋，帶上了塑膠脖套。媽媽每天晚上會把他從輪椅上扶到床上，用毛巾小心地擦乾淨他的身體，再用溫水浸泡他冰涼的雙腳。

有一次，凱特的水溫沒控制好，迪克的腳在超過攝氏七十度的熱水裡燙了三十分鐘，凱特發現時，他雙腳的皮膚已經起滿了水泡。迪克看著幾個破裂的水泡伴隨著膿液流得滿腳都是，看著媽媽自責地抓著頭髮哭泣，但他感覺不到疼痛。

他的大半身已經毫無知覺了。

「媽媽，我好像吃不進東西了。」某天飯桌上，迪克發現自己的吞咽變得艱難。

「寶貝，你有胃潰瘍，這是正常的。」凱特輕輕拂過他的鬈髮，把他緊緊抱在懷裡。「你會好起來的。」

「媽媽不會讓任何人奪走你，哪怕是上帝都不行。」

九年級的某一天，迪克突然感覺無法呼吸。

就像頭上被套了一個塑膠袋，很快他連吸氣的力氣都沒有了。

暈過去之前，迪克看到窗外下起了大雨。

他聽見尖叫聲和哭聲，還有撥電話的聲音，難受過後，迪克似乎看見自己的靈魂離開了肉體，輕飄飄地浮在天花板上。

他看見自己被橫放在沙發上，看見奪門而入的爸爸，雨水濕透了他的軍裝，媽媽在聲嘶力竭地哭喊。

「不，我不能失去他……不去醫院！他們只會割開他的喉嚨，把呼吸機塞進氣管裡面。我要我的孩子，看在上帝的分兒上！哪怕讓我把靈魂賣給魔鬼……」

「救救他！」凱特死死揪住愛德華的衣領，聲嘶力竭。「他是你唯一的兒子啊……」

後面的聲音越來越模糊，迪克似乎看見他的身後有一道光，溫柔地包裹住他，痛苦都飛走了。

愛德華顫抖著把一顆藍色的藥，塞進迪克的嘴裡。

「MK-58……新一代……」

這是迪克回到身體裡之前，聽到的最後一句話。

他的呼吸恢復了。

然後，他們就搬到了這個小鎮上。

換了新房子，換了新車和新鄰居，一切如常。

除了迪克必須每天按時服藥之外。

愛德華仍舊長期在基地工作，但每次回家，他都會帶回來幾個藥瓶，鄭重地交給凱特。凱特會把這些藥放在客廳的小保險箱裡，她向兒子解釋，這個藥是爸爸所服役的部隊為空軍士兵研發的特供保健品，只有體制內的公務員才有資格申請，因為沒有對公眾銷售，所以這是他們之間的祕密。不能向任何人提起，否則會連累爸爸受到處分。

不得不說，那顆藍色的小藥丸就像童話故事裡仙女的魔力藥水，讓虛弱的迪克一天天好轉起來。他漸漸能夠自己吃飯，從輪椅上站起來，走到前院草坪上細嗅著潮濕的空氣。他喜歡南方的樹木和雨天，他重新回到了學校，他交到了朋友。

不到半年時間，他已經能像當時的艾文一樣，帶球跑過操場了。他能爬最高的樹，也能隨性吃自己以前絕不能碰的食物。墨西哥辣卷餅、甜甜圈、披薩、薯片、各種各樣的蛋糕。

MK-58，這個詞，只有在夜半夢回的時候才會偶然想起，在很長時間裡，他都以為是自己的幻聽。

直到昨天，他看到那一疊病例上死去的人和他們的服藥報告：MK-57。

迪克的心緊了緊。

這兩種藥之間，有什麼關聯？

在這天之前，迪克從來沒有想過，他口袋裡這些神奇的藍色藥丸是從哪裡來的。

他不喜歡想一些太費腦筋的事，可是在漆黑的大巴上，一閉上眼睛，他就能聽見

M在消失的前一晚對愛德華說的話。

「你殺過人嗎？」

迪克想到自己的父親，他害怕聽到那個真正的答案。

「寶貝，先去洗個澡吧，讓你的朋友們在後院等你，好嗎？」凱特從櫥櫃裡拿出一把義大利麵，放進燒開的沸水裡。

「媽媽，爸爸在部隊裡，到底是幹什麼的？」迪克揚了揚手裡的藥瓶。「這些究竟是什麼藥？」

義大利麵撒了一地，凱特的笑容凝固了。

「寶貝，你爸爸是軍人，他在部隊的工作是國家機密，這件事我們之前不是討論過了嗎？」凱特一邊說，一邊彎下腰去撿掉在地上的麵條。

「這些藥……」

「你不該問！」凱特突然不留情面地打斷了迪克的話。

「為什麼？這裡面到底有什麼不可告人的……」

「好了寶貝，好了，媽媽知道你餓了。」凱特攏了攏有點亂的頭髮。「你的朋友們都在這兒呢，他們也餓了，義大利麵沒有營養，我們再做個沙拉好嗎？」

「媽媽……」

迪克看著在廚房裡慌亂的凱特，她已經不再年輕了。很多人都說，孩子會吃掉母親的青春和生命，當孩子長大成人的時候，母親就會變成一個白髮蒼蒼的老人。

這一天對凱特來說，似乎早就來臨了。

她看起來比實際年齡至少老十歲，雖然發福讓臉上的皺紋沒那麼顯眼，但兩鬢和頭頂的白髮、發黃渾濁的眼睛騙不了人。這麼多年為了照顧體弱多病的兒子，她已經耗盡了心血。

迪克緊緊攥著拳頭。

「孩子，」凱特在圍裙上擦了擦手，靠著迪克坐在沙發邊上。「也許我不是一個稱職的母親，不像電視上或者雜誌上的那種摩登媽咪……你懂我的意思嗎？」

「我做不到現代育兒推崇的那樣，在孩子摔倒的時候讓他自己爬起來，鼓勵他去泥地裡打滾……也許我很失敗，我不是個好媽媽，可我就是做不到看著你摔倒、任由你受傷，因為曾經有那麼幾次，我差點失去你……」

迪克看著凱特，一時間有點恍惚。

他已經習慣了媽媽無處不在的聲音——「寶貝，注意臺階。」「親愛的，鮭魚必須烤到全熟才能吃。」「寶貝，穿上外套好嗎……」

但他很少聽到凱特談論她自己，就像現在這樣。

「媽……妳是個好媽媽。」

凱特笑了笑：「無論我是不是一個稱職的母親，我都很愛你，上帝作證，我絕對不會害你，你的爸爸也是……」

凱特的眼角垂了下去：「無論他是誰，他在部隊裡幹什麼，他都是你的爸爸，你是他唯一的兒子，他希望你能健康快樂地成長，你明白嗎？」

看著凱特懇切的眼神，有這麼一瞬間，迪克忽然想放棄知道真相了。

他不想再去質問，不想再去懷疑，他只記得那個遙遠的夏天，帶他去看空軍基地的戰鬥機起飛的人，抱著他看《美國隊長》的人，在他床邊向他敬軍禮的人。

那是他的爸爸，美利堅合眾國的陸軍少將。

可他手心裡的東西似乎在提醒著他什麼。

他攤開手掌，裡面是一枚其貌不揚的錯版兩角五分硬幣。

它在陽光的照耀下閃著刺眼的光，像烙鐵一樣灼傷他的靈魂。

這枚硬幣曾經屬於一個和它一樣其貌不揚的女孩。

他們之間並沒有說過很多話。

她把這枚比她的帆布書包和拖車加起來都珍貴的硬幣給了他。

她說，我們是朋友。

「寶貝，到後院和你的朋友們待在一起，好嗎？」凱特輕輕拍了拍迪克的手。「我弄好沙拉就來。」

迪克站了起來，他向前走了兩步，停了下來。

「媽媽，我想知道我的爸爸，是否值得我為他驕傲。」他回頭看著凱特。「一直以來。」

第二章　消失的小鎮

迪克走進後院的時候，表情並沒有輕鬆下來。

「我媽媽什麼都不知道。」他說著自顧自坐在了泳池旁邊。「也許我們需要查一查那個地圖上不存在的小鎮了。」

達爾文從筆記型電腦上抬起頭：「我已經換了許多種方式檢索，但這個小鎮就像是彼得・潘的永無島，在現代衛星地圖上沒有留下一點痕跡。」

「會不會是軍方杜撰了地址？這個位址本身就是加密過的？」沙耶加猜測著。

「我覺得不會，因為如果是個假位址，他們根本不需要寫上去。」達爾文搖了搖頭。「二十世紀八〇年代之前，電腦資料庫還不普及，很多城鎮資料的記載更新起來都十分麻煩，所以一些人口不多的小村子，會合併到附近稍微大一點的城鎮裡進行紀錄。我懷疑阿什利這個小鎮曾經存在，是後來被人為抹去了的。」

「要不我們再上暗網找找？」我撓了撓頭。

「看來你被那個日本女人捅的這一刀還不夠嚴重。」達爾文白了我一眼。「還嫌我們麻煩不夠多嗎？還敢招惹這些人？」

我被堵得一句話也說不出來。

達爾文歎了口氣：「這裡的實驗項目最早的登記日期是一九五二年，所以我檢索了一九五二年堪薩斯州的所有相關新聞，沒有一條和這個小鎮有直接的關係，但有幾條報導……」

「幾條報導怎麼了？」沙耶加也把頭湊了過來。

「有點可疑。」達爾文把電腦轉向我們倆，三條舊新聞膠片截圖赫然出現在螢幕上。

三條新聞所紀錄的事件，都發生在一九五二年八月十六日到一九五二年八月十七日的二十四小時之間。

第一條新聞，是一個美國民間的地震監測機構「地震探測者」對一九五二年發生在堪薩斯州的地震紀錄。

一九五二年八月十六日三點二十分。「地震探測者」探測到堪薩斯州（38°42'N，99°10'W）的地方發生了一次七點八級的強烈地震，並將地震監測資訊彙報給有關當局。

八月十六日八點，當局回應此次地震震中所在地區並非居民區或城鎮，因此並無人員傷亡。

五個小時後，當局駁回「地震探測者」關於此次地震的資訊，並稱其地震監測資料有誤，堪薩斯州當天並無地震。

第二條新聞，是一則民用噴氣式飛機墜毀的報導。

一九五二年八月十六日六點十分，某民用播種噴氣式飛機在途經二一八號公路，沿著斯莫基希爾河向西南飛行時墜毀。駕駛員麥克・傑弗遜身亡。

據稱，麥克在與地面控制中心最後一次聯繫時，曾稱其周圍出現若干個強對流雲團，並駛進了「突然出現的」雷暴雲。

「窗外有……黑色的雨……」這是麥克和地面控制中心失聯前說的最後一句話。

但當天的氣象監測局並沒有任何風暴的監測紀錄。

第三條與其說是新聞，倒不如說是一則口述的往事。

一九八六年，一個叫摩爾的退休探長被邀請至加州的午夜電臺節目。主持人讓他分享他從警這麼多年遇到過的最讓人毛骨悚然的事，摩爾於是講述了他在堪薩斯城做刑警的一段回憶。

一九五二年八月十六日，是摩爾三十六歲的生日。

一切都跟往常一樣，在他五點鐘接到那個電話之前。

電話信號似乎受到了什麼干擾，電波很雜，但他能分辨出那是一個女人急促的求救聲。

「上帝啊，是那些蘇聯人，蘇聯人來了，嗚嗚……」

「嘿，小姐，冷靜點。」摩爾立刻集中了注意力。

二戰結束後，蘇聯就是美國的頭號勁敵。當時美國全民都因為麥卡錫的極右言論陷入了「紅色恐慌」，每個人都在懷疑自己身邊的鄰居、新調來的同事、新認識的教友會不會是蘇聯間諜。

「我是堪薩斯分局的巡警摩爾，請告訴我發生了什麼事？」
「嗚嗚嗚，我們遭到了襲擊⋯⋯」
「請報出妳的名字和所在位置。」
「我叫妮可，我們的村子被毀了，一個巨大的爆炸⋯⋯和電視上，廣島的一樣⋯⋯」
摩爾內心一震，他想起來廣島核爆那段兩分二秒的黑白影片，他和妻子在電視上看到過。
「妳現在安全嗎？你們的位置在哪裡？」
「嗚嗚，他們在屋子外面，被燒著了⋯⋯他們被火海吞沒了⋯⋯」
摩爾就像遭到了雷擊，他從聲音分辨出，電話另一頭的女孩應該年齡不大。
「妮可，妳很勇敢，現在我需要妳躲好，好嗎？能告訴我妳現在在哪兒嗎？」
「我在學校的體育館裡⋯⋯我躲在桌子底下⋯⋯」
「很好，妳先躲在那裡不要出來，能告訴我妳的學校在哪裡嗎？」
「學校在聖十字教堂旁邊，在犀牛路上⋯⋯」
摩爾在腦海裡回憶了一遍他所知道的地名，都沒有聖十字教堂和犀牛路。
「能告訴我離妳最近的公路是哪條嗎？」
「往東走是二一八號公路⋯⋯往北走也許是四十號。嗚嗚，我忘了⋯⋯」
摩爾翻出地圖，根據兩條公路的交會地鎖定了一個大概的方向，但依然很籠統。

「妮可……」

當摩爾想再問什麼的時候，突然聽到電話那邊傳來爆炸聲，在妮可的哭聲背後，是其他人聲嘶力竭的哭喊。

摩爾立刻把這個電話提高到一級警備級別，又通知了他的上司和分局的其他警官。

可他們把公路巡警和周邊分局的電話都打遍了，得到的回答都是沒有任何可疑事件發生。

沒有爆炸，也沒有其他報案；沒有蘇聯人，也沒有核武器。

於是分局將這件事定性為惡作劇。

只有摩爾，他不相信那孩子的哭喊是偽裝的。可當他親自去二一八號公路和四十號公路搜索沒看到任何異狀後，只能草草結案，最終不了了之。

「同一個日期，同一片區域。」達爾文意味深長地看著我和沙耶加。

「所以，阿什利小鎮很有可能就在這片區域？」

達爾文點了點頭。

從喬治亞州飛往堪薩斯州的機票大概八十美金，如果買中轉機票飛到聖路易斯，再坐灰狗巴士到堪薩斯城，只要五十六塊就能搞定。

唯一的問題就是學校的課怎麼辦。

其實這個問題我不擔心，因為我早就做好了退學的準備。達爾文也表示無所謂，因為他從來不擔心他的績點會影響大學申請。

「沙耶加……沙耶加也要去。」

「我也去。」坐在旁邊很久沒說話的迪克看著手上的硬幣，說道。

「匡啷」一聲，凱特阿姨不知道什麼時候站在了我們身後。

她手裡端著的沙拉掉在地上，玻璃碎了一地，菜葉有一半撒到了泳池裡。

「你又要去哪兒？」

「媽……我……」

「不許去！」迪克還沒說完，就被凱特打斷了。「你要留在這兒，你聽懂了嗎？你哪裡也不能去……」

「媽，我已經十八歲了，妳無權干涉。」迪克一下急了，站起來拉住凱特的手臂。

「我們進屋談談……」

「你聽到我說的了嗎？」凱特這次沒有因為迪克的勸阻而妥協，她甩開迪克，不依不饒地走到我們面前。

「迪克不能跟你們一起去，明白嗎？」她顫抖地環抱著雙手，臉頰因為激動顯得潮紅，一雙褐色的眼睛盯著達爾文。「你們不能把他帶走！」

達爾文沒有說話。

「聽到了嗎？」凱特又重複了一遍。

迪克看著凱特憤怒的臉，他又想起了四年級的那個午後，他抱著樹幹，因為尷尬而渾身顫抖。凱特指著樹下的那幾個男孩子歇斯底里地罵著：「你們這群沒教養的東西，想把我兒子從我身邊奪走嗎？」

那些男孩子看著他，厭惡又漠然。

七年過去了，在凱特心裡，他仍然是那個被人「唆使」而爬樹的男孩子。

凱特從來沒有真正明白過他爬樹的原因。

也許對凱特而言，她唯一的渴望就是兒子能好好活著。

可對迪克而言，他只想交個朋友。

「媽媽，夠了……」迪克拉住了凱特的手臂，把她往回拽了兩步。

「你放手！放開！」她使勁推了一把迪克。「是他們幾個教唆你這麼做的嗎？自從你認識了他們就再也不聽我說話了……」

「媽媽，他們是我的朋友！」

「放開我！你根本不知道自己在做什麼！」凱特憤怒地吼了一句。

就在這時，凱特一腳踩在了碎掉的沙拉碗上。她的拖鞋底很薄，頓時條件反射地縮開腳，身子一個不穩，仰面朝泳池裡摔了下去。

入秋後天氣轉涼，早就沒人游泳了，兩公尺深的池子裡一點水都沒有，腦袋著地的話，後果不堪設想。

「媽！」迪克反應過來想拉住凱特，卻已經遲了，情急之下，迪克朝泳池猛地一跨……

消失了。

這是我第一次真正意義上目睹迪克的超能力，兩秒之後，他出現在游泳池底。

迪克側身躺在池底的瓷磚上，一隻手拖住了凱特的頭。他用肩胛承受了撞擊，應該沒有傷到筋骨。

「媽，妳沒事吧？」迪克把凱特扶起來。

凱特瞪大了眼睛看著兒子，隔了半晌才問：「你這樣多久了？」

「呃，妳說我的超能力嗎？」迪克頓時有點沾沾自喜。「有好幾次了，我還沒掌握好竅門，但每次的持續時間都在加長……」

直到這時，我們都沒有意識到，凱特問的問題有什麼邏輯上的毛病。

她沒有問「你是怎麼做到的」，或者「你哪兒來的這個能力」。

她問的是「你這樣多久了」。

問這個問題，代表凱特對隱身這件事情並不陌生。

迪克還在絮絮叨叨著他身體的變化，凱特靠著游泳池壁看著面前的兒子，她的瞳孔漸漸收縮。

「媽媽，妳怎麼了？」

迪克很快也發現凱特的反應不正常，但他以為老媽只是受到了驚嚇。

「兄弟，搭把手，把我媽弄上去。」迪克對著泳池邊上的達爾文喊道。

我們七手八腳地把凱特從游泳池底扶到泳池邊的臺階上，忽然她又問了達爾文一次：「迪克這樣多久了？」

「我第一次見到的時候是十一年級下學期，大概是一年前。」達爾文算是回答了凱特。「第二次出現，是社團成立那一天。」

「疼死了……」迪克半躺在泳池下面哭喪著臉，原來剛才打翻的沙拉碗其中一片玻璃飛進了泳池裡，恰好在他躺倒的位置。

「你沒事吧？」沙耶加和達爾文爬下泳池把迪克扶起來，達爾文幫他脫下衣服，只見後肩上被劃出了幾道傷痕。

「旺旺，妳去拿一下急救包，在衛生間的藥櫃裡。」達爾文抬起頭和我說。

「哦哦。」我站起來一轉身，突然發現身後的凱特不見了，抬頭就看到她正在朝別墅屋裡走去。

平常要是發生這種情況，凱特一定是衝在最前面的一個。她比任何人都在意自己的兒子，按照中國人的話來說，那就是含在口裡怕化了，捧在手上怕掉了。如果不是因為迪克以前生過大病，我真的會把凱特和那些盲目溺愛孩子的母親畫上等號。

可她今天似乎對迪克在泳池底的號叫充耳不聞，難道有什麼比她這個寶貝兒子更重要的事？

凱特徑直走進了客廳，我剛從衛生間裡拿出急救包，就聽到凱特顫抖的聲音從客廳裡傳來。

「迪克開始了……他有了變化……我看到了……」

我心裡一顫，腳步不自覺地停在衛生間門口。

凱特握著電話，極力壓抑著自己不要哭出來，但我聽見她的聲音有濃濃的後鼻音。

「不不，不是這樣的。你說過這是第二代，你說過它很安全，現在已經有很多人在用了……你這個騙子！你是騙子！什麼叫結果無法預計!?你是說我們的孩子，最後也會變得跟那些怪物一樣嗎？你是他的爸爸呀……」

我聽到凱特歇斯底里的哭泣聲。

我的大腦一片空白。

突然一隻手搭在我的肩膀上，是達爾文。他不知道什麼時候站在了我的身後。

凱特並沒有發現我們倆，電話那頭的人仍在說著什麼，她拿著電話泣不成聲。

「不，你不要碰他，不要碰我兒子！」

突然，凱特的聲音變了，她暴怒地對著電話低吼。

「你不能帶走他，我不會讓你把迪克帶去實驗室！我絕對不會讓任何人把我兒子當成小白鼠一樣解剖！我不聽！上帝……你不可以帶走他，除非從我屍體上跨過去！」

「砰」的一聲，凱特把電話砸在牆上，摔得粉碎。我嚇了一跳，手上的急救包掉在了地上。

「阿姨……」一時間，我竟然不知道說什麼好了。

「那些藥到底是什麼？誰會來帶走迪克？」達爾文突然開口了。

凱特短暫地失了一會兒神，她看著達爾文，突然走了過來緊緊拉住他的手臂：

「帶他走……帶迪克走，好嗎？」

她一邊說著，一邊轉身從電視櫃下面翻出一個包，裡面全是迪克平常隨身帶的藥瓶。

「這裡的……能吃上幾年。」凱特把亂掉的頭髮撩到腦後。「先避過這陣子。」

她又從自己的錢包裡拿出一疊現金，一股腦兒裝進書包裡，遞給達爾文。

「樓上保險櫃裡還有現金，帶他走……」

「妳還沒回答我，到底是怎麼回事？」達爾文沒有接過包。

「你要錢嗎？保險櫃裡的現金分一半給你，還有現金支票，也全部給你。」凱特沒有回答達爾文的問題。

「迪克是我的朋友，我一分錢不要都會幫他，但妳至少要告訴我，我們在躲什麼？」

「躲那些怪物，躲軍隊的人，躲愛德華……」凱特的眼睛裡湧出淚水。「救救我的孩子，別讓他們帶走他……」

「真的!?」迪克光著膀子從泳池裡跳起來，在這之前沙耶加才給他的傷口消了毒。

「嗯，你媽同意了。」達爾文平靜地說。

「老弟，你是怎麼說服她的？」迪克簡直不敢相信自己的耳朵。

「寶貝，媽媽覺得你偶爾有一點自己想做的事，還是挺好的……」凱特從別墅裡走出來，她剛洗了臉，極力表現得很輕鬆。「和達爾文一起去，我也放心。」

「媽！太棒了！妳太酷了！」迪克緊緊摟住了凱特阿姨。

我看到了她眼角溢出來的淚水。

「我有些話要和妳說。」

我們幾個才走出迪克家，達爾文就拉住了沙耶加。

沙耶加的一張臉頓時紅了。

「我們到那邊去說吧。」達爾文指了指不遠處的社區公園。「你們先去前面的速食店等我們。」

「哦。」我很識相地拉著迪克往速食店走，不一會兒達爾文就和沙耶加走遠了。

速食店其實離小公園就是過條馬路那麼遠，我咬著可樂的吸管，心裡突然湧起了一種怪怪的感覺。

「達爾文能不能考慮跟沙耶加交往？」這是沙耶加去荒原客棧之前說的話。

達爾文向沙耶加承諾過，我們回來，他就告訴沙耶加答案。

為什麼非要選今天啊？

他會跟沙耶加在一起嗎？

我突然有一種五味雜陳、難以言喻的情緒，導致思緒七上八下、血壓高低不穩、心跳時快時慢。

怎麼形容這種感覺呢，就像有一萬個癢癢撓在給身上搔癢，卻還是沒找對位置的感覺。

「上校，你把我的這杯喝了，我去廁所。」

我慌慌張張地出了門，不自覺地就往社區公園走。

沒走幾步就看到他倆站在草地上，我趕緊彎下腰蹲進灌木叢裡，露出半個腦袋。

達爾文在說些什麼，太遠了，我聽不見。

沙耶加又說了些什麼，但我還是聽不見。

然後達爾文從口袋裡掏出一枚戒指，給沙耶加戴上了。

我的心臟一陣狂跳。

然後沙耶加就哭了。

然後他倆就抱在了一起。

靠！

「靠！」我的頭頂突然響起一個聲音。

一滴水滴在了我的腦門上。

我抬頭看到一臉悲愴的迪克。

「上校，你為什麼在這裡？」

「中尉，妳為什麼在這裡？」

「我……上廁所出來，剛好路過。」

「我們剛才喝可樂的餐桌旁邊就是廁所。」

「好吧，我就是八卦不行啊？那你又哭啥？」

「是不是妳們亞洲女生都喜歡身材苗條的男人？」他一臉比吃了屎還難看的表情。

「喂，這是我們倆之間的祕密啊。」迪克突然抬頭跟我說——自從我倆回到速食店，他就趴在桌上好一會兒都沒緩過來。

「你放心，就算我告訴沙耶加，她也不會信的。」我白了迪克一眼，但看到他鬱鬱寡歡我又有點不忍。「你……你不是說自己一身是膽，為什麼不去試著跟她表白呢？」

迪克的棕色眼睛看起來有些自嘲：「我怕她不知道該怎麼拒絕我。」

我有點後悔我這麼問，畢竟如果沙耶加喜歡的不是迪克，他再怎麼去告白也沒用，只會徒增尷尬而已。

「你喜歡沙耶加什麼？」一問完我又後悔了。

這不是往人家傷口上撒鹽嗎？

「她……很溫柔。」迪克一陣臉紅。

「我溫不溫柔？」我突然歪著頭問。

「我不想被打，但也不想騙妳……」

「男的都喜歡溫柔的？」我翻了個白眼。

「沙耶加她不一樣。」迪克撓了撓頭。「以前從來沒有人在乎我說什麼、在乎我怎麼想的，但她不一樣……妳懂嗎？」

我搖搖頭。

「無論我說什麼，她總是會很耐心地聽完，她會說我很厲害，鼓勵我講下去。」

「這不能是你喜歡她的理由吧。」我翻了翻白眼。「沙耶加是很懂禮貌的人，她的教養讓她對誰都這樣。」

「是啊，她對誰都這樣。其他人總叫我迪克，叫我大奶，叫我肥豬、基佬、娘娘腔……但她從來沒有取笑過我一個字……」

「原來你這麼玻璃心，那我以後也不這麼叫你了。」

「沒事，我習慣妳這樣叫我了。我好得很，睡一覺就好了。」迪克露出了一個難看的笑容，抓起一塊披薩放到嘴裡，還沒嚼又吐了出來。

「唉，要是再這樣吃下去，沒有女孩子會看上我了。」

我剛想安慰他，他又瞬間把披薩塞到嘴裡：「呃，反正沙耶加和我也不可能了。」

「你給我吐出來！」我從他嘴裡把披薩使勁拽出來。「上校，你的尊嚴不會疼嗎？怎麼就這麼輕易放棄！這樣，星條旗是永遠沒辦法插上敵人的土地的！」

「但有些地方註定是別的國家的領土啊……」

「即使是最堅固的馬奇諾防線，只要憑藉技巧繞過去都能取勝！你怎麼就確定他們是真愛呢？搞不好達爾文是個紙老虎而已！你不去挖一下牆腳，怎麼知道他們是拆不散的真愛呢！」

「呃……中尉，我覺得妳說得有點道理，」迪克吞了口口水。「但現在馬奇諾防線就在妳後面。」

我發誓這是我從小到大最尷尬的瞬間。

公共場合教唆人挖牆腳，被當事人撞破是什麼感覺？

在古代，可能會被浸豬籠。

就算在開放的美國，應該也會被罵吧。

「誰是紙老虎？」

達爾文不知道什麼時候站在我後面的，我頓時從頭頂麻到腳後跟。

「呃，今天天氣很好，能見度很高，室內濕度很適合人類生存……」我一邊結結巴巴地回答著，一邊慢慢退到迪克身後。

「沙耶加呢？」迪克看了一眼門口，回來的只有達爾文一個。

「她回家了。」

「啊？」我一時有點反應不過來。

「我讓她回家的，我叫她不要去了。」達爾文鎮定地說。

「為什麼!?」迪克手裡的可樂灑了一地。

「她和我們不一樣。」達爾文聳了聳肩。「她跟我們出來這麼久，她父母會怎麼想？沙耶加已經兩個星期沒去上補習班了。」

我猛然想起沙耶加媽媽在讓她退社的時候說的話：「你不知道我在我女兒身上花了多少時間！她跟你們不一樣！」

現在想起來，她一連兩星期都沒去補習班，她爸媽肯定已經炸了。

「沙耶加應該不會被她老爸老媽關禁閉吧……」想到這裡，我擔心地說。

「剛才她也不肯回去，說要是回去可能就出不來了。」達爾文說。「但我告訴她，如果她覺得自己做的決定是對的，就應該回去給她父母一個交代——這才是成年人的做法。」

「可你明知道她回去就絕對出不來了，」我有點不甘心。「你明知道她就想要跟你在一起……」

我突然不知道怎麼說下去了，我要再往下說迪克可能就要哭出來了。

「所以呢？」達爾文停下打電話，挑眉看著我。

「呃，我……我覺得你們在一起很合適。你們都是學霸，你能保護她……」我嗓子發癢，有點說不下去了。

「妳覺得我和沙耶加很合適嗎？」達爾文的聲音沒有溫度。

我突然很討厭這樣的自己，為什麼要心虛啊？

他倆就是很合適，怎麼看怎麼合適，怎麼樣也比我合適吧？

我也來不及想我為什麼會有這種想法，我抬頭迎上了達爾文的眼睛，非常誠懇地說：「對，我覺得你和沙耶加特別合適。」

「中尉，我突然覺得我以後都不想吃披薩了，」迪克突然站起來。「也不想再和你說話。」

我才意識到我是個傻瓜，迪克還在這裡。

我到底在幹什麼？前五分鐘慫恿迪克去挖牆腳，後五分鐘又說人家很合適？

我還沒來得及解釋，迪克就走出了速食店。

「如果妳覺得我的決定是錯的，妳可以自己去找沙耶加。說服她跟我們一起去，」達爾文關上電腦站起來。「一起去送死。」

「你要去哪裡？」

「去車站。」

他連看都沒看我一眼，就直接走出了門口。

速食店裡只剩下我一個人，我強迫自己鎮定下來，莫名其妙地，眼淚就往外冒。

我似乎聽到心裡喀嚓一聲，就好像某樣特別寶貴的東西碎成了渣渣。

那時，我還不理解，成長最艱難的，不是去經歷重重磨難與矛盾，而是在經歷這一切之後，一層一層拆掉心中的門，拆掉保護自己的壁壘，然後去面對最真實的自己。

逃避與謊言，恰恰才是最容易的。

我只能努力地吸著鼻涕，安慰自己也許有一天長大了，心就會堅硬得像石頭一樣，會笑著把現在的悲傷當成一件幼稚的小事。

可是我不會再長大了，我的生命沒有給我留下長大的時間。

小鎮入秋後一直在下雨，我還剩下三個多月。

我擦了擦眼角，摸出M送我的硬幣攥在手裡。我不能在三個月裡完成很多事情，我只想把她帶回來。

我收好書包，跑出速食店，跟在達爾文後面。

我們冒著雨跑進車站，迪克已經濕乎乎地坐在候車區，三個人都沒說話，各自懷揣著心事。

如果有人想見識一下美國人民的底層生活，去灰狗車站是個不錯的選擇。車站的外面平均每半小時有一單毒品交易，窮人總能算出最省錢的車票穿越美國，偶爾還能見到北方小城的年輕人帶著滑板和菸草北漂，更多的是睡在候車大廳座椅上的流浪漢。

「這位哥們兒，能贊助我二十元去戒毒所嗎？」一個梳著髒辮兒、穿著大T恤的流浪漢向迪克伸出了手。

他似乎完全沒有看出我們三個人之間的尷尬，自顧自喋喋不休地講述著他的戒毒經歷。

「我決定戒毒是因為她上星期死了，離我而去了，因為我，我不但打她，還用菸頭燙過她。現在我知道錯了，我想去戒毒所，最近的一家在南卡羅來納州，我只需要二十元，我想有個新的人生。」

流浪漢又轉向達爾文，他也不嫌棄地板髒，直接坐到了達爾文腳邊：「我年輕的時候當過兵，我在越南服兵役，他們都吸毒，從隊長到我們這些砲灰，不吸不敢上戰場，我的毒癮就是那時候染上的……」

我看著他無助的眼神，心裡有點可憐，剛想把錢包裡僅剩的二十塊錢拿出來，就被達爾文攔住了。

「之前我每次來這裡坐車，都能碰到他。他不是第一次要錢去戒毒所了。」達爾文用中文跟我說。

我還想再說點什麼，就聽到候車大廳的喇叭裡傳來了聲音：「去往亞特蘭大機場的旅客，請在B3出口集合，請拿好您的隨身行李……」

天已經全黑了，我們冒著雨跑上車。那個流浪漢一直跟著我們，還在絮絮叨叨地說著自己的往事，直到司機宣布開車了，才不甘心地離開。

「請等一下！」一個模糊的聲音在雨中大喊。

是沙耶加！

迪克直接就從座位上跳起來了，他幾乎衝上去抓住司機的方向盤：「停車！是我的朋友！」

「我的眼睛還沒瞎。」司機翻了翻白眼，把車停在了出站口。

沙耶加渾身濕透了，瀏海兒粘在腦門上，長髮一縷一縷地貼著後背，被車上的空調一吹就開始瑟瑟發抖。

迪克連忙從自己的背包裡掏出一件夾克給她穿上，我也拿了浴巾給她蓋住了腿。

「我們都以為妳回家就會被爸媽禁足了，妳是怎麼做到的？」

沙耶加有點羞怯地低下了頭：「無論如何，最後他們妥協了。」

沙耶加用浴巾擦乾頭髮，我看見她修長的手指上多了一枚戒指。

那是在荒原客棧清水給她的戒指。

「當它代表的價值大於它本身價值的時候，我會來找妳的。」這是清水把戒指還給沙耶加時說的話。

戒指應該是純金的，套在沙耶加的手指上有些大，上面有一個複雜的紋章，中間刻著一朵圓形的菊花。

達爾文給沙耶加戴上的，應該就是這枚戒指吧？我極力抑制著自己不要回想小公園裡的事。

「怎麼了？」沙耶加似乎留意到我一直盯著她的手。

「沙耶加……妳的戒指真好看。」

「嗯，這是我們家的家傳之物。」沙耶加看著戒指笑了一下，突然想起什麼，轉頭對達爾文說。「我想清楚了，M對沙耶加也是很重要的朋友，迪克和汪桑也是，你也是。沙耶加不能讓你們去冒險，自己安全地躲起來，假裝什麼事也沒發生。」

達爾文滿不在乎地哼了一聲，但嘴角不經意地上揚了：「妳怎麼活在日漫裡啊，這麼熱血。」

「十分抱歉……」

沙耶加的臉一陣潮紅，還沒說完，迪克就打斷了她的話：「沙耶加公主，上校會保護妳的！」

沙耶加被迪克的玩笑嚇得一愣，隔了幾秒才撲哧地笑出來。

「那拜託你了，上校大人。」沙耶加又用日語講了一遍，裝模作樣地作了個揖，我們幾個都笑起來。

之前的如鯁在喉，隨著這句話煙消雲散了。

之後幾個小時，灰狗巴士在雨中的高速公路上穿梭著，我們在空蕩蕩的車廂後座睡得東倒西歪。

到亞特蘭大機場的時候已經是深夜了，我們在直接買票上飛機和住一晚再出發的二選一中，投票決定了立刻啟程。

「飛往亞特蘭大的飛機，最快起飛的一班是清晨六點四十分，四個人的機票總共八百七十元。」票臺上辦理購票的是個精瘦的小哥。

達爾文在把手伸進書包的一瞬間愣住了。

凱特給我們的錢和藥全都不翼而飛，書包後面多了一個兩寸長的破洞。

「糟了，是剛才那傢伙，他劃了我的書包！」我和達爾文不約而同地想起了車站的那個流浪漢。

「什麼東西不見了？」迪克撓了撓頭，不明所以地看著我和達爾文。

錢不見了還好說，我們東拼西湊肯定能湊出機票錢，畢竟我和沙耶加的戶頭上還有點錢。

但藥不見了，迪克怎麼辦？

「你……身上的藥還剩多少？」我強作鎮定地問迪克。

「幹麼問這個？」迪克雖然嘴上這麼說，但還是很配合地從口袋裡掏出藥瓶子晃了晃。「不到半瓶，能堅持個十天吧。」

「如果不夠怎麼辦？」我自言自語地說。「我是說，如果我們十天回不來……」

「放心啦，我爸當時拿回來好多瓶，在我家客廳裡，吃兩三年都夠，我快吃完的時候讓我媽寄過來就好了！」

我和達爾文立刻出了一頭冷汗。

我們不會把迪克害死吧？

「機票錢先刷我的卡吧，你們到時候把錢轉給我就行。」沙耶加掏出了自己的儲蓄卡，遞給售票員。

我無力地跌坐在機場大廳的椅子上，已經是半夜了，亞特蘭大機場的人並不多，偶爾有來來往往的幾個，也是拖著行李出站的。

忽然，我發現一個急匆匆的人影，他一手拿著一疊票根，一手拖著行李，往問訊處跑去。

難道又是我的幻覺？我急忙揉了揉眼睛。

「張朋！張朋！你別跑！」我幾乎用盡了全身的力氣喊著。

我和張朋大約相隔兩百公尺，好死不死機場又開始放廣播了，我的聲音瞬間淹沒在廣播裡。

「汪桑，怎麼啦？」

「我看到……我看到我以前在中國的那個朋友了！」我一邊跑，一邊上氣不接下氣地說。

「妳是說，上次在考場看到的那個嗎？」沙耶加也跟我一塊兒跑過去。

「嗯。」我抿了抿嘴。

張朋怎麼會這麼巧出現在機場？上次我在 AIME 考場外面見到他是不是眼花了？我在心裡打著鼓，總算跑到問訊處隔壁。

「張朋！」

排在隊伍後面的人轉過頭來，這次真的不是做夢，真的是張朋！他看到我先是吃驚，然後露出一個大大的笑臉。

「旺旺！」

第三章　重逢

張朋把行李一扔，跑過來就把我抱住了，真的是張朋！

「你／妳怎麼會在這裡!?」我和他幾乎異口同聲地喊出來。

「我……」一時間我不知道該怎麼跟他解釋。

「妳在這裡太好了，我這麼多年英語全拿來應付考試了，口語一點不行。妳趕緊幫我看看機票，這是要怎麼改簽啊？」

張朋沒有太在意我的回答，而像是遇到了大救星一樣拉著我。

「我頭一班飛機誤點了，轉機趕不上，這不算是我的責任吧？這是航空公司的責任吧？他們是不是應該換票給我？」

「當然啦，航空公司會給你免費換到下一班的！」我一邊說，一邊接過來他遞給我的機票，只見上面赫然寫著——

目的地：堪薩斯城。

我驚愕地抬頭看著張朋，一下說不出話來，這也太巧了吧？為什麼張朋跟我們的目的地一模一樣？

「你要去堪薩斯幹什麼？」我看著張朋。

「我……要去找人。」張朋避開了我的眼睛，有點為難地說。

找人？這也太巧了吧？我是個心裡藏不住事的人，再加上我本來就認識張朋，也就毫不客氣地問他：「你去堪薩斯找什麼人，你在騙我呢？你是不是考 AIME 的時候就來了？我在考場見到的是不是你？」

「旺旺，妳說什麼我沒聽懂……」張朋一臉無辜。

「她在問你，你是不是一直都在跟蹤我們！」沙耶加是能聽得懂一點中文的，這時候也立刻後退了兩步。

張朋莫名其妙地看著我：「什麼是 AIME？」

「美國奧林匹克數學邀請賽。」

「我為什麼要參加奧林匹克邀請賽？我高中一直都在奧數班啊，隨便在國內就能參加的，幹麼還非要跑來美國參加？」張朋歪著腦袋問我。

「我……」一時間我竟然無言以對，突然，我的懷疑變得不成立了。

「但我那天明明看到你了……」我很沒底氣地說。其實我也不確定當時看到的是不是張朋，畢竟當他站在我面前的時候，我也不能完全肯定當初看到的人影就是他。

男孩子到這個年齡段都會突然神奇地高速發育，長出喉結，嗓音變低，開始有鬍鬚，連身高也會咻咻往上漲。

眼前的張朋，比初中時起碼高了半個頭，骨架也比當時大了一點。

「汪桑，你那天看到的就是他，對不對？」沙耶加在一旁問我。

「我，我……」我也不太能確定。

「旺旺，妳手上拿著我的護照，妳可以看一眼簽證頁，」張朋舉手投降。「我的入境日期就是今天，剛剛過的海關。」

我翻開機票下面夾著的護照，簽證那一頁確實是新蓋的章，墨蹟還沒乾，入境日期就是今天。

「哎呀，小汪，要是想老夫就早說嘛。」張朋把手搭在我的頭上。「讓老夫看看妳長高了沒？」

「再摸我咬你！」我的臉頓時一陣紅一陣白。

「我說了，我們是一樣的人，所以我們有心電感應，」張朋笑嘻嘻地說。「這個世界再大，無論到哪裡我們都會碰頭，就像妳能在這麼多人的機場大廳發現我一樣，我也能在地球的任何一個角落感應到妳。這是什麼？是『猿糞』啊！所以，妳趕緊幫老夫跟服務臺的大媽大戰三百回合吧！」

我被他的調皮話逗得一陣苦笑。剛想上去幫他換票，一隻手從後面抓住我。

「借一步說話。」是達爾文。

「他是誰？」達爾文一直把我拉到候機大廳外面才鬆手。

剛下完一場大雨，一陣風吹過來，我打了個哆嗦。

「我……我以前的初中同學。」我嚥了口口水，很艱難地吐出幾個字。「我的朋友。」

「他要去堪薩斯？」

「嗯。」

「所以妳以前中國的好朋友，突然跨國出現，不早不晚跟妳相遇在候機大廳，並且和妳要去的地方一模一樣？」達爾文哼了一聲。「妳經過了這麼多事，還相信巧合？」

「但是，他的護照上寫的是今天入境的……在我們中國吧，辦簽證不能很頻繁……」我都不知道在給自己找什麼藉口。

「妳去過荒原客棧，我覺得我不需要說太多妳也能懂。」達爾文轉過身。「護照可以是假的，簽證可以是假的，連人都能是假的。」

「中國的護照防偽技術多達數十種，比鈔票還複雜，很難偽造的……」

我擔心地看了看達爾文，他說這句話的時候，我真的覺得他有點偏執了。雖然八爪魚人扮成他哥哥對他打擊很大，但是這個世界上被八爪魚人假扮的機率真的不可能這麼高。

「妳是不是覺得因為吉米的事，我已經變成一個徹頭徹尾的懷疑論者？這個世界上的巧合還是比陰謀多？」他突然轉過頭盯著我的眼睛。

「我沒這麼想啊！」我下意識地說。你有讀心術啊！

「那妳怎麼想？」

「我……張朋他是我朋友，」我撇了撇嘴。「他是第一個把我當朋友的人。」

我心裡一陣難過，想起出國前那個在細雨裡拍我肩膀的張朋。

他是我離開學校之前，最後一個對我笑的人。

「我們為什麼要去堪薩斯？」達爾文的語氣幾乎和機場外面的溫度一樣。

「因為我們要找M啊！」我條件反射般地回答。

「妳希望找到她嗎？」

「當然希望啊！」

達爾文沒有再說話，而是轉身往候機大廳走去。

我知道他什麼意思。

雖然我心裡有一百個不樂意，我還是在他身後喃喃地保證：「我不會讓張朋跟著我們的，我會謹慎的。」

機場的自動門拉開，裡面的暖氣頓時把寒冷吹散了，我抬起頭，遠處的張朋在向我招手。

我忍不住朝他揮揮手。

「妳不應該對所有人善良，」達爾文突然轉過頭對我說。「對敵人善良就是對自己殘忍。」

「如果對方是迪克，你也會這樣說嗎？」我心裡一陣不舒服。

「愚蠢。」

達爾文沒有再理我，而是走向了安檢。

張朋的票果然換成了和我們一樣清晨起飛的航班，事實證明除了達爾文心眼多，我們全是缺心眼。在不到五個小時的候機時間裡，張朋已經迅速跟迪克和沙耶加打成了一片。

「你去看紐約的那個 Free Woman 了嗎？」張朋雖然口語講得結結巴巴，但一點都不怯場。

迪克呆了一秒，立刻明白了張朋在講什麼：「哈哈哈哈老兄，那個叫 Statue of Liberty（自由女神）啦！看她可不是 Free（免費）的哦！」

「哈哈哈哈，原來叫 Statue of Liberty 呀！那你去看了沒？」張朋一邊笑，一邊拿小本本記下來。

「當然啦！我還帶了星條旗去合照呢！」

「你們和汪旺旺是高中同學？」

「我們不是同一個年級的，我們是一個社團的哦，超能力社團，『原力與你同在』，牛不牛？」迪克自豪地說。

「噢，原力啊……」張朋顯然沒聽懂，但這也無法成為他和迪克交流的絆腳石。

「我真羨慕你們，你們的高中還能有社團。我讀的是我們市重點中學，可是從高一開始，每天除了模擬考就是模擬考，別說社團了，連體育課都能被『充公』成文化課，週末每個人都會去補習班……」

「在中國，每個人都是這樣嗎？」這句話瞬間得到了沙耶加的關注。「張朋君也是這樣嗎？」

「我的成績目前比較好啦，所以不需要去。」張朋不好意思地撓了撓頭。「但下個學期就難說了……」

「汪桑說，你是她初中唯一的朋友。」

「她也是我唯一的朋友啊。」張朋笑了笑，他的眼神似乎有一瞬間的落寞，但馬上又恢復了神采。「我們都特別迷日漫，妳看過《鋼彈》嗎？」

沙耶加立刻來了精神：「汪桑和張朋君也看《鋼彈》。沙耶加好開心！」

我們幾個還在七嘴八舌地說著，只有達爾文一直很沉默。他一直都低著頭看電腦，連哼都沒哼一聲。

他的氣壓好低。

「你們那邊還有一個朋友，他好像……不舒服？」張朋已經說得很委婉了。

「呵呵呵呵，他可能在吃醋。」迪克看著沙耶加笑起來，眼睛眯成兩道縫。

登機的時候已經是清晨了，天空中看不到太陽，只有在遠處雨層中忽明忽暗的閃電，伴著隆隆雷聲。

「有雷暴。」沙耶加站在扶梯上伸出手，冰冷的雨滴掉落在她的手心裡。

張朋的眼裡閃過了一絲陰鬱：「旺旺，我沒在美國內陸坐過飛機，妳說……咱們不會延機吧？」

「希望不會吧。」我看出他愁容滿面。「你怎麼了？」

「沒事沒事……」張朋露出來一個比哭還難看的笑容。

從亞特蘭大飛往堪薩斯的飛機是美聯航的內陸民航小飛機。我們剛扣上安全帶，就聽到擴音器裡傳出機長的臨時通知：

「各位乘客，由於雨天影響，低空域出現下降氣流，因此飛機起飛時或許會出現強大顛簸，請大家在飛入平流層之前不要解開安全帶。」

「他說什麼？」張朋坐在我旁邊拽了拽我的衣袖。

「沒事哈，不要擔心，只要我在你就不會死的因為……」我又差點說漏嘴了，趕緊把「我還有三個月壽命」這句話給吞回去。

「因為啥？」

「呃，因為我算過命，我可以再活五百年，哈哈。」

張朋仍舊一臉憂心：「能健康活著當然好，可如果一直躺在床上殘廢著，哪怕再活多少年也沒意義吧……」

我的天！這點我從來沒想過，M說我還能活三個月，是指活蹦亂跳地過完，還是插著管過完？

飛機上升帶來的劇烈震動，驚得我頓時一身冷汗。

「兄弟，別想太多，我們現在乘坐的是『空中巴士A320』，從一九八八年到目前為止，事故墜毀也只有五十二架，但比同樣廣泛使用的民航波音747事故機率低多了，所以理論上它很安全。」迪克被安全帶勒得有點喘不過氣，一邊隨飛機晃動著身體，一邊說。

「五十二架算少嗎？」沙耶加輕輕咂舌。

「妳還是別說了，我怎麼越聽越害怕。」我翻了翻白眼。

「呵，兄弟，你懂得真多啊！」張朋學著迪克的美式發音說。

「那當然！我老爸當年可是在猶他州空軍基地服役的……」迪克似乎想起了那個裝著M檔案的牛皮紙袋，突然從最初的自豪到黯然垂下了眼睛，有氣無力地說。

「唉，總之，我小時候都住在空軍基地旁邊，看的飛機多，自然懂一些了。」

張朋突然睜大了眼睛：「你爸爸在哪裡服役？」

張朋一邊說一邊解開安全帶，從上衣口袋裡掏出一封信：「你說的不會是這個……希爾空軍基地吧？」

「這位先生，請你繫好安全帶！」空服員有點不耐煩地吼著，低氣壓飛行時人的耳膜外鼓，特別容易進入狂暴的狀態。

我連忙湊過去，只見張朋手裡的信封上有一個圓形的徽章，上面是一隻幾何形狀的藍鷹，以及環繞著它周圍的幾個字——Hill Air Force Base。

「就是這個！希爾空軍基地！」迪克瞪大眼睛就想搶過來看，偏偏飛機又進入了第二次強大的顛簸，我們幾個被震得直想吐。

「這是我爸爸寄給我的最後一封信。」飛機的巨大震盪中，張朋輕輕吐出一句話。

飛機終於駛出雷暴區，進入了平流層底部，機艙的燈由紅變綠，大家都鬆了一口氣。

「旺旺，妳還記得我告訴妳我來美國是找人的嗎？其實我是來找我爸爸的。」張朋喝了一口水道。「我爸爸是動物學家，大部分時間在美國工作——就是這個空軍基地，平常我跟我媽媽生活在一起。我爸爸雖然一年回不了兩次家，每週一個電話還是會有的。可是他在三個月前莫名其妙失蹤了，電話聯繫不上，電子郵件也不回復……這是他寄回家的最後一封信。」

張朋把信遞給我，我看了看信封，郵戳顯示是兩個半月前寄出的，但信封上並沒有寫寄件地址。

「你爸爸既然是在希爾工作的，為什麼不直接去猶他州的空軍基地找，而要去堪薩斯呢？」

「我原來是準備飛猶他州的，但妳看這裡——」說著，張朋朝信封左上角指了指。在阿姆斯壯登月二十五周年紀念的郵票下面，赫然蓋著堪薩斯城的郵戳。

「這封信是從堪薩斯城寄出的，我爸爸出事之前在堪薩斯城。」

「你說你爸爸是幹什麼的？」信封顛來倒去傳到了迪克手裡，他看了半天問道。

「動物學家。」

「動物學家？為什麼空軍基地要招動物學家？」迪克一臉「你耍我啊」的表情。

「可是事情有時候就是這麼奇怪啊……你在賢者之石地下看到的那份檔案，為什麼德軍的行軍行動要帶動物學家？」沙耶加反駁道。「愛德華不是陸軍指揮官嗎，為什麼也在空軍基地服役？」

「妳說得好有道理，我竟然無言以對。」

「我恐怕知道為什麼德軍去納木措要帶上動物學家……」我有點艱難地開口。「其實這件事要從我爸的一本日記開始說起……」

我大概把日記裡「神的血液」從納木措的由來，到這種針劑運用到兒童身上的恐怖，以及成功之後的副作用講了一下。當然，我也省略了我家族的血緣和四十三的故事。

「所以我相信當時德國人帶領動物學家去納木措，主要是想找到這個『神』的屍體，取得它身體裡的樣本用到人體上……」我不知道我自己到底解釋清楚沒有，這件事情的複雜程度根本不可能用幾句話就概括出來。

「汪桑，妳確定妳爸爸不是小說家？」沙耶加歪著腦袋看著我。

「我也很希望那是小說啊！」我翻了翻白眼，想起從陽臺上掉下去的四十三。「如果這些都是假的，那怎麼解釋我們看到的那個大號骷髏？還有德軍拍到的死掉的巨人？」

「所以……那個巨人就是神嗎？」沙耶加吞了吞口水，迷失之海底下的巨大骷髏是我們一起看到的，這是個不爭的事實。如果我們能相信那是一種真實的生物，那我覺得這個世界上什麼不科學的我們都能相信了。

「好吧。那妳爸爸的日記裡有沒有寫，這個從納木措帶回來的神到底最後去哪裡了？」迪克攤了攤手。

「這倒沒有，但我想當時整個柏林全被炸平了，肯定也留不到現在了吧？」其實說這句話的時候，我也很沒底氣。

「也是，要是留到現在，人類歷史該重寫了。」沙耶加歎了口氣。

「你們到底在說什麼？我有點想吐……」和所有剛來美國還沒習慣口語速度的人一樣，張朋最初還很努力地想聽明白，但隨即放棄了。

「你爸爸最後給你的這封信寫了什麼？」一直沒說話的達爾文低聲問了一句。要不是我們已經飛上對流層，我會被他的氣壓壓爆的。

「呃，內容在信封裡，你可以打開看看。」

達爾文接過了信封，從裡面抽出一張已經有點發黃的信紙，上面只寫了簡單的一句話。

兒：

好好吃飯，好好做人。

父字

這都是哪兒跟哪兒啊！我差點沒一口老血吐出來。

你爸是說相聲的嗎？

這句話難道不是廢話？

山長水遠從美國寄一封信回國，就為了說一句「窮人應該更努力」「成績不好應該好好讀書」「醜女人更應該打扮」這樣的廢話？

「你爸……你確定他不是猴子派來搞笑的？」我滿臉問號。

「呃，我爸平常家書就是這樣。」張朋攤攤手。「理工男，你懂的。」

「呀，這樣竟然也能解釋通呢！」我茅塞頓開。

「這就是我爸寄給我的最後一封信，我收到信的時候已經聯繫不上他了。後來我托人查了查之前他留的電話號碼，區號也是堪薩斯城的。」張朋歎了口氣。

「我突然想起來，我爸爸以前在猶他州的時候，空軍基地每天都會有飛機起飛去堪薩斯城，其實這兩個地方離得並不遠，二十分鐘就到了……」迪克道。

「所以你們倆的爸爸有可能在一起工作嗎？」沙耶加小心翼翼地問。

「各位旅客，由於我們的航班遭遇暴雨天氣導致無法降落，因此會比預定時間晚一小時到達堪薩斯城，我們對您致以萬分的歉意。」

「剛才通知是不是說，我們要晚點一小時啊？」張朋問道。

「唉，該死。」迪克點了點頭。

張朋的臉色一下就白了。

「你怎麼了?是不是不舒服？」我看著張朋，他自從上飛機之後氣色就不好。「難道你有密閉空間恐懼症？」

「呃，沒有，我就是有點胃疼。」他擦了擦額頭上的汗。

「真的沒事嗎？要不要吃點藥？」沙耶加從書包裡拿出一盒止痛藥。

「不用了，」張朋擺了擺手。「著陸了我就好了……我可能真是有點密閉空間恐懼症吧，哈哈。」

飛機盤旋了將近一個小時之後終於開始下降，可是我們又被通知要在飛機上再坐一小時。

「該死的美聯航，以後我再也不坐這家的飛機了。」迪克噘著嘴抱怨。

「唔——」張朋哼了一聲，我想拍拍他，當摸到他背上時發現，汗已經把他的襯衫浸濕了。

「你怎麼了？」我慌張地朝空服員大吼。「這裡有人不舒服，我們要下機！」

空服員是個白人大媽，她看了一眼張朋也有點慌，立刻拿起手裡的對講機聯繫地勤：「有人嗎？我們這裡有一位乘客身體不適，要求醫護人員立刻陪同前往航站樓！」

也不知道是因為暴雨天氣，還是美聯航的硬體系統真的太老了，對講機那邊只有一陣雜音。

「不，不用醫護……」張朋突然抓住我的手，咬緊了牙齒對我說。「我需要……我的行李……藥……」

我猛然一驚，對上了迪克的眼睛，他的眼裡閃過一絲恐慌。

不會的，不會的，這個世界上沒有這麼巧合的事。我吞了吞口水，拚命拉著張朋的手。

「張朋，你吃的是什麼藥？」我努力讓自己鎮定下來。

「你說的不會是這種吧？」迪克已經沉不住氣了，一邊說一邊解開安全帶，從口袋裡往外掏藥瓶。

可是張朋沒等迪克掏出來，人已經不行了。「匡噹」一聲倒在地上。

「張朋！張朋！」我們四個人全慌了。

「上帝！」空服員也傻了，她直接推開我們，從飛機急救包裡拿出氧氣瓶。「你們不要碰他，誰知道他的病史？他有沒有藥物過敏？」

我們幾個絕望地搖了搖頭。張朋蜷縮在地上，已經不能說話了。

他的症狀跟迪克斷藥犯病時一模一樣。

終於聯繫上地勤了，機場的醫療隊不到十分鐘就趕到了，我們跟著擔架床下了飛機。張朋的樣子太可怕了，好幾個心理承受能力低的乘客都被嚇到了。因為我們說不出病因，甚至有人覺得他得了什麼傳染病，場面一度陷入混亂。

「患者面色蒼白，四肢冰冷，脈搏虛弱……」我們跟著急救擔架在雨中走下飛機，現場醫護把張朋放進急救車，我們幾個站在雨裡。

「你們要帶他去哪裡？」達爾文快步走過去問其中一個醫護。

「現在要給他實施心肺復蘇，注射腎上腺素，然後立刻送往醫院搶救。」醫護用非常快的語速說。「患者現在非常危險。」

「什麼叫非常危險？」

「你們是他的家屬嗎？他目前有生命危險，」醫護人員抬起頭。「必須立即送醫院。」

「等……等一下。」我想起張朋暈過去之前跟我說他的行李裡有藥，立刻拉住空服員。「我們的行李呢？行李什麼時候能拿到？」

「現在我們還在等機場通知，我相信最快一個小時……」

「不行！您能幫幫我們嗎？患者的藥在他的行李裡，他昏倒前說只要吃藥就會沒事的……」我著急地說。

「這位女士，患者現在的狀態根本無法服用任何口服藥物，他必須馬上進行搶救。」其中一個醫護人員打斷了我的話。

「不是的，不是這樣，他的藥……」我完全解釋不清楚，空服員和醫護就像看怪物一樣看著我。

一般人如果到了生命徵兆如此微弱的程度，根本不是吃點藥就能解決的，這是常識。

但張朋不在常識範圍內。

「中尉，妳說……」迪克皺著眉頭，從藥瓶裡倒出兩顆藍色的膠囊。「要不要……」

我吞了一口口水，迪克猶豫地看著我。

我知道迪克的意思，他想把他的藥給張朋吃。

我不知道該不該伸手去接，如果這一切都是誤會呢？

張朋根本沒說他行李裡的藥是什麼藥，如果只是普通的處方藥呢？在我的記憶裡，張朋根本沒有得過漸凍症，同一種藥是否能針對兩種完全不同的病？

MK-58，就現在看來，成分不明，藥效不明，如果給他吃錯了，把他害死了怎麼辦？

我的手停在空中，久久沒有接過迪克遞來的藥丸。

「不要管他了。」達爾文突然蹦出一句話。

「啊？」連迪克都忍不住轉頭問。「你在開玩笑嗎？」

「剛好讓我們擺脫這個人。」達爾文從下了飛機，就一直站在離救護車很遠的位置。「他的出現本身就不在計畫之中。」

我有點不相信自己的耳朵。

「無論他有什麼病，我們已經把他送上救護車，仁至義盡了。」達爾文看著我。「至於他能不能搶救回來，是醫生的事，我們現在是要去救M。」

我下意識搖了搖頭，突然感覺達爾文好陌生：「但張朋是我的朋友。」

「那妳還要去救M嗎？還是一路都像這樣隨心所欲，遇見什麼人都要去救？妳以為我們是什麼？慈善組織？」

「你他媽再說一遍!?」我氣得整個人都在發抖。

「我再說一遍，我覺得他很可疑！」達爾文幾乎是吼出來的。「你們不走我走！」

「他再可疑也不會拿自己生命去冒險接近我們！張朋現在要死了！你知道他這個症狀！我們都見過！張朋很可能和迪克一樣，不吃藥就會死！這個世界上除了這種藥根本沒有別的東西能救他們……」

當我意識到我在說什麼的時候，迪克的身體劇烈地抖了抖。

氣氛頓時陷入了尷尬的沉默。

「上校，對不起……」我的喉嚨有點打結。

「其實有時候我也在想，也許我得的不是腸漏症，對嗎？」迪克看著我艱難地露出一個笑容，但眼淚在眼眶裡打轉。「畢竟腸漏症不會讓人坐輪椅，不是嗎？」

「嘿，兄弟，至少你現在好……」

達爾文的話還沒說完就被救護車上的電擊聲打斷了。

「病人心跳驟停，需要立刻除顫！準備電擊！開始電擊！第一次電擊兩百焦耳！」

我的頭「嗡」的一聲，只看到張朋隨著除顫機在急救床上向上空彈了一下，隨即又像死魚一樣跌入床中。

我捂住嘴。

「第二次電擊三百焦耳！」

「清場！」其中一個醫護人員把我們推向外頭。

心電圖上顯示著，張朋徹底失去了心跳。

那個拿著除顫器的醫生，向另一個醫生搖了搖頭。

沒救了。

我的眼淚一下流出來了。

張朋要死了。

我好像突然看見，半年前醫院的那一幕。

搶救儀器都撤走了，醫生走過我身邊的時候，輕輕搖了搖頭。

爸爸在床上，臉色青青的，就像一具沒有靈魂的軀殼。

我無法抑制地發抖。

「走——」

「你他媽的不要碰我！」

我意識到發生什麼事的時候，已經甩了達爾文一個耳光。

達爾文先是呆滯了片刻，而後看著我的眼神就像能噴出火來，他一言不發，頭也不回地拿起書包往機場外走去。

「兄弟，當給我個面子，」迪克一把拉住他。「別這樣。」

「我想救他，試試也好。」迪克用懇求的聲音對達爾文說。「或許是同病相憐……」

我知道得病的感覺，我也被搶救過……我的意思是，如果躺在上面的人是我，我知道我不想死。」

也許當我在張朋身上看到爸爸的時候，迪克也從他身上看到了自己。

達爾文自始至終沒吭過一聲，但終於還是停住了步伐。

迪克把藥丸塞在我手裡。

「哎，妳不能上來……」我不顧醫護人員的阻攔，迅速翻身上車，使勁擠到了病床邊，把膠囊塞進張朋的嘴裡。

「妳究竟在幹什麼!?妳給他吃什麼?他現在不能吃……」

我在被拉開之前使勁捏住張朋的下齶，把他的嘴掐開，確保膠囊掉入他的喉嚨裡。

「患者現在在進行搶救，任何食物都會堵住他的喉管。」其中一個醫生力氣特別大，一把就推開我去挖張朋的嘴。

「別——」我的話還沒說完，就見迪克也擠上了車，他的胖手用力打掉醫生的手，捂在張朋的嘴上。

「你們都瘋了嗎?」另一個醫生一邊瞪眼，一邊拿起對講機呼叫機場保安。

「你們都讓開，我們在救他!」

「機艙醫療小組呼叫保安組，有幾個嗑了藥的青少年在阻止搶救……」

「把後門關上!」達爾文不知道什麼時候爬到了駕駛座上。

迪克把最後一個醫護推下車，沙耶加關上後門，達爾文拔掉鑰匙把所有門鎖上，我們四個人就這樣把自己反鎖在救護車裡。

「你們瘋了嗎？」外面的人一邊使勁拍門一邊請求救援，但總算是爭取了一點時間。

果然沒過十分鐘，機場警衛隊就來了。

「我們撐不了多久的，最多五分鐘。」達爾文看了看手錶。

「喝——」躺在床上的張朋，重重地吐了一口氣。

第四章　幫我找爸爸

在被機場安保批評教育了將近一個小時之後，我們終於拿到了自己的行李。幾個醫護人員一直目送著我們走出機場大廳，一臉呆滯的表情。他們不明白，為什麼一個一小時前連心跳都沒了的人，現在竟然能大搖大擺地自己走出去。

「該死，看來你跟我是一類人，」迪克看了一眼張朋。「你吃了多久？」

「上初中之後開始吃的。」張朋自嘲地笑了笑。「幸好今天遇到你了，否則我就真死了，現在想想還很害怕。」

張朋一邊說，一邊打開行李：「這次真的是我自己大意了，因為在中轉的時候遇到了旺旺，一激動都忘了身上的藥已經吃完了，其實這次我把我的藥都帶來了。」

他拉開拉鍊，行李包裡竟然有十幾瓶藍色膠囊，比迪克之前的藥還要多。

達爾文立刻跟我交換了一下眼色，如果他能把這些藥分一點給迪克，那我們就不用為丟掉的藥擔心了。

「張朋君，你之前得的是什麼病？」沙耶加小心翼翼地問。

「胃癌晚期。」張朋的語氣就像在說一件和自己不相干的事。

我和沙耶加都倒吸了一口氣。

「這個藥，還能治好胃癌？」迪克下意識地問了句。

「你們不知道？」張朋露出了一個難以置信的表情，隨即釋然地笑了。「也對哦，也許你不會像我這麼瞭解，畢竟我爸爸是這個藥的開發者之一。這個藥可以治任何病，卻又治不好任何病。」

「你說什麼？」連達爾文都露出了少有的驚訝。

「這個藥的成分很特殊，無論你得了什麼病——癌症或者任何不治之症，它都可以讓你迅速好起來，恢復到和健康人一樣的狀態。可自相矛盾的是，你以為你好了，其實並沒有，一旦斷藥，一天就能讓你恢復到之前的狀態。這意味著這個藥永遠不能斷掉，一旦服用就要終身服用，永無休止，和海洛因一樣。」

我感覺我背上已經被冷汗浸濕了，迪克一下沒站穩靠在牆上。

「所以 MK-58 一直沒有在市面上流通。你們想想多可怕啊，一旦這種藥的源頭被什麼人控制了，就能控制這個世界上八分之一的人口——那些絕症病患和他們的親人朋友，別說是抬高價格牟取暴利了，哪怕讓這些人去幹什麼事以換取藥物，他們都會去幹的。但我爸爸告訴過我，這個藥的藥源是有限的。」

張朋歎了口氣，我和達爾文不約而同地看向他行李裡的藥瓶。

「呃，你爸是開發人員，你又有這麼多存貨，是不是能分給迪克一點。」我吞了吞口水。「他這次出來剛好沒帶這麼多……」

「當然可以啦！我留半瓶就行了，這些都給他。」張朋非常友好地朝迪克笑了笑。

「再怎麼說，你也是我的救命恩人。」

「那也不用，你可能會不夠吃……你還是多少留兩瓶。」我一邊說一邊心算著每瓶的量，數著他們倆每個人能吃多久。

「不用了，我以後都不用吃了。」張朋一臉無所謂地說。「我爸說，他們研發的新藥已經能完全治好任何病了——只要一粒就行，永無後患。」

我看到迪克瞪大了眼睛，裡面閃爍著希望的光彩。

「但是要找到我爸爸才行，堪薩斯這麼大，要到哪兒去找呢？」張朋說話的時候，看著達爾文。

「你說來說去，無非是想跟著我們。」達爾文的聲音沒有溫度。

「我對堪薩斯一無所知，現在看來所有線索都指明我們要找的很有可能是同一個地方。」張朋轉頭看著迪克。「我們可以合作，你們幫我找我爸爸，我幫你們救他。」

一時間我被張朋流露出來的狡黠弄得措手不及，在我的記憶中，他還是那個站在樹下遠遠朝我招手的男孩子。

「你們同意嗎？」

遠處的天空傳來了隆隆雷聲，山雨欲來風滿樓。

沒有人說話，迪克有點為難地看著達爾文。

我能理解迪克的心情，他比誰都更希望能得到張朋說的新藥，他想好起來。他被剛才張朋那一句「終身服用」和「藥源有限」嚇壞了，額頭上的汗到現在還沒乾。

沙耶加也看著達爾文，她喜歡他，深信他的判斷。我都忘了從什麼時候開始，每次沙耶加拿不定主意，沒有信心的時候，就會下意識地去尋找達爾文的身影，這已經變成了一個她習慣性的小動作。

張朋也看著達爾文，他似乎知道同意這件事唯一的阻礙，就是眼前這個有些瘦削的亞洲少年。

達爾文看著我。

他在無聲地問我：「如果我不相信他，妳是不是要站到我的對立面？」

我點了點頭。

達爾文似乎有點失望，但只是片刻，他轉向張朋：「我答應你之前，要確保你不會傷害我們。」

「我當然不會傷害你們，尤其是旺旺。」張朋鬆了一口氣，露出一個笑容。「你想怎麼測……」

張朋話音未落，達爾文迅雷不及掩耳地從口袋裡摸出了他的瑞士軍刀，朝張朋的手臂上戳了下去！

張朋還來不及尖叫，刀刃就在他手臂上劃開了一個將近五公分長、半公分深的傷口。

「你要幹什麼！」張朋瞬間疼得冷汗直冒。

達爾文沒有搭理他，而是把他的手臂抬高，湊到眼前仔細觀察了一下，又聞了聞，才淡淡地說：

「他是人類。」

我懸著的心瞬間放回了肚子裡。沙耶加回過神來，從書包裡掏出急救包，把消毒液塗了上去。

「疼死我了……」張朋一臉無辜地看著我。「他也不能一言不合就捅我啊，他是不是黑社會啊……」

「達爾文沒有惡意的，他就是想看看你是不是人類……」我尷尬地一邊幫他包紮，一邊安慰。

「表皮層下連接著真皮層和皮下組織，他的皮膚是真的，不是八爪魚人，」達爾文低下頭擦了擦刀。「血液呈紅色，有溫度，和人類特徵相符。」

「我不是人類還能是什麼啊？什麼是八爪魚？南方下酒菜嗎？」

「你發誓，你爸能治好迪克的病。」達爾文並沒有因為證明了張朋是人類而對他放鬆警惕。「當著汪旺旺的面起誓。」

「我發誓！如果我不能治好迪克的病，讓他脫離現在的藥物，我就五雷轟頂！說謊的人要吞一千根針！」張朋煞有介事地舉起手宣誓。「這樣滿意沒有？能幫我找我爸了嗎？」

「好了好了，我們商量一下去哪裡吧。」我趕緊岔開話題。

「我們剩的錢不多了，要不先找個臨時汽車旅館住吧？」沙耶加試探地問了一句。

「沒事，我有錢呀，我們先去租輛車吧！」張朋揚了揚手裡的錢包。「畢竟我們已經是自己人了。」

達爾文看了他一眼，算是默認了他的話。

我們拿起各自的行李向租車公司走去，張朋突然拉住我的手臂，輕聲在我耳邊說：「旺旺，我答應妳，我能讓迪克再也不用吃藥了。相信我。」

我條件反射地點了點頭，他向我毫無芥蒂地笑了。

張朋，我希望你沒有變。我在心裡輕聲說。

堪薩斯城位於美國本土正中心，是為數不多的農業城之一。十八世紀之前這裡的主要居民都是印第安人，可是在一八七〇年之後，隨著大批德國人移居到此，許多原住民已經被趕跑了。現在的堪薩斯城有超過三分之一的德國居民，他們已成為這裡最大的族裔。

我們坐在張朋租來的牧馬人吉普車上，一路遇到的金髮碧眼的德裔占了大半，路邊全是賣德國麥芽啤酒和香腸的小酒館，恍惚中還真以為自己到了歐洲。

美國中部州如果用兩個詞概括，就是「上帝」和「左輪手槍」。這裡的人對宗教有著近乎狂熱的信仰，同時又崇尚武力。雖然這裡沒有什麼文化遺跡，但每一個彪形大漢從上一輩開始就是正宗的牛仔——手邊的槍早就跟口袋裡的貨卡鑰匙一樣成了日常的必需品。

連汽車旅館的老闆都冒著匪氣——他戴著一頂標準牛仔帽，紅鬍子下面還沾黏著墨西哥卷餅醬。他沒在收銀櫃檯設置任何安全柵欄，卻在桌子一角放了兩杆獵槍。

他擺擺手拒絕了張朋遞過來的護照和我們的身分證明，表示這些東西在他這兒根本沒用。

「你們來這裡幹麼？」他用帶著濃烈口音的英文問。

「旅遊。」我想也沒想就回答他。

「小子們，跟我最好說實話，沒人來堪薩斯城旅遊，」他慢悠悠地說。「這兒只有玉米地。」

「我們來……找人。」迪克翻了翻眼睛。

「找什麼人？」

我突然覺得，隔著櫃檯，我們全變成了犯人。

「找朋友。」

「去哪裡找？」汽車旅館老闆並沒打算放過我們。

「去阿什利……」

迪克還沒說出來，就被達爾文打斷了：「我們去的地方離這兒不太遠，在二一八號和四十號公路交界的地方。」

「哦，那裡可是塊很大的地方。」老闆露出一個古怪的笑。「可我沒聽說過那裡住人。」

「我們先訂四天。」達爾文並沒理會老闆，而是在桌上扔下兩百美金。

「我可沒聽過那裡住人，我只聽過那裡吃人。」老闆伸出一隻瘦削的手，把錢往回推了推。「現在走還來得及。」

達爾文沒有動，片刻後，老闆怪笑著把錢收了過去。

「聽著，老弟，這家旅館沒有員警，因為我就是王法。」老闆抬了抬帽簷，露出一雙淡藍色的眼睛。「你們應該老實一點，堪薩斯城沒有外來者，每個人都認識另一個。」

他一邊說，一邊從櫃檯下抽出兩把鑰匙扔給我們。

「不能毀壞傢俱，不能弄髒廁所，幹壞事的時候小聲點，汗漬不要留在牆上。」

這裡以前住的都是什麼人啊，我頓時一身冷汗。

似乎因為老闆大發慈悲，我們拿到了汽車旅館裡唯一的套房，雖然房間老舊破爛，但總算床還比較乾淨，我們也能住在一塊兒。

張朋扔下行李，在旅館裡好奇地擺弄著每一樣東西，還在床底下翻出十幾張應召女郎的卡片。

看著卡片上印著衣著裸露的白人大妞，張朋頓時一臉通紅。

「哥們兒，難道你有興趣打電話試試？」迪克已經假正經了一路，實在綳不住了，一看張朋的樣子就想上去戲弄他。「我們可以給你點空間。」

「你可別亂說！」張朋的臉紅得更厲害了。「我就是沒在國內見過，好奇而已，我還沒談過戀愛呢！」

「那你要不要用一個晚上的時間把經驗值刷上去？」迪克抖著一張大臉。

「我這麼有節操的人都是帶著固定角色練技能，從不靠外掛的。」張朋趕緊把卡片塞進迪克手裡。「要掛你去掛！」

「你們在看什麼？」沙耶加把頭湊到迪克腦後，迪克的臉立刻成了豬肝色。

「我是電腦白痴，不知道什麼是外掛，每次開黑的都是達爾文。」迪克迅雷不及掩耳地把十幾張卡片全塞進達爾文手裡。「他是駭客。」

達爾文接過卡片，非常認真地把每張看了一下，然後選出了兩張，把其他的扔進垃圾桶。

「這兩位從外觀上看是沒有接受過矽膠手術的，可一個臉型不符合我的審美標準，另一個的年齡不符合我性幻想的範圍。」

說完，又把手裡的兩張扔進了垃圾桶。

一瞬間，尷尬的氣氛達到了空前的高度，大家都變成了一臉黑線的表情包。

「既然你們都無話可說，我們研究一下明天的行程吧。」達爾文攤開了地圖。

無論是衛星導航還是地圖，二二八號公路和四十號公路交界的地區都像旅店老闆說的一樣荒無人煙，連一棟大樓的紀錄都沒有，最後的結論是只能明天先去轉轉再做打算。

「我們把背包裡的東西都清理一下，不重要的留在旅館。明天我們很有可能會離開汽車徒步深入，所以要在出發前買夠水和乾糧。」達爾文簡單地布置了一下每個人的行李裝什麼，就散會了。

「我們叫一份披薩怎麼樣？」迪克揉著肚子說。

「你再胖下去沒有妹子會愛你的。」我白了他一眼，但外賣這個提議立刻就得到了張朋雙手雙腳贊成。

「到現在為止，我來美國還沒有吃過垃圾食品呢！好歹讓我吃一下！」張朋立刻跟迪克形成了統一戰線。

雖然認識不到一天，但張朋和迪克的關係迅速升溫。畢竟他們太像了，無論是童年的遭遇，還是現在的困境——同樣有在執行機密任務的父親，同樣得過絕症，同樣吃著無法擺脫的藥物……

他們彼此有很深的共鳴，這樣的人是很容易成為朋友的。

「我能理解你的心情，我第一次知道這個藥無法治癒我的病的時候，我比你還絕望，我哭了三天三夜。」張朋吃完披薩，心滿意足地喝了一口可樂。「可是當我接受這個事實之後，我還是覺得這個藥是個好東西，因為它，我獲得了新生，成為新的人，有了我以前想都不敢想的生活，比如說，像現在一樣吃幾塊披薩，喝一大罐可樂。」

迪克連連點頭，卻又隱隱約約有點不安：「可到現在我都不知道這裡面的成分是什麼，我覺得我爸爸知道，我很害怕……」

「會過去的，」張朋拍了拍迪克的肩膀。「你會好起來的，不再依賴藥物，我向你保證。」

坐在不遠處打著電腦的達爾文抬起頭：「別忘記你說的話。」

張朋笑了笑，突然想起什麼似地問迪克：「對了，那個……在你身上出現了嗎？」

「什麼……哪個？」迪克隨即想到了什麼。

話音剛落，張朋突然開始變得透明。

過了幾秒，他就又笑著坐在迪克對面，拿起一塊披薩。

沙耶加、我和達爾文都瞪大了眼睛。

「你……怎麼會!?」迪克驚得都說不出話來了。「你能控制？你是怎麼做到的？」

「當然啦，這個能力在服藥兩到三年後就會出現，可以說是一種副作用吧，哈哈。」張朋笑得很輕鬆。「我吃的比你早，我大概是吃後第二年出現的。」

「原來……這不是我自己的天賦呀……」迪克有些委屈地看了看藥瓶。

我和達爾文互相看了一眼，藥的副作用我們是聽凱特說過的，但我們都不知道原來這種能力還能控制。

「你想學習怎麼控制嗎？我可以教你！」張朋笑眯眯地對迪克說。

「這是我這段時間聽過最好的消息了！」迪克的眼睛裡閃著激動的光。

汽車旅館的套房有兩個隔間四張床，我和沙耶加住一個隔間，男生們睡一個隔間——事實上，達爾文一直刻意跟張朋保持距離，他大部分時間待在客廳裡。

沙耶加從下飛機後就有點水土不服，她似乎是我們中間身體最嬌氣的一個，雖然她書包裡長年都放著各種藥，但日本產的明顯沒有我大中華地區的藥效強。我給她吃了點國產退燒藥，沒幾分鐘她就睡著了。就在我也快要見到周公的時候，手機突然傳來一陣振動。

「出來。」

發信人是達爾文。

自從我在機場打了他一巴掌，他到現在還不肯跟我說話，這麼晚把我叫出去，難道是要報復我？

看了看身邊熟睡的沙耶加，我輕手輕腳地下了床，披了一件單衣就往外走。

我們住的汽車旅館是一樓，一開門頓時被風吹得天旋地轉，我翻著白眼，瞥見達爾文坐在樓道的一角。

我打著哆嗦走到樓梯口坐下來。

「怎麼了？」

「妳對我是不是有什麼誤解。」

「我……」我一時間接不上話。

我不知道達爾文是個什麼樣的人，越來越不知道了。我以前覺得我知道，但是我今天又覺得我不知道。

「我為今天在機場打你的事情道歉。」我抓了抓頭。「謝謝你最後鎖車為張朋爭取了時間。」

「聽著，我很少跟人解釋什麼，因為大多數人都活在他們自己的愚蠢裡。」達爾文突然轉頭一本正經地說。「但我認為妳的智力或許比大多數人高一點。」

「謝謝你的誇獎，」我翻了翻白眼。「但我的智力其實比大多數人低，可能達不到你的要求。」

然後我倆都陷入了尷尬的沉默中。

達爾文似乎下了很大的決心才開口：「第一，張朋心臟停跳的時候我抓住妳不是要拉妳離開，是怕後面的醫護人員撞到妳；第二，我承認在張朋搶救的時候提議趁機離開是出於自私，但是我絕對有理由懷疑他。」

「你說說你的理由啊？你的理由不就是因為巧合嗎？可是你已經證明他不是八爪魚人了，這事情翻頁了，行嗎？」我打了個哈哈。

「他在飛機上給我們看的那封信有問題。」達爾文堅定地說。

「什麼？」

「我剛剛上網查了，信上貼的郵票是阿姆斯壯登月二十五周年紀念——阿姆斯壯登月是一九六九年，二十五周年也就是一九九四年——試問誰會用一張快十年前的郵票寄信？」

我一下被達爾文問得啞口無言。

「但……也許他爸爸手邊剛好有這麼一張郵票呢？」我心虛地回答道。

「有這個可能，但用這張郵票寄回中國就不可能了——我剛才在網上查了一下，這是一張收藏票，不是郵局通用票。」

「這……我當面問清楚張朋。」

達爾文一把拉住我：「不要去。我想過了，迪克不能離開他的藥，我們雖然不知道他千方百計想跟我們一起去的目的是什麼，但就目前看來，他並沒有威脅到我們，對迪克更是百利而無一害的。再則，把他放在身邊比讓他單獨活動更方便監管，對我們而言更有利。最好的情況是，我們進去後，各取所需，救回M，張朋治好迪克，明白我的意思嗎？」

「那你為什麼要告訴我，你讓我以後怎麼面對他啊！」我本來就不是一個會撒謊的人，還要讓我心裡藏祕密，簡直是愁死我了。

「因為我不想對妳有所隱瞞。」達爾文輕聲說。

「那我能不能告訴沙耶加，自己憋著好辛苦。」我可憐巴巴地說。

「不能。」

「她好歹是你的女朋友。」我噘了噘嘴。

「她不是。」

「你都給她戴戒指了，都抱一塊兒了，還說不是？你不是說不隱瞞我……」

我是不是傻？我連自己都出賣了。

為什麼說出了我躲在灌木叢裡偷看人家親熱的事實？

我是榆木腦袋嗎？

我能不能抽自己嘴巴子？

我……

我只想悄悄地走，正如我輕輕地來。

「我突然想起來很重要的事，我先走了。今晚月亮很大，你好好欣賞。」我猛地一下站起來。

「什麼事？」達爾文在後面問。

「今天有籃球比賽我要回去看直播。」我頭也不回地往回衝。

手心裡冒出的汗都能煮粥了。

「耶，呀咩……」

「沙耶加，妳怎麼了？」我睡得迷迷糊糊地睜開眼，窗簾外還是一片漆黑。

沙耶加大概是做噩夢了，她嘰嘰咕咕地說著我聽不懂的日語，我打開檯燈，桌上的鐘顯示此時是淩晨五點多。美國中部一入秋，白晝就會明顯變短，都清晨了還沒有日出。

我探到沙耶加床邊，她頭上全是汗，反反覆複念叨著「不要不要」。

「沙耶加，妳醒醒……」

「不要！」

我話音未落，沙耶加突然驚醒，兩隻手死死掐著我的手臂。

「沙耶加，妳做夢了，是夢，不怕啊……」我忍著疼，騰出一隻手，輕輕拍著她的背。

過了好半天，她才從夢魘中回過神來，虛弱地說了一句：「汪桑……」

「沙耶加，妳夢到什麼了？在我們中國有種說法，噩夢只要說出來就不會實現了。」我給她倒了杯水，她的燒退了，頭髮濕漉漉地粘在腦門上，和平常乾淨整齊的模樣略有不同。

「真的嗎？」我無意的一句話讓沙耶加產生了興趣。「說出來，就不會實現嗎？」

「真的呀，只要說出來就一定不會實現的。」我把感冒藥和水遞給她。

「我……」沙耶加的眼神突然有一絲落寞。「這個夢太長了，我不知道該怎麼說。」

「那就別說了，說點開心的事好了。」我安慰她。

「汪桑，妳長大後希望成為什麼樣的人？」

我被突如其來的問題問得一愣，隨後是戳心的疼，我不會再長大了。

我甚至看不到明年的春天。

「汪桑，汪桑？」我被沙耶加的聲音拽回了現實。看著她不解的眼神，我只好啞著嗓子說：「我……其實沒想過長大會怎麼樣。如果真的有那一天，我希望我能成為一個像我姨媽一樣的人吧。沙耶加希望成為什麼樣的人呢？」

「汪桑，說來很奇怪，我在遇到妳以前從來沒想過這個問題，」沙耶加突然笑了。「也許是因為我連想的膽量都沒有。」

「為什麼？」

沙耶加搖搖頭沒解釋：「我只要按照爸爸媽媽要求的，讀很多書，取得很好的成績，考進厲害的學校，以優異的成績畢業，成為強者。這就是我的人生，我一直被這樣教育著。」

「沙耶加……」

「成為強者，大概就是我對未來的規劃吧。」沙耶加輕輕打斷我。「可我從來沒有認真想過強者應該是什麼樣子的。堅毅，勇敢，正義，為了朋友挺身而出，面對再強的對手也不低頭——這些書上對強者的描述，我以為可以通過努力學習達到，可我在妳身上看到了。原來當一個人剝去『優秀』的外殼，剝去所有標籤，剝去階層，最終衡量他是否是強者的，是來自內心的勇氣。沙耶加希望，以後能像汪桑一樣。」

沙耶加拉住我的手：「像妳一樣，去對抗節子的命運……」

敲門聲打斷了沙耶加的話。

「出發了，今天有雨。」是達爾文的聲音。

第五章　神祕的電臺信號

不得不說美國的零售業非常發達，盜墓小說裡那些要用十天半個月才能湊齊的裝備，在這裡去趟沃爾瑪就全有了。槍店更是隨處可見，別說普通手槍了，只要有錢，連衝鋒槍都能買到。

中部的槍店比藥房多，但我們都沒有持槍證，要說給現金搞不好也能找到黑店，但達爾文怕處理起來麻煩最終放棄了。我們先去了二十四小時超市買了些食物和水，達爾文還買了防蚊蟲噴霧、塑膠雨衣和強光手電筒。

我和沙耶加分別買了些能量棒和士力架，這玩意兒雖然難吃，但熱量非常高，吃一塊能頂一個上午。

張朋則買了五把匕首，分給一人一把，他說：「畢竟不知道會發生什麼事，拿來防個身也好。」

達爾文皺了皺眉頭，但最終沒說什麼。

備齊了物資，我們就出發了。雖然天亮了但還是灰濛濛的，中部的秋天是雨季，今天看樣子會有暴雨。

二一八號公路和四十號公路在堪薩斯城外，儘管我們的住處已經是有人煙的最靠近這個交界的地方，但仍相隔了四十多公里。開出城我才知道堪薩斯城有多荒涼，放眼望去周圍全是光禿禿的荒地，偶爾見到一個加油站的標誌，指的也是幾公里外的地方，出城五公里之後連半間房屋都沒見到。

「二一八號公路和四十號公路的交界就在這裡了……」

達爾文在公路旁邊的突發事故帶停下車，磅礡大雨中我只看到四周一片黃土，沒有盡頭。偶爾有一兩輛貨卡從我們旁邊呼嘯而過。

「這……目標範圍也太大了吧？」我和沙耶加面面相覷。

「那條新聞裡那個飛行員的飛機座標，和最後一個電話裡的大致位置，三點定位出來的範圍有將近三百平方公里。」

「要不我們繞著這兩條公路來回開一圈，說不定能發現點什麼呢？」張朋提議。

「這也是目前看來唯一的辦法了，」達爾文歎了口氣。「但我認為效果不大。」

我們繼續繞著二一八號和四十號公路的交界來來回回開了四個小時，別說村莊了，連一個高速公路的出口都看不見——我們燒完半缸油，連一個活人都沒見著。

「我以前以為我們那個小鎮就已經是鄉下了，沒想到這裡比我們那兒荒涼一百倍。」我忍不住抱怨。

「中尉，妳做調查的時候一定搞混了，這裡可是正兒八經的堪薩斯州的堪薩斯城，可不是密蘇里州的堪薩斯，那個釀啤酒吃小龍蝦的旅遊城市。」迪克翻了翻白眼。「這裡連個像樣的電臺都沒有。」

迪克從上車開始嘴就沒停過，除了吃東西，就是跟著電臺唱那些永遠在榜單TO

P10的口水歌。隨著車開離城鎮，他不得不在一堆鄉村電臺裡挑出一個電音流行，這可要了他的老命。

「該死，現在連鄉村電臺都找不到了。」迪克使勁拍了拍車載收音機，撥弄著調頻按鈕。

我們的車在暴雨天徹底失去了無線電信號，收音機在迪克的拍打下發出一陣電流慘叫。

「停！別動！」達爾文突然朝著迪克吼了一聲，一把攬住了他。

「幹麼啊……」

「噓！」達爾文做了一個噤聲的手勢。

我豎起耳朵仔細聽了聽，一堆電流雜聲中似乎有一個沉悶的敲擊聲，就像無聊的人拿手在沙發上拍打出來的單調節奏。只不過剛兩聲，這個節奏就淹沒在電流聲裡。

達爾文在雨中一個急轉彎：「掉頭！」

「這……這是什麼鬼？」

「我沒聽錯的話，是摩斯密碼。」達爾文猛踩了一腳油門，那個詭異的敲擊聲又從收音機裡傳來。

「嗒嗒嗒……」敲擊聲十分模糊，聽起來就像在臥室隔著地板偷聽樓下的洗澡聲，還沒有聽明白是怎麼回事就又消失了。

這次我們都明白了是怎麼回事，達爾文把車開到公路邊的突發事故帶上，再緩慢向後倒。

大約倒了一百多公尺，這個模糊的敲擊聲又出現了。

「嘀嘀嘀，嗒嗒，嗒，嘀嘀……」

雨聲伴隨著電訊雜音，在空無一人的荒地旁顯得特別刺耳。

「摩斯密碼。」不知道是誰說了一句。

「這個訊號會不會就是從我們要找的地方傳來的？」迪克貼在車載喇叭上仔細聽著。「會不會是什麼求救信號，SOS？」

「不是，」達爾文蹙眉。「不太像……」

「讓我聽聽。」後座的張朋也往前湊。「我爸爸以前研究海洋生物，經常坐船出海，我能聽懂一點摩斯密碼。」

雖然摩斯密碼在二十世紀已經被基本淘汰了，但在亞洲航海領域，尤其是一些中小型的海船之間，還延續著使用摩斯密碼傳遞訊息的傳統。

「Keep out，danger。」張朋緩緩地說。「這說的是『危險勿近』啊。」

「這應該是以前專門警告途經附近的車輛和飛機的，」達爾文說。「戰時才會使用這種方式。這是為誰發送的密碼？」

我們透過被雨水沖刷著的車窗，看著公路邊上灰色的荒草原。除了一望無際的開闊地，什麼都看不見，沒有一棵樹，沒有一棟房子，似乎每個方向都蔓延到天邊。

阿什利小鎮，M，你們在哪裡呢？

我想起了M家的小拖車，她的媽媽總是坐在扔滿菸頭的門廊上，撥弄著那臺殘舊不堪的收音機。

如果阿什利小鎮是她的故鄉，那麼她在找的會不會就是這個隱藏在電臺某個波段裡的神祕信號？

「我覺得，我們應該跟著收音機走，」我看了一眼達爾文。「找到這個『危險勿近』的信號發射的源頭。」

越野車一個擺尾開進了公路旁的開闊地，路途立刻變得顛簸無比。

「張朋，你爸爸是從什麼時候開始為美國軍方工作的？」我假裝無意地問張朋。

迪克和沙耶加的注意力也立刻轉到他身上。

「是我很小的時候了，我的印象裡，他每年最多回國一兩次。後來也聽他說過，要直接申請綠卡，把我和我媽接過去……」張朋苦笑一聲。「可是我初一的時候，被檢查出來有胃癌——妳還記得那個下雨天的漫畫店嗎？我真的不是不想幫妳把那本漫畫搶回來，但我的胃疼得不行了。」

「唔——」我想起來當時張朋蹲在漫畫店的一角，我看到他額角有汗，只當成是南方夏季的濕悶造成的。

「對不起，我並不知道……」我有點抱歉。

「不怪妳啊，倒是我當時覺得妳一定會看不起我，搞不好還會把這件事說給其他同學聽，可是妳不但沒有，還救了我。」

「我……救了你？」我一臉茫然，我印象中除了書店那次，再也沒有跟張朋有過什麼交集呀。

「是啊，我就知道妳忘了，妳的性格本來就大剌剌的，這麼點小事肯定記不住。」張朋拍了拍我的腦袋。

「我……」我一時語塞，又不好意思再問是什麼事。

「你們看！」就在這個時候，坐在副駕的迪克突然叫了一聲。我們順著他的手指看過去，不遠處的荒地中間，似乎有一條廢棄的小路。

越野車穿過荒地開上了小路，我們的心都懸了起來。達爾文沿著路開了幾公里，兩旁的荊棘樹叢越來越多，收音機裡的聲音漸漸變得清晰起來。

「是這個方向！」達爾文壓低了聲音對我們說。

一塊被風吹倒的巨大路牌硬生生切斷了前路，木板上的油漆早就因為年代久遠腐蝕得七七八八了，但仍能清晰地看出來那幾個字母組成的英文——Welcome to Ashley Town（歡迎來到阿什利小鎮）。

我們幾個冒著雨下車嘗試搬開路牌，但很快就發現這是徒勞的，因為路牌的後面還有好幾處人為設下的路障——幾根粗大的樹幹和一地鐵釘。

「看來現在我們只能把車停在這裡，後面的路要步行了。」張朋撓了撓頭。

我們把背囊簡單地規整了一下，男生們背水，我和沙耶加一個背乾糧，一個背醫用急救包和雜物。大家穿上雨衣，開始徒步往阿什利鎮前進。

迪克和達爾文走在前面，我和沙耶加在中間，張朋在後面。

老實說，在這之前我對堪薩斯州的唯一印象，就是那本奇幻冒險兒童讀物《綠野仙蹤》。

住在堪薩斯州某個大草原上的少女桃樂絲，因為一場突如其來的龍捲風被刮到了神奇的國度。她帶著想要勇氣的獅子、想要心臟的鐵皮人和想要大腦的稻草人出發去奧茲國，最後他們都得到了想要的東西，桃樂絲也回了家。

「沙耶加，妳說我們會遇到奧茲國的魔法師，幫我們找到M然後送我們回家嗎？」我半開玩笑地問沙耶加。

「嗯，只要我們不遇上西國的壞女巫就行。」沙耶加笑了笑。

「奧茲國的魔法師沒有魔法，他只是給了稻草人一個用別針和糠做的大腦，給了鐵皮人用絲綢縫的心，獅子得到的也只是一些所謂幫助提升勇氣的藥水，這個世界上沒有魔法。」張朋在後面無意中說的話卻讓我不安起來。

「你答應我會治好迪克的，對不對？」我小心翼翼地問了一句。

「當然，我永遠不會傷害他，永遠不會傷害妳。」張朋笑著說。

最先映入我們眼簾的是一座殘破的風車塔。

風車的葉片在雨中搖搖欲墜，其中一塊已經折了，垂頭喪氣地掛在半空中。

緊接著，我們看到了一些零零散散的建築。它們遠看與堪薩斯城那些幾百年的老木屋並無不同，卻透著一股詭異。我很快就想明白了這種詭異的源頭——沒有電，沒有燈，沒有一個人。

堪薩斯城此時明明是秋季，但整個小鎮像在冬季——屋頂上似乎有灰白色的雪，地上雖然被雨水沖刷過，可遮擋之下的門廊扶手上全是灰濛濛的一片。

「有人嗎？」迪克率先叫起來。

沒人回答。

我們的腳踩在地上的灰白粉末上，夾雜著雨水發出吧滋吧滋的響聲，這個聲音在寂靜的阿什利小鎮裡尤為刺耳。

路邊一家酒館的大門敞開著，裡面的凳子七零八落地翻倒在木地板上，吧臺上還放著東倒西歪的啤酒瓶，裡面的液體早就乾涸了。

酒館的餐桌上還放著腐爛成黑色的三明治，掉在地上的報紙日期是一九五二年八月十六日，雖然已經黃得發脆，但仍能認出首版的標題寫著「參議員約瑟夫・麥卡錫：我們不該包容任何共產黨員」。

路邊橫七豎八地停著幾輛二十世紀五〇年代的老式汽車，車門大敞，裡面的真皮座椅全腐壞了。長年風吹日晒已經使它們鏽跡斑斑，但寒酸的外表也掩蓋不住它們當年的風采，就算滿身斑駁，現在那些飛馳在路上的塑膠玩具也根本無法與其相提並論。它們的鐵皮在雨中鏗鏘作響，似乎一加滿油就能重現當年馳騁疆場的輝煌。

「真是好車，嘖嘖。」迪克摸著汽車的鋼板感歎著。

「這裡的人並不太像傳統印象中的堪薩斯人，他們似乎過著富足的生活，也比較有錢。」達爾文總結道。「而且從種種痕跡判斷，他們不像是井然有序地離開的，而像是因為突發狀況在一日之內被迫離開的。」

「有什麼突發狀況，能夠連這麼好的車都扔掉了啊，嘖嘖……」迪克感歎道。

「這些看起來像是積雪的灰白色粉末是什麼啊？」我使勁揉了揉鼻子，自從來到這裡，我感覺我的過敏性鼻炎又犯了。

達爾文用一張紙巾沾了一點粉末，用打火機燒了燒，又聞了聞。

「鹽。」

「鹽？怎麼會有這麼多鹽在屋頂上？難不成以前被海水沖了？」我話音未落，站在我旁邊的沙耶加突然一頭栽倒在地上。

「沙耶加，妳怎麼了？」我一摸她的額頭嚇了一跳，這燒得起碼有三十九度了。沙耶加已經昏過去了，原來她昨晚根本沒好，是咬著牙硬跟著我們進來的。

「先把她抱進去！」迪克指了指旁邊的一間民宅，一把抱起昏迷的沙耶加。

「張朋呢？」達爾文吼了一句，我下意識地轉頭看。

我身後空無一人，張朋不知道什麼時候不見了。

民宅裡雖然已經積滿了厚厚的灰，但好在傢俱齊全。迪克把沙耶加放在沙發上，我從書包裡拿出了急救藥包。

這間民宅和周圍的建築大同小異，都是木質結構，可裡面採光並不好，除了靠窗的位置，其他地方都烏漆墨黑的。迪克在不遠處的雜貨店找到了一些蠟燭，房間裡總算有了光。

吃了藥之後，沙耶加的呼吸逐漸恢復平緩，但臉上的潮紅還沒退去，額頭還是燙的。

「看來今晚走不了了。」達爾文看了看外面滂沱的大雨和陰沉沉的天，現在已經是下午五點了，沙耶加還在昏迷，冒著這麼大的雨出去是很不現實的。

「我出去找找張朋。」迪克剛要出去就被達爾文攔住了。

「你把我們的雨衣掛在門廊外面，這個小鎮的主要道路就這麼一條，他無論如何都會路過這裡的，能看到。」達爾文並沒有表現出太多對張朋的關注。

「如果他遇到了危險怎麼辦？還是出去找找吧？」迪克輕聲說。「我們不能就這麼拋下他吧？」

「誰知道會不會是他把我們拋下了呢？」達爾文哼了一聲。

迪克有點不爽，雖然沒反駁達爾文，卻還是一頭衝進雨裡，可惜在天黑之前都沒有找到張朋的蹤跡。

趁著天還沒有完全黑透，我拿著蠟燭開始四周觀察起來。

這家的裝修走的竟然是民族風，不知道在當時看怎麼樣，反正現在看倒是挺前衛的。木制的沙發上鋪著幾何形狀的毛毯，牆上吊著風乾的鹿角和獸皮，客廳的一側還放著兩隻手鼓。

「這是什麼？」我發現門廊的一角掛著一個用麻繩和羽毛編織的圓盤。

「捕夢網。」達爾文在我身後說。「印第安人相信這種網能捕捉好夢，防止噩夢。」

「所以這家原來住的是印第安人？」我有點吃驚。

「我懷疑阿什利本身就是一個以印第安原住民為主的小鎮。」達爾文點了點頭。

「堪薩斯是印第安語裡『南風之地』的音譯，在德國人遷徙到這裡之前，堪薩斯就是印第安保留地，原住民鎮也沒什麼好稀奇的。」

小鎮沒有任何電力，天一黑就伸手不見五指，我們屋裡的幾盞燭光倒是顯得異常突兀。

沙耶加中間醒來過一次，一點精神都沒有，也吃不下東西，迷迷糊糊地一直在道歉。我安慰她兩句後，她又昏迷了過去。

迪克在天黑前逛遍了整個小鎮，確認空無一人之後，抱著大安主義就要睡覺。達爾文作為踏踏實實的懷疑論者，提出了兩人輪流守夜的建議，我自告奮勇地接替了迪克值上半夜。因為我從小到大都是皮膚敏感體質，在落滿灰塵的沙發上睡覺對我來說是很痛苦的事，隨時都會全身過敏。與其睡不好，還不如讓迪克睡個好覺，讓他明天出去能好好開車，我還能在車上打個盹兒。

「妳不會睡著吧？」達爾文不放心地問了一句。

「如果我真的很睏，我會在睡著前戳醒你的。」

很快房間裡就響起了此起彼伏的呼聲，我好奇地蹲在地上仔細觀察了一會兒達爾文，原來男孩子打呼真的跟體重沒關係啊。

瘦瘦的達爾文打呼比迪克大聲多了，我趕緊在沙耶加耳朵裡塞了兩個棉球。

這麼看這小子睡著了還挺帥的嘛，我不知道什麼時候紅了臉，趕緊站起來巡邏一番。

雨越下越大，豆大的雨點劈里啪啦地打在屋頂上。我拿出手機在屋裡走了一圈，半格信號都沒有。

客廳的窗戶年久失修已經關不牢了，呼呼地往裡灌著風，我禁不住打了個哆嗦，突然有一股很刺鼻的味道灌進我的鼻子裡。

我條件反射地就去開窗，卻隔著窗戶看見本來空無一人的街道上，多了一個「人」。

它一動不動地站在距離房子不到十公尺的街道上，面朝著我們的方向。

我的第一反應是張朋回來了，可剛想開口，就發現不對。

張朋身高大概一百八，可眼前這個「人」看起來只有一百三，和一個六、七歲的小孩差不多。一道閃電劃過，我看見它穿著不太合身的深灰色軍用防水雨衣，帽簷兒下是一個巨大的老式防毒面具。

我看不清它的表情。

我反應出那是什麼味道的時候，火苗已經竄到了窗簷兒上。

「汽油！汽油！」我驚叫著，使勁推醒沙耶加。

「快起來，快起來！有人放火了！」

達爾文和迪克立刻反應過來，迪克扶起沙耶加就往外跑，火苗已經迅速竄進房間裡，毛毯和木制沙發開始起火，房間裡瞬間濃煙滾滾。

「門開不了！」迪克已經跑到門口，但無論他怎麼踹，大門絲毫不動。「該死！從外面堵死了！」

「咯咯——」沙耶加一個不穩差點摔到地上，我趕緊脫下外套給她掩住口鼻。眼看從大門逃生已經沒戲了，情急之下我想起了那扇漏風的窗戶。

「那裡！那扇窗戶關不死！」我跑回客廳，一腳踹開木凳就往沙發後面的窗戶爬。

「撞開這扇窗——」我率先爬到窗戶旁邊，誰知話音未落，就看到窗戶縫外，一隻紅色的眼睛盯著我。

這隻眼睛，沒有眼瞼。

是那個剛才在雨裡看著我們的「人」！

但我的大腦第一個反應，它肯定不是「人」。

透過防毒面具並不太清晰的玻璃，它渾濁的眼球向上迅速地翻了一下，又掉下來看著我，虹膜的一側還長著像真菌一樣的寄生物。

它的眼睛周圍，是毛孔粗大的皮膚，上面鼓滿了大大小小的腫瘤，就像一隻蜥蜴。

我們就這樣對視了三、四秒，我才發現它正要用鐵鍊從外面把窗戶鎖死。

「哇！怪物！」我還沒來得及大喊，達爾文從側面翻身上來，掏出匕首就從窗戶縫向外刺去。

「呀！」達爾文這一刀應該是刺中了怪物，它大叫一聲，轉身向遠處跑去。

「扶著她！」迪克把沙耶加遞過來，隨即後退兩步，借力往前一衝，木窗戶被撞得稀巴爛。我們幾個從濃煙滾滾的屋子裡踉蹌地跑出來。

「追！」達爾文想都不想就沿著泥地上的腳印跟了上去。

「妳可以嗎？」我轉頭問沙耶加。

「嗯！」她拉住我的手，確實沒有之前那麼燙了。

我挽著沙耶加，跟著迪克和達爾文追了兩條街，還是把那個人影追丟了。

「妳看清楚它了嗎？」達爾文氣喘吁吁地轉過身問我。「好像不是張朋。」

我搖了搖頭：「肯定不是張朋，身高也不符合，我看不見它的臉，不好說……」

「你們別嚇我，會不會是鬼啊？」迪克的聲音都開始發抖。「上校我天不怕地不怕，更不可能怕這些虛無縹緲的東西！」

下一秒，迪克很自覺地躲在了我身後。

「我也覺得不是張朋。」達爾文這次意外地沒有反駁我。「剛才那傢伙的速度和靈敏度，不像是人類能夠達到的……」

「不……會……吧……」迪克的臉都變形了。「真的有鬼啊……」

「汪桑，妳聽。」沙耶加抬起頭，做了一個噤聲的手勢。

空蕩蕩的鬼鎮上方，似乎回蕩著一絲若有若無的音樂聲。

吧滋，吧滋，就像老式黑膠唱片發出的刮擦聲。

「從那邊傳來的。」沙耶加指著不遠處的教堂。

我第一次看見在深夜裡敞開的教堂大門，就像是在歡迎來自黑暗中的禱告者。

這是我們在阿什利鎮上第一次看見屍體。

是女人和孩子的屍體。

他們是被人踩死的。屍體的頭部朝著門口的方向，衣衫破碎，已經快風乾成白骨了。

扔在地上的《聖經》和亂七八糟的禱告椅，似乎昭示著這裡曾發生過一場暴動。

我好像看見了多年之前的某一天，虔誠的教徒們驚恐地叫喊著、推搡著逃離這裡。他們忘記了摩西十誡，忘記了神告訴他們要彼此相愛，他們踩著弱者的身體不顧一切地向門外逃竄。

沙耶加乾嘔了兩聲，捂住了嘴巴。

「你們聽，」迪克率先朝教堂裡面走去，他跳過被人踩扁的屍體，把耳朵湊到了聖壇上。「音樂好像是從這裡面發出來的。」

「不會吧？我怎麼感覺音樂是從這些凳子底下發出來的？」達爾文皺了皺眉頭，抬腳準備往裡走，突然一聲巨響。

迪克一腳踩穿了聖壇上的木板，整個人往下一陷，幸好腰上的肥肉把他卡在了半空中。

「救命啊——」迪克殺豬一樣的叫喊聲在整個教堂上空回蕩。

我們費了九牛二虎之力才把迪克從踩塌的木地板窟窿裡拽出來，這才發現原來教堂地板下面是中空的。我拿著手電筒往裡面照了半天，只能隱約看見是一條石壁隧道，再遠的地方就看不見了。

西方的很多教堂底下都會有暗道和耳室，比如說著名的聖彼得大教堂和聖德尼大教堂，一般這些地下室都會貯藏以前的主教或者有聲望的人的棺槨，並沒有什麼稀奇。真正讓我們毛骨悚然的是，地面的裂縫讓本來若有若無的音樂聲陡然清晰起來。

很明顯，留聲機的聲音是從隧道另一頭傳來的。

「給我手電筒！」心大的迪克早就忘了剛才卡在地縫裡的哀號，迫不及待地要往裡面走。「剛才想燒死我們的那個小怪物應該就在底下，老子要下去剝了它的皮！」

「搞不好是陷阱呢？你要是困在下面，我們三個人都救不了你啊……」我還沒說完，迪克就自顧自地把周圍的木板撬開。

「那個小怪物不分青紅皂白就想弄死老子，就證明我們之間的矛盾連談判的餘地都沒有。如果我們一味保守防禦，論對這裡的熟悉度，我們玩不過他。」迪克擦了一把汗，抬起頭對我說。

「他一定想不到這時候我們會主動出擊，中尉，別忘了在二戰時，德國就是靠閃電戰打下波蘭和法國的，這是來自敵人的戰術經驗。」

我翻了翻白眼，一會兒你卡在底下，不要叫我把你從洞裡摳出來。

達爾文倒是沒吭聲，好像還挺認可迪克的戰術，只是叮囑了他一些安全問題，包括有危險就閃燈提示，遇到突發狀況先退回來之類的。最後，他從書包裡掏出了一把手槍。

「你怎麼會有手槍！」我和沙耶加驚叫起來。

「我當然有我的辦法，我要保證大家都能活著出去，」達爾文鄭重地把槍交給迪克。「但我希望我們不會用上這東西。」

「放心吧，將軍。」迪克朝達爾文敬了一個標準的軍禮。

迪克順著被我們掰大的地板縫爬了下去，皮糙肉厚的他竟然三兩下就到了底。

「Clear（安全）！」這貨賊兮兮地給我們豎了個拇指。

「你小心點頭頂。」我沒忍住撲哧一聲笑了，其實迪克有的時候特別帥。

「初步看，這是個礦道。」迪克煞有介事地拿著手電筒往牆上掃了掃，又把嘴湊上去舔了舔。

「好像是個鹽礦呀。」

這就是我聽到迪克說的最後一句話。

我的背後忽然有一陣風，隨即後腦鈍痛，就倒在了地上。

我剛想喊點什麼，就感覺到旁邊的沙耶加也倒下了。

我喉嚨裡一陣腥甜，拚了命地張開嘴，說的最後一句話是：「上校快跑……」

第六章　綁架

頭好痛，確切的說是後腦和脖子好痛。

我用力吸了吸鼻子，眼皮沉得像灌了鉛一樣難睜開，太陽穴一跳一跳地疼。

我不知道我暈倒多長時間了，也不知道是誰從後面襲擊，但是那個人絕對下了狠手，到現在我的脖子一點都動不了。

我嘗試抬起手摸一摸受傷的地方，猛然發現手被什麼東西鎖住了，抓了幾下，竟然是一根冷冰冰的鎖鏈。

我吃了一驚，使勁睜開眼睛，忍著疼移動著身體，試圖看清面前的狀況。

沒有窗戶，沒有門，沒有天然光源。

我花了很長時間才適應眼前昏暗的環境，這裡似乎是一個山洞，灰白的洞壁上有一盞十分破舊的低功率礦燈，裡面發出的昏黃的光，僅僅照亮了山洞的一角。

就在這個礦燈下方，達爾文被綁在一張凳子上，他的頭上隱約有血漬。

我的心狂跳起來，掙扎著想往達爾文的方向挪動，但我拚盡了全力都徒勞無功——綁住我的鐵鍊另一頭拴在洞壁的木杵上，能讓我移動的範圍不超過五公尺。

「唔——」我聽見我的腳邊傳來沙耶加的聲音。

沙耶加靠在洞壁一側的陰暗處，雙手雙腳跟我一樣被綁得死死的，因為太黑所以我一開始沒發現她。她離我比較近，我蹭著地板爬到她身邊。她的頭髮亂七八糟，臉上全是黑灰，手臂上還有擦傷。

「沙耶加，妳怎麼樣？」我輕輕喚她，可是她沒有什麼反應。

「水……水……」沙耶加迷迷糊糊吐出兩個字。

我摸了摸她的手，燙得都能煮粥了。我立刻意識到她燒得很嚴重，如果是細菌感染導致的發燒是會死人的，必須立刻吃抗生素。

我一摸身後，背包沒有了。

我的包裡裝的全是藥物，這一下我徹底慌了神，立刻四處尋找我的背包，可是怎麼找都沒找到。

「達爾文、達爾文。」我抬高了一點分貝叫道，同時警覺地朝黑黝黝的洞口張望，怕我的聲音引起什麼人的注意。

達爾文毫無反應。

他被雙手反綁，腳也被團團捆住，整個人一點生氣都沒有，不知道是生是死。

我的心一陣狂跳。達爾文，不要死啊。

我吞了一口口水，努力安慰自己，情況應該沒那麼糟。

如果達爾文死了，就不會把他捆起來了。對不對？

可是如果我們都被扔在這裡，就這樣餓死呢？

我忍住要掉下來的眼淚，強迫自己冷靜下來。

我不能就這麼放棄了，是我把他們帶到這裡來找M的，我一定要活著把沙耶加、達爾文……咦，迪克呢？

我的眼睛已經適應了黑暗，周圍的物體漸漸清晰起來。我仔細搜索了一遍，這個山洞並不大，大約三十平方公尺左右，形狀規整。除了達爾文那一側有一張爛桌子之外，靠近洞口的地方還有一個破櫃子，幾個書包放在櫃子上，櫃子下方放了一些類似罐頭的東西。

迪克沒有在山洞裡。

在我們遭到襲擊之前，我們三個人都在地面上，只有迪克一個人在地板底下的石壁走廊裡，他是很有可能逃生的。

我心裡燃起一絲希望，上校一定是逃掉了，他有逃跑的空間，而且還會隱身。只要他還在外面，就一定會來救我們。

但我又迅速被悲觀主義擊敗了，這貨平常智商為零，別說救我們了，自救都不知道能不能行。

畢竟他在賢者之石下面的表現已經讓聽者傷心、聞者流淚了。

唉，早知當時就不應該讓他下去，哪怕是讓沙耶加逃走都比他可靠，起碼沙耶加還知道去找救兵。

我翻了翻白眼，靠這個有勇無謀的死胖子救我們，估計有點懸。

想著想著，我不由自主地向山洞的牆上靠過去，沒想到這麼一靠，脖子突然一陣劇痛，我忍不住驚呼一聲。

我早就感覺到了脖子後面有傷口，可是為什麼碰到岩壁會這麼疼？

我突然想起了什麼，使勁轉身把臉往牆壁上貼去，伸出舌頭舔了舔，一陣苦鹹味讓我條件反射地乾嘔了兩聲。

好鹹。

鹽礦，迪克說過，他走下去的那條礦道好像是鹽礦，我現在就在鹽礦裡面。

這不是什麼山洞，而是鹽礦裡面的礦洞。

我又想起進鎮時屋簷兒上的白霜，還有門廊上堆積的黑灰色的粉塵。達爾文曾經說過，那些沉積物都是鹽。

小鎮上的鹽會不會就是從這裡來的呢？

但為什麼地下的鹽會跑到地上的屋頂上？

我搖頭晃腦正想不明白，突然聽到洞口一陣窸窸窣窣的聲音。

一個小腦袋從黑暗中逐漸露出來。

它大概和一個三歲小孩差不多高，皮膚像白色橡膠手套一樣蒼白透明，沒有一點毛髮。但真正嚇得我不敢動彈的，是它從左側臉頰蔓延到額頭的那個有半個腦袋大的腫瘤。腫瘤大得甚至完全蓋住了它的右眼，上面密布著淡藍色血管，還分布著一些細小的毛囊腫瘤，就像金針菇一樣一叢一叢地長在血管附近，看得我頭皮一陣發麻。

這個小東西慢慢走了進來，用眉骨下僅有的一隻眼睛看著我，我因為恐懼無法控制自己，只好強迫自己抖著一身雞皮疙瘩跟它對視，但身體不自覺地往牆角那裡縮。

但這東西沒走兩步就停住了，它歪著腦袋看了看我，難以置信的是，它的眼神裡也有著對我的恐懼。

還有好奇。

它眼神裡的好奇很快戰勝了恐懼，又朝我前進了一步。

我們就這樣在相隔不到十公尺的地方對視著，過了不知道多久，它開口了。

「妳是人類嗎？」

它的聲音很細嫩，奶奶的，就像一個小孩子，但它的咬字並不準，也許是因為沒牙齒。

不知道為什麼，我突然想起了M第一次跟我說話的時候，那麼自我防衛，那麼小心翼翼，卻又帶著禮貌和謙卑，我不自覺地從嘴角露出了一個笑容。

但它的問題讓我啼笑皆非，什麼叫我是不是人類，我當然——我的天，能問出這個問題，就證明對方有可能不是人類啊！

「妳是人類嗎？」

那個小東西又問了一句。

「我……當然是人類啊！」

它像是小孩子得到了大人的許諾一樣，開心地笑了笑，儘管那個笑容在它臉上是十分詭異的。

「我叫加里。」

「我……我叫旺旺。」

不知道為什麼，當這個小怪物突然說自己叫加里的時候，我的心觸動了一下。名字，是一個很奇怪的東西，當你和一個人交換了名字，似乎就建立起了一種同盟的關係，我一下沒有那麼怕它了。

因為敵人是不會在乎對方叫什麼名字的。

加里小心地走近了兩步：「我能摸摸妳嗎？」

我點了點頭，它抬起手摸了摸我的臉，我突然意識到，它的手和人類小孩長得一樣。

加里又摸了摸我的頭髮和手。

「妳沒騙我，你和我奶奶年輕的時候長得一樣。」加里從口袋裡掏出一張照片。「妳和照片上的奶奶長得一樣，以前我的眼睛能看清，但現在已經很長一段時間看不清了。」

那張發黃的黑白照片上，有幾個二十歲左右的印第安少女站在陽光下，穿著瑪麗蓮夢露那種雪紡的白蕾絲背心，紮在碎花裙子裡，一看就是二十世紀五〇年代標準的鄉下打扮。她們站在阿什利小鎮的牌子旁邊，正是我們進來時看到的倒塌的那塊。

我的心狂抽了一下，隱隱的不安終於得到了證實，加里的奶奶是這個小鎮以前的居民，加里有可能是人類。

「加里……這是你奶奶？」

「是呀，最左邊那個。可是她去世很久了，我知道我長得和她不一樣，但我媽媽長得和她也不一樣。我們自從生活在這裡之後，都長得不一樣了，但媽媽說我們是幸運的。」

我的內心狂跳起來。

「加里，你們是什麼時候生活在這裡的？」

「很久很久以前，」加里掰著手指，但他的數學明顯不太好。「加里出生的時候就在這裡了，媽媽說，爆炸之後我們就在這裡了。」

「什麼爆炸？」我的聲音顫抖起來。

「加里不知道……」加里的腦子似乎有點反應不過來，又木然地重複了一遍。「加里出生的時候就在這裡了，媽媽說外面很危險，要經過很長很長的時間才會安全。」

我一瞬間陷入了混亂，什麼叫外面很危險？什麼爆炸？是什麼導致這孩子變成了現在這個樣子？

但我知道以他現在的認知很難再問出關於爆炸的細節來，我能做的是儘量從這個孩子嘴裡掌握更多鹽礦和洞穴的情況，以便逃出去。

「加里，你看到那邊的哥哥了嗎？」我仰了仰脖子，指指綁在凳子上的達爾文。

加里回頭看了看：「嗯。」

「你能幫我去看看那個哥哥還活著嗎？他還有沒有呼吸之類的？」達爾文的情況才是我現在最擔心的問題。

「他活著，」加里並沒有往那邊移半步。「多多說，他只是暈過去了。加里不喜歡他。」

我一下鬆了口氣，心頭一塊大石落了地，只要活著就行了。

「加里為什麼不喜歡那個哥哥？」

「不喜歡，他不肯說他的名字，多多問他問題，他還朝多多說髒話，吐口水。」

呃，確實挺達爾文的，我不禁在心裡默默地點了點頭。

「多多是誰？」我接著問。

「多多是能去地上的人，是受大家尊敬的人。」不知道為什麼，說這句話時，加里的眼神有一絲恐懼。「是多多把你們帶回來的。」

「為什麼多多是能去地上的人？其他人不能去地上嗎？」我充滿了疑惑。

「……妳要喝水嗎？」加里沒有回答，他顯然不想回答，所以岔開了話題。

我點了點頭，他閃身離開了礦洞，沒過多久就捧了一碗水進來。我含了一口，又餵給了沙耶加一口。她的額頭越來越燙，隨時都有休克的危險。

「加里，你能幫我一個忙嗎？」我懇求道。「你看到櫃子上最左邊的那個書包了嗎？裡面有個急救包，打開有一排排的白色藥片，能拿給我嗎？這個姊姊需要吃藥，如果她不吃生命就會有危險的。」

出乎意料地，加里後退了一步，充滿警惕地搖了搖頭：「多多說加里不能幫助妳，多多說你們是壞人。」

「我——」我剛要解釋，洞口傳來了一個沙啞的聲音。

「給我滾出去，小雜種，別讓這些蘇聯間諜洗了你的腦子。」

陰影中出現了一隻狼一樣凶狠的眼睛，是我在小鎮窗戶外看到的那隻。

蘇聯間諜？我沒聽錯吧？這個詞在我腦子裡迅速轉了一圈。

雖然我世界歷史學得一般，但我好像記得現在世界上只有一個叫俄羅斯的國家，剛上來了一個總統叫普丁。

那隻凶狠的眼睛終於從陰影中走出來，一個身高大約一百三的「人」，手裡拿著一個類似工業擴音器的東西站在礦燈下面。

他比加里高出半個頭，但仍然很矮，他發育完全的頭臉和瘦小的身體明顯不相配——他的臉看上去至少有六十歲了，這讓我聯想到了侏儒。

燈光之下我才明白，為什麼我一開始看到他眼睛的時候覺得他不是人類——他的臉到頭皮就像得了某種嚴重的皮膚病，本應該是正常的皮膚上布滿了像蜥蜴一樣的厚鱗疙瘩，讓有密集恐懼症的我不寒而慄。

而且這東西竟然有一根尾巴。

「是鎮長讓我給他們送水的……」加里怯生生地說。

「是嗎？」侏儒露出一個意味深長的笑容，隨即神經質地臉一沉，一把打翻了加裡手上的碗。「是嗎!?沒人會在乎這些間諜的死活！他們就跟蛆一樣不值錢，活不到明天，你會給死人喝水嗎？」

加里被侏儒嚇得倒退了兩步，整個人發起抖來。

「這幾個人是屬於老子的，不是鎮長，小鬼你要是再撒謊我就剝了你的皮。」侏儒把手裡的工業擴音器扔在地上，盯著加里看了半天，突然露出了一個猥瑣的笑容。「加里，你是不是以為你的特權是來自你是在這裡出生的最後一個小孩？呵呵，嘖嘖……」

侏儒似乎找到了一個很好笑的笑點，他極力忍住笑意，最終忍無可忍地笑了出來。他神經病一樣的笑聲在礦洞裡迴響，臉上粗糙的皮膚擰成一團，表情無比可怖。「我告訴你，你之所以能在這裡肆無忌憚地走來走去，不是因為誰稀罕你是這裡唯一的小孩子，而是因為你媽跟霍克斯睡過了，知道嗎？嘿嘿，這才是你們能獲得更多藥丸的原因，小東西。」

侏儒露出了一個極其噁心的表情。

「你撒謊！」加里無力地叫了一聲，他的語氣裡滿是恐懼。加里扔下了手裡的碗就往礦洞外跑。

「多多從來不撒謊。」侏儒在加里後面吼了一聲，他抽動著嘴角，眼睛就像來自地獄的魔鬼。

我倒抽了一口冷氣，這個在小鎮上企圖放火燒死我們的人就是多多。

怪不得加里剛才說到多多的時候，眼神裡都是恐懼，敢情這個多多是個神經質的變態！

我下意識地往後縮，沒想到，在地上的摩擦聲引起了多多的注意。

他轉過蜥蜴一樣的皮膚病臉，朝我看過來。

我的心一下提到了嗓子眼，幾乎是下一秒，我已經決定了應對策略——裝死。

我頭一歪靠在牆上，蜷起來的腿靠著沙耶加，一動不動。

也許是我躺的地方比較黑，這招竟然有用。多多看了我一眼，就轉身走到了達爾文旁邊——他一隻手托起達爾文的頭，從他嘴裡摳出一大坨布。我這才知道，原來達爾文嘴裡一直有東西堵著。

多多撿起地上的碗，把碗底那一點點水混著地上的泥給達爾文灌了進去。達爾文爆發出兩聲劇烈的咳嗽。

「達爾文！」

聽到達爾文的聲音，我一下沒忍住叫出來。

果然我還是太嫩了，多多是故意的，他知道我根本沒暈，他的臉上露出了一個奸計得逞的壞笑。

「小子，你們出不去的，看看你的兩個同夥——」多多把達爾文的頭掰到我們這邊。「這兩個小婊子，你想看到她們挨鞭子嗎？想看到她們的牙齒被一顆顆拔下來嗎？」

多多掰過達爾文的臉：「聽好了，我再給你一次機會，你再不配合我，我就殺了你，換成她！」

多多一邊說，一邊指了指我。我打了一個哆嗦，蜷起了腿。

「我們不是什麼……蘇聯間諜……」達爾文吐了口血在地上，他的牙齒可能被打脫了，說話一陣含混不清。「蘇聯……早他媽解體了！」

多多眯著眼睛，揪著達爾文的頭髮，貼在達爾文的耳邊似笑非笑地輕聲說：「我說你是，你就是，不管蘇聯解體了還是地球滅亡了，我說你是什麼，你就是什麼。」

「按我說的做，你的夥伴也許能活得長些。」多多一邊說著，一邊打開了旁邊的擴音器，瞬間一陣嗡嗡的電流雜音刺得我耳膜生疼。

擴音器似乎連通了礦洞外面的某個大喇叭，電流的回聲像山谷裡瀑布的回聲一樣，在礦洞外面響起。

「你們是誰？你們從哪裡來？」多多看著達爾文，故意對著擴聲器大吼了一句，隨即把擴音器放在靠近達爾文的破桌子上。

我聽見多多的聲音通過擴音器似乎傳遍了地下所有的角落，無數回音在礦洞外響起。

「你們是誰……是誰……誰……」

「你們從哪裡來……哪裡來……來……」

「我們來找人……」達爾文咳了一聲。「我不……」

我還沒反應過來達爾文在說什麼的時候，突然一把刀子就頂在了我的喉嚨上。一陣刺痛。

多多拿著刀架在我的脖子上，歪著嘴笑著看達爾文。

達爾文全身顫了一下。

多多又問了一遍：「你是誰？」

「我……我們是蘇聯的間諜。」達爾文無力地說，他的聲音順著擴音器回蕩在礦洞外面。

他的答案讓多多很滿意，他側過刀面拍了拍我的臉。我吸了口氣，盡了最大的努力才沒哭出來。

「你們從哪裡來？」

「我們從地面上來……蘇聯政府已經占領了堪薩斯……」達爾文僵硬地說著一些完全不符合外面的事情，但多多露出了滿意的笑容。

「你們聽到了，」多多貼近擴音器，他的聲音變得正義凜然。「蘇聯人已經占領了地球，戰爭與核爆還在延續，百分之八十的城市已經變成灰燼，地面上就是人間煉獄……」

我眼睜睜看著這個侏儒激情澎湃地講著我只有在科幻B級片中才會看到的「地球末日」，這些在平時我一定會笑出眼淚的「笑話」，此刻我卻一點也笑不出來。

「多多，你又發什麼瘋？」突然一個憤怒的聲音從洞口響起。進來的人和多多一樣，一臉的皮膚病，但比多多高許多，他臉上的毛髮已經掉光了，手上長滿了白斑，拖著尾巴彎著腰走進洞裡，一把關掉了擴音器。

「霍克斯，你看不出來我在幫你嗎？」多多看起來對這個高個子男人還是有點忌諱的，但他嘴裡沒有半點讓步。「好長一段時間，你的統治已經岌岌可危了，現在每個人都私下議論著地面上的事情——他們以為災難過去了，他們以為春天來了，開始蠢蠢欲動了。」

我看了看眼前的霍克斯，他就是剛才多多嘴裡說的和加里媽媽睡過的人嗎？這些人究竟為什麼會像蜥蜴一樣生活在地底下？

「你想多了，你還不瞭解外面那些人嗎？他們早就失去印第安人的血性了。」霍克斯對多多的話顯得極其不耐煩，揮動著手示意他住口。「說了不要把這些入侵者帶到地下，為什麼不在外面解決他們？你記得上次那個迷路的吧？我們還要想辦法把屍體抬出去，否則會引來那些變異的耗子。」

「他們還有兩個同夥逃走了，」多多看了達爾文一眼，搖了搖頭。「要暫時留著他們的命，把他們的同夥引出來。」

「他們其中的一個同夥很狡猾，到現在都沒有蹤跡可循。」頓了頓，多多又說道。

我的心提到了嗓子眼，兩個同夥？是啊，我怎麼忘了還有個張朋啊！

迪克果然成功逃脫了，但張朋到哪兒去了呢？

他從一開始進來的時候就不知所蹤，難道當時他就感覺到了危險，所以躲起來了？可是他為什麼不通知我們呢？

「那你還在這兒幹什麼？快去抓他們！」霍克斯一臉惱怒地看著多多。

「眼前這幾個在教堂找到的礦道已經封死了，現在就剩下唯一的出口，我已經布了機關，」多多露出了一個凶狠的笑容。「誰都出不去。」

「快點把他們幾個解決了，免得夜長夢多。」霍克斯的眼神沒有絲毫溫度，瞥了我一眼，隨即轉身離開。

霍克斯一走，多多那張皮膚病臉立刻就陰了下來。他從櫃子裡拿出了一根鞭子，拖著鞭子朝我走來：「我並不想這樣，但我的心情突然有點糟，我覺得我需要放鬆一下。」

第七章　你吃過巧克力嗎

事實證明，很多電視劇裡演的英雄臨危不亂，還能跟敵人叫板幾句都是騙人的。人在絕望的時候，什麼話都說不出來。

我顫抖著擋在已經昏過去的沙耶加前面。

「死怪物，有什麼衝著我來……」一直沒吭聲的達爾文突然抬起頭，就那麼一瞬間，他跟我有一秒鐘的眼神對接。

「活著出去。」

我似乎聽到他在跟我道別。

隨即他再也沒看我，而是低吼著：「你這個死侏儒，又矮又醜的怪物……」

他在故意激怒多多。

「也只有這根東西能讓你找回點自信了。」達爾文啐了一口血。

「你給我閉嘴！」多多轉身朝達爾文就是一鞭。

我全身抖了一下。

達爾文一聲都沒吭。

眼淚很不爭氣地從我眼睛裡流出來，我以為我能像連續劇裡的女主角，上去幫他擋刀，可現實是我被綁在牆角，離他有十幾公尺遠，無論怎麼掙扎都沒用。

我恨自己的沒用，我從來沒那麼希望自己能有超能力，哪怕有能掙脫枷鎖的能力，眼看達爾文就要死了，我什麼都做不了。

我努力咬住嘴唇，不發出一點聲音，一種強烈的直覺告訴我，多多已經不是正常人了，這時候我越哭喊，他就會越亢奮，達爾文受的罪也會越多。也正是這個原因，達爾文也在忍著不出聲。

我不知道達爾文到底挨了幾鞭，但是和我預料的一樣，多多打了他幾下，既沒有聽到他的哀號也沒看到我的掙扎，於是很快沒了興致，把鞭子扔回櫃子裡。

「等我找到你們的同伴，我很樂意一根一根掐斷你們的細脖子。」多多頭也不回地拖著尾巴出去。

「達爾文！達爾文！」

確定多多走遠之後，我迫不及待地叫了起來。

「唔———」達爾文哼了一聲，算是告訴我他沒死，隨即就暈了過去。

確定他還沒死，我鬆了一口氣，但這幾鞭子沒死也去了半條命了，何況我醒來之前他說不定還挨了別的揍。

「沙耶加！沙耶加！」我又輕輕扯了一下沙耶加的衣角。

誰知道這一下不打緊，沙耶加整個人滑倒在地上，我一摸她的額頭，已經燒破天際了。

「咳———」昏迷中的沙耶加開始用力咳嗽，雙手發顫。

我心裡一涼，不會是急性肺炎吧？

她本來就感冒發燒，跟著我們淋著暴雨進來，而且一直沒有喝什麼水，急性肺炎不是沒有可能的。

我回憶了一下初中學的生理健康，如果急性肺炎沒有得到及時治療，不但會有轉為急性肺膿腫或肺結核的風險，更有很大可能致死。

我向四周看了一下，完全沒有任何鐘錶，手機也在書包裡，想來已經沒電了。我根本無法估算來這裡多久了——也許有幾個小時，也許一天，也許兩天。

我不知道沙耶加到底燒了多久，但我知道她要是不吃藥，很快就會惡化到吃什麼都沒用了。

就在這時，我聽到洞口一陣窸窸窣窣熟悉的聲響。

那雙好奇的眼睛，是加里。

我心裡迅速燃起了一絲希望，一個初步的計畫在腦海裡成型。

加里頭上那顆有半個腦袋大的瘤子竟然變小了，縮成了一個比拳頭還小的包——也正因為這樣，加里看起來就像普通小孩子一樣，只是沒有頭髮而已。

「加里，你……」

面對我看著那個瘤子的驚詫，加里顯得很坦然。

「霍克斯給我吃藥了。」他習以為常地說。「他說現在的藥越來越少了，所以不能像以前那樣吃得那麼頻繁。以前我們是一星期發一粒，現在要三星期發一粒。但霍克斯對我很好，他總是偷偷給我。」

「你們？」我發現他用了一個複數名詞。

「嗯。」加里不置可否。「大家都吃，霍克斯負責管理這些藥，他會定時發給我們，這是鎮長的責任。」

我渾身一抖，突然想起迪克偷出來的那個「迴紋針行動」的紙袋，裡面的體檢檔案表明，阿什利鎮上的許多居民從一九五二年開始服用同一種藥物。

「加里，你吃的藥……能給我看看嗎？」

「加里已經吃進去了呀。」他歪著腦袋看著我，突然眼睛裡閃過一絲狡黠。「祕密哦，偷偷告訴妳，加里藏著一粒。」

說完，這孩子就一屁股坐下來，費力地從褲兜裡掏出一個殘破的鍍錫小鐵盒。他輕輕地搖了搖，鐵盒裡發出「嘩啦嘩啦」的響聲。

「是霍克斯給加里的生日禮物哦。加里想，如果有一天能見到奶奶了，就把這顆吃下去——如果兩顆一起吃，藥效很強的哦，加里頭上的包就沒有了，會變成和正常人類一樣。雖然維持不了多久。」

「加里，能打開給我看看嗎？」

「唔——」加里有點猶豫，但還是同意了。「那妳要遠遠地看哦，不可以碰的，這是加里的寶貝。」

「好。」我點了點頭。

加里打開藥盒，把一顆藍色的膠囊小心翼翼地放在手心裡，展示給我看。藉著幽暗的礦燈光線，我看到膠囊上印著一行小字：MK-57。

我瞬間拼湊了一下現有的資訊。礦洞裡的這些人在服用MK-57。「迴紋針行動」的檔案袋裡，阿什利小鎮的居民也在服用MK-57。

他們應該是同一批人。

我不知道這些小鎮居民為什麼要搬到地下，但從現在看來，應該跟「蘇聯人」和「核爆」有關。

但他們為什麼要吃MK-57？他們要治什麼病？

我們在地面上的酒館裡發現的報紙是一九五二年八月十六日的，達爾文發現的三起奇怪紀錄也是同一個日期，這就代表這一天是這個小鎮的重大時間節點。在那天小鎮上發生了什麼，然後一切都變了。

我突然想起來，達爾文查到的最後一個紀錄中，那個警員接到的報警電話提到了「爆炸」。

如果他們遭受了核爆，那麼遷入地下、服用治療藥物就合理了。

但為什麼一場核爆，從報紙到電臺新聞什麼都沒有報導？

「旺旺，妳在想什麼？」加里一邊把膠囊小心地收回藥盒，一邊問我。

「噢，沒，沒什麼。」我轉移了話題。「加里，你如果不吃藥的話，頭上的瘤子是不是特別難受啊？」

「嗯，」加里點了點頭。「很疼很疼。」

「我很理解你，」我說。「因為我有一個很好的朋友，他看起來是一個強壯的人，可是他也有和加里你一樣的問題，他每天都要吃藥，否則就會很難受很難受，甚至會死掉。加里，你有朋友嗎？」

加里想了想，搖搖頭又點點頭：「什麼是朋友？是像媽媽那樣嗎？還是像霍克斯那樣？」

「不，朋友就是指一群沒有血緣，但能像親人一樣互相理解、對對方誠實、為對方著想的夥伴。」我搖搖頭。「你有這樣的朋友嗎？」

加里搖了搖頭，他看著地面：「加里沒有朋友，他們都是和霍克斯或者和多多一樣的人。」

「加里，那你想有朋友嗎？」

加里看著我。

「你願意和我成為朋友嗎？」我按住劇烈跳動的心臟。

加里想了想，輕輕點點頭。

「那我們現在是朋友了，你能幫朋友一個忙嗎？」我舔了舔嘴脣。「你看這個小姊姊，她病了，她需要藥，她現在很難受，有可能快要死了。加里，你知道那種痛苦的，你能從櫃子上的書包裡把藥拿給她嗎？她會很感謝你，也會和你成為朋友的。」

加里皺著眉頭看著我，他猶豫了。

我就是賭他心裡的這一點點猶豫，他跟那些大人不一樣，他還是個人性沒有泯滅的孩子，也許他會願意幫助我。

我看著他的眼睛，我知道我快成功了。

「加里，朋友之間會互相贈送禮物的，」我看著遠處櫃子上髒兮兮的背包。「你有沒有吃過巧克力？」

意料之中，加里搖了搖頭。

「這裡只有罐頭、罐頭牛排和墨西哥豆肉醬……霍克斯每週會分給大家，但數量很少，也不可口。」加里低下了頭。

「加里，我跟你保證，你一定沒有吃過甜食——在我……來的地方，每個人除了吃主食，還會吃甜食，而巧克力就是甜食之王。」

我搖頭晃腦地說道：「在我來的地方，有一種人叫作巧克力愛好者。他們會盡可能地搜集不同種類的巧克力，從巧克力棒到巧克力雪糕，從巧克力味餅乾到巧克力噴泉……大家都愛巧克力，它出現在生活的各個地方。」

加里的眼神漸漸從不解變成好奇。

「巧克力……是什麼味道的？」

「當然是甜的啦。」我看著加里疑惑的表情，立刻反應過來，一個一直依賴罐頭肉製品的人肯定不會知道「甜」的味道。我的腦海裡迅速尋找恰當的詞語。

「巧克力……很多人說，它是戀愛的味道，年輕的情侶之間會互送巧克力，有的時候老夫老妻也送。我覺得，巧克力是幸福的味道，所有開心的事加在一起的味道。」

「幸福的……」加里的眼睛裡充滿憧憬。

「加里，你想嘗嘗嗎？」我問完之後，心裡狂跳起來。

沙耶加已經危在旦夕，如果加里拒絕我，那麼她幾乎就等於被判了死刑。

拜託，加里，告訴我你想吃巧克力，你想嘗嘗幸福的味道，你想知道甜味是什麼樣的！

額頭上的汗流進我的眼睛，一陣火辣辣的疼，但我不敢閉眼，我需要正面迎向加里的目光，我要告訴他我沒有絲毫惡意，我是他的朋友。

一秒、兩秒、三秒……加里點了點頭。

「好。」我輕舒了一口氣。「巧克力在書包裡左側的夾層裡，在它旁邊就是急救包。你願意在嘗到巧克力的同時幫助這個姊姊嗎？」

「如果這個姊姊再不吃藥，她以後就再也嘗不到巧克力的味道了。」我要打消加里最後的一絲遲疑。

「她會死嗎？像奶奶那樣？」

「是的，她會死，像奶奶一樣。」我看著加里。「可她也是我的朋友，朋友的朋友——加里——也是朋友。」

這孩子終於被我說服了，他晃動著瘦弱的身體向破櫃子走去，可當他走到櫃子邊的時候，我才意識到——

加里根本不夠高。

他的身高只到櫃子的二層，伸長手臂也只能摸到三層，可是書包在更上方。

「加里，這件事我們不能讓多多知道，我要想個辦法讓你能拿到書包而且能放回去……」

我還沒說完，就看見加里敏捷得像一隻蜥蜴一樣「攀爬」到牆上，不過兩秒鐘的時間就拿到了書包。這個過程讓我目瞪口呆。

「你……你怎麼做到的？」

加里表現得這一切很平常一樣，他走過來把書包遞給我。我也就顧不得那麼多了，趕緊從書包裡掏出退燒藥和抗生素，還好包裡有喝剩下的小半瓶水，把藥片給沙耶加灌了下去。

沙耶加輕輕打了個嗝，眼皮動了動，又靠在牆角昏睡過去。

我又從書包裡翻出巧克力能量棒，撕開包裝紙遞給加里。

「你嘗嘗。」

加里小心地聞了聞能量棒，他一開始只是小口淺嘗，到最後幾乎狼吞虎嚥地把能量棒塞進嘴裡嚼起來。

「巧克力真的太好吃啦！」加里露出了一個和全世界小孩子一樣的笑容。

在加里吃巧克力的過程中，我有一搭沒一搭地和他聊天，終於套出了礦洞裡的一些事。

小鎮本來就連著一個巨大的鹽礦，而這個鹽礦是非常罕見的湖鹽和山鹽混合礦，除了現在地下的礦洞之外，在離小鎮不遠處還有一個大型湖泊。

鹽礦裡大概居住著八十個人，和我猜測的一樣，他們是很多年前從小鎮上面搬下來的人。

加里對小鎮居民遷入地下的原因並不清楚，畢竟這是他出生很久之前的事了。但所有在礦洞裡生活的居民都有嚴重的疾病，加里說不清楚這種病到底是什麼，只知道如果不吃藥就會全身劇疼並且長滿腫瘤，而這種藥就是軍方提供的MK-57。

根據加里的回憶，軍方每隔一段時間就會從礦洞的另一邊入口進來，他們會給礦洞裡還活著的居民提供物資。可是他們來的頻率越來越低了，以前他們幾個月就來一次，慢慢就變成了半年、一年……上一次來是三年前，軍方留下了幾箱藥物和軍用口糧，就再也沒回來過。所以現在的食物和藥物越來越少，從以前的每日發放變成了每週，又逐漸變成了半個月。

「為什麼你們不去陸地上？」我聽得一頭霧水。「這樣下去，你們會餓死在這裡啊！」

「為什麼妳會這麼問？」加里似乎對我的話表現出更大的疑惑。「軍隊的人說過陸地上早就不適合生存了，他們說第三次世界大戰在冷戰的時候就已經打響了，現在是蘇聯人的時代。」

如果不是我殘存的理智阻止我，我一定會張口就把外面真實的情況告訴加里——什麼狗屁世界大戰啊！現在這個世界上早就沒有叫作蘇聯的國家了！

與此同時，我的心一點點沉下去，如果加里所言不虛，就只有一個可能：軍方欺騙了這些人。

他們向礦洞裡的這些可憐人撒謊的唯一目的，就是阻止他們回到地面。

可是這也說不通啊！我們明明在地面上見過多多，多多應該知道世界大戰是一個謊言，可為什麼還要脅迫達爾文跟他一起撒謊呢？

「加里，你去過外面嗎？」我小心翼翼地問。

他搖了搖頭：「現在只有多多偶爾去地面上，沒人敢去，沒人願意去。我聽說以前有人去過，但他們當中只有霍克斯活著回來了。」

加里告訴我，霍克斯是除了多多以外唯一去過外面又成功回來的人，他們倆是這裡活了最長時間的「老人」。現在霍克斯管理著軍方提供的食物和藥物，而多多則守著礦洞裡唯一的出口。

「多多很矮小，即使去地面上也不容易暴露，可是其他人就不是了。」加里說。

「多多說其他人上去只會增加暴露目標的危險，搞不好連這個礦洞都守不住……」

「那你相信他嗎？」我問加里。

「他們說……多多是英雄。」加里回答我的時候，眼神有一絲閃爍。

「加里，如果我告訴你，地上的世界不是你想像的那樣……」

我還沒說完，加里就警惕地後退了一步：「霍克斯說蘇聯間諜就是想把我們騙到地上去，以前的間諜也這麼說，有的人相信了，去了地上就死了，再沒有回來過，妳不要再說了。」

果然這麼直接說是行不通的，加里根本不會相信我。

一時間氣氛有點沉重，沙耶加突然一陣猛烈地咳嗽。

加里撿起書包：「我不能在這裡待太久。」

我點了點頭，他迅速爬上櫃子把書包歸位，就消失在了黑暗中。

我攥著手裡的短匕首，那是張朋出發前給我的——在拿巧克力的時候，我偷偷把它藏在了袖子裡。

加里，對不起。

沙耶加迷迷糊糊地哼了幾聲，緩緩地睜開眼睛。

「我們在哪裡？」沙耶加的表情很痛苦。「頭好痛……」

我握著她的手，把這裡的大概情況跟她講了一下，但怕她擔心，我不敢說達爾文被打了。

「他現在只是坐在凳子上睡著了。」

「那我們現在怎麼……」沙耶加剛活動了一下身體，就失聲大叫。「我的戒指呢!?」

只見沙耶加兩隻手上空空如也，那枚刻著菊花的戒指不翼而飛。

丟了戒指的沙耶加一下慌亂起來，不顧地上髒兮兮的，就一通亂摸。

「戒指，我的戒指……」沙耶加一邊找，一邊眼淚就像斷了線的玻璃珠一樣掉下來。

「會不會是多多把我們打暈的時候丟了？」我也一邊幫她找，一邊安慰她。

「我的戒指不能丟的，那是我媽媽用命換來的……」沙耶加邊說邊咳嗽。

「你爸爸媽媽不是好好的嘛，等我們回去後再跟她解釋就好了。」

「她不是我媽媽……」沙耶加沒有再說下去，而是拚命地搖頭，不停地啜泣。

我微微一愣，難道當時在主任辦公室裡那個為了沙耶加的前途非要轉社團的不是沙耶加的親媽？

抗生素的效果在沙耶加身上並不明顯，也許是因為喝水太少了，她的神志還不是很清醒，這會兒又開始用日語胡亂說著話。

我撩開她被汗水浸濕的頭髮，給她擦了擦臉，把剛才藏起來的能量棒餵給她吃，但她吃了兩口又全吐了。

「汪桑……我是不是要死了？」沙耶加迷迷糊糊地靠在我身上。

「妳吃了抗生素，不會死的。」我心裡有點難受，能不能出去，我一點把握都沒有。

「汪桑，妳跟我說過，中國的傳說裡，噩夢說出來就不會實現的，是嗎？」沙耶加虛弱地問我。

「那不叫傳說，是風俗啦。」我輕聲安慰她，現在的條件下，我連給她多喝一口水都沒辦法，唯一能做的只是心理疏導。「在中國，老一輩都這麼說，什麼看見流星許願啦，噩夢說出來就不會實現啦，願望說出來就不靈啦什麼的，雖然很迷信，但偶爾有點道理。」

「我剛剛做了一個很長很長的夢，」沙耶加把頭輕輕靠在我身上。「夢到了很久很久以前的事……」

「沙耶加，妳別說話了，」我心疼地拍了拍她。「妳睡會兒吧。」

她搖了搖頭：「我怕我睡著了就再也醒不過來了……」

我的心跳了一下。沙耶加已經很虛弱了。

「噩夢，講出來就不靈驗了……」沙耶加自言自語地說。

沙耶加

沙耶加的夢，發生在一個很遙遠很遙遠的國度裡。

那個小小的國家，被一片茫茫大海包圍。

沒有人知道關於這個島上居民的起源，但傳說在萬物混沌之初，這座島是不存在的，只有一塊尚未凝固的無名土地，像泡沫一樣漂浮在無窮無盡的黑色海洋中。

直到有一天，一對兄妹神出現在這片海域，男神叫伊邪那岐，女神叫伊邪那美。他們從太陽升起的地方來到這個年輕的世界，早在這座島嶼形成之前已經存在了無數年。他們誕下了這座島嶼最初的居民，這些介於神和人之間的後代在這座島嶼上開枝散葉，最後將這座無名小島變成了一個國家。

為了紀念伊邪那岐和伊邪那美，這座島嶼被命名為邪馬台，意為「太陽之國」。而神的子嗣成為這個國家最初的統治者。

這不僅僅是一個故弄玄虛的無聊神話，事實上沒人知道它到底是不是真實的事情。但無論歷史如何更迭，它仍被大多數人相信著。儘管早在七個世紀之前，這個家族就失去了操縱國家的實際權力，但幾百年過去了，仍沒有任何人或事能撼動他們在民眾心目中的地位。人們堅信，這些衣著華貴、沉默寡言、與世隔絕的貴族身體裡流動著的就是神的血液。

如今，這個國家已經是世界上走在科技最前沿的國家之一。它生產的汽車遍布世界每個角落；模擬機器人連鎖餐廳開在了全國各地；從民宅到公共設施都裝上了全自動化加熱保濕馬桶，甚至帶有播放音樂功能；基因改良的技術早就應用到普通化妝品當中……可作為世界上最低調也最古老的家族之一，他們仍遵從著這個古老神話中近親通婚的傳統，以延續自身至純的血脈。

數千年來，沒有人能撼動這個古老的婚娶習俗，直到二十世紀五〇年代。

當時的家族繼承人愛上了一個平民出身的普通少女。

在淺野山的秋風中，繼承人對這名在網球場上淺笑的少女一見傾心，他要這個女孩成為他的妻子，哪怕是拋棄生命也要和家族抗衡。而他的執著也讓這名少女愛上了他。

衝破舊日習俗、以平民之身嫁入貴族，所需要承受的壓力和心酸無須言表，少女對此也早有預料，儘管困難重重，但仍然決定嫁給愛情。

她沒想到的是，她需要面對的遠比自己預計的複雜得多。

就在結婚的前夕，繼承人的父親召見了少女。

少女走過空無一人的二重橋和桔梗門，內苑的僕役都被遣走了。寢宮的紗籠裡閃著昏暗的火光，自己的未婚夫跪在殿前，重重帳幔之內，神祕的家主席地而坐，抬起頭打量她許久，眼神生澀冰冷。

她聞到了祕密的味道。

「成為這個家族繼承人的妻子、未來的王妃，古往今來只有神的後裔，妳會是第一個凡人。」

少女謙卑地匍匐在地上，沒有說話。她確實是個凡人，卻家庭優渥，從小得到了良好的教養和西方先進文化的薰陶，她自認為已經做好周全的準備承受一切困難。

「爾等有這個覺悟嗎？」老人看著沉默的少女。

「作為能被公子喜愛的人，已經是最幸運的事了。」她低下頭。

「那麼，妳可以接受永遠不生育嗎？」

少女全身一震，她不敢抬頭露出疑惑的眼光，更不明白為什麼老人會提出這麼無理的要求，難道傳宗接代不應該是所有家族最歡迎的事嗎？

「可是……」

「妳的血緣不配。」老人似乎早就預料到她的疑問，簡短地回答道。

少女仍在顫抖，一言不發。

「你們可以結婚，但不能懷孩子。」老人又重複道。

「那我……和公子不會有孩子嗎？」

「公子會有孩子的。但不是由妳來生，孩子的血統必須是純正的。」

「這怎麼可以……」少女情不自禁地說道，說完這句話才意識到自己失禮了。她在心裡迅速琢磨著這句話的含義：她的愛人必須和別人生孩子以維繫血脈，她只能是名義上的妻子，卻不能成為一個母親。

老人閉上眼睛不再說話，這是他最後的讓步。

「答應父親吧，我們的血統只要讓外族懷上男丁，多數會流產或變成……」繼承人跪在少女身邊。「他也是為了妳好。」

少女一臉難以置信地看著自己的情人，他邊說邊拉著她的手懇求道：「除此之外，我會讓妳幸福的，一定會讓妳幸福的。」

少女知道，在她聽到條件的那一瞬間，她就註定無法拒絕，她的人生，也註定無法走向幸福。

「此生不得對任何人提起此事。至於孩子由誰來生，我自有安排。」老人揮了揮手，示意談話結束。

少女起身走到門口，猶豫了一下，忽然轉過頭喃喃問道：「大人，您真的是神的子孫嗎？」她知道這短短四個字的定義，就像是永生永世揮之不去的詛咒。

「並不是現世中的神啊。」老人搖了搖頭，他的臉上布滿皺紋，透過搖曳的燭光更顯蒼老。

少女成婚那一天，另一位血統純正的女子也被迎進了御所之內，被安置在婚房對面的高之間。和少女不同，這名女子沒有華麗的十二單和服嫁衣，也沒有哪怕一個簡單的儀式。她披著月色被接到宅院深處，關上和室隔門的那一分鐘開始，不再被人所知，也不再被人所愛。

繼承人告訴少女，這位女子生下的孩子，就是她今後的孩子。

沒有人知道那名血統純正的女子叫什麼名字，少女也只在數年之後才打聽到她姓清水——一個古老的貴族姓氏。

作為一個代孕機器，清水從嫁進來的那一天起，就已經被剝奪了名字。

十年的時間，她陸續生下兩個兒子後，就消失了。

這兩個孩子從誕生的那一天起就被交到了少女手中，她看著懷裡的嬰兒，只想起家主曾說過的話：「妳的血統無法生下正常的男嬰。」

少女接受過西方的教育，她對這個似乎是空穴來風的傳說也曾深深地懷疑，可身為繼承人的丈夫——那個同樣在西方接受過教育、在生物學領域獲得過無數勳章的海洋動物學者，對這個傳說諱莫如深。

「古老的傳說總有它的道理。」他這樣安慰少女。「若妳真的想要自己的孩子，我們可以通過現代科技生下女孩。」

於是，少女在家主去世之後，終於有了自己的孩子——一個女孩。

本來這個故事，到這裡就應該結束了，它應該畫上一個並不完美卻必須完結的句號。

可如果這個故事結束了，它就不能被稱之為噩夢。它雖有曲折卻終歸平淡，不會讓任何一個人在深夜裡驚醒並絕望地哭泣，也不會輕易改變另一個人的一生。

噩夢真正的開始，是在幾十年後。

當年的少女也老了，歲月的皺紋爬上了她的面頰，她再也不是當年在網球場上快樂得像雲雀一樣的少女。她逐漸接受了那個詛咒，和自己並不完美的完美稱謂。

當年遞到她手裡的繈褓中的男嬰，已經逐漸長大。她精心培育兩個男嬰，讓他們健康成長。

無微不至，不等於視如己出。只有她自己知道。

她真正給予過母愛的，只有自己的女兒——和丈夫通過現代科技所生的唯一的孩子。她把她認為世界上最好的東西給了自己的女兒，不是尊貴的封號和爵位，也不是什麼巨額財富和稀世珍寶——王妃給予女兒最寶貴的禮物，是在她成年之後，將她許配給了一個平民。

一個草芥出身的普通公務員。

她心裡知道，當上平民脫離貴族的束縛，永遠比囚禁在一襲華服中快樂。她能看出女兒和丈夫待在一起時，發自內心的喜悅。

本來王妃的打算是在她之後，下一代繼承人會把這個古老家族的血脈帶回正軌，作為一個「盡職」的母親，她開始著手張羅繼承人的婚事。

不知道是命運可笑的安排，還是繼承人遺傳了自己父親的秉性，他也愛上了一個平民少女，在一次政壇宴會上對她一見鍾情。和父親當年一樣，為了迎娶心目中的妻子，不惜要以繼承人的身分和整個家族抗衡。

王妃極力勸阻繼承人。

「您作為一個嫁入貴族的平民，又憑什麼勸我呢？為什麼您和我父親可以，我和我心愛的女人卻不行？」繼承人反駁道。

她深知已經沒有轉圜餘地，婚禮勢在必行。

終於，在大婚之前，當年的少女——今日的王妃，接見了這個會成為自己兒媳的女孩。

那是一個同樣沒有月亮的晚上，年輕的女孩被召進院中，王妃坐在帷幕後，打量著這個昔日的自己。

千言萬語，化為一句話。

「成為未來的王妃古往今來只有神的後裔。如今作為布衣青鞋出身的妳，可有此等覺悟？」

王妃發現，眼前這個看似謙卑的女孩，眼神中含著深深的欲望。

她不一樣。和自己不同，她並不是真正深愛著繼承人。她表面上只是迫于繼承人對自己家族的施壓而選擇了這段婚姻，隱藏在深處的，是她對權力的渴望。

「難道妳不也出身草芥嗎？怎能有資格向我問出這樣的話？」王妃讀出了女孩眼神中暗藏著的嘲諷。

是的，可我的一生都帶著這種覺悟活著，妳能做到嗎？王妃心想。

「為了妳的丈夫，妳能接受一生都不生育男嬰嗎？」她又問道，事已至此，她只需要一個答案。

面前的女孩明顯抖了一下，王妃從她臉上看到了和自己當年一模一樣的表情——驚詫、不解、彷徨、束手無策。

可這種表情轉瞬即逝，取而代之的是深深地不甘。

「既然您這麼說了，我必當接受。」女孩欠身鞠了一躬。「但別人生下的孩子，我不會撫養。」

「就照妳想的去做吧。」王妃別過臉去，她不願意再多看眼前這個女孩一眼，她已經預感到這個女孩不會和她一樣循規蹈矩地過完此生。

這個女孩的婚禮，距上一次王妃的婚禮相差了幾十年。但命運殊途同歸，大婚之日，御所高之間又搬進了一個被剝奪名字的女人。

老一輩的役女稱呼這位沒有名字的女人為卡闍，是影子的意思。她從搬進高之間之後，就成了見不得光的影子。

數年之後，卡闍生下了一對女兒。

一個叫鶴子，一個叫節子。

因為是女孩，這一對雙胞胎並沒有對外公開。鶴子和節子從一出生就被養在高之間，和生母卡闍生活在一起。

但她們不能對卡闍叫媽媽，年邁的奶媽告訴她們，她們只能稱少夫人為「媽媽」。可本該是她們「媽媽」的人，對她們表現出至深的恨意。

少夫人討厭這對雙胞胎。

鶴子和節子被禁足了，她們除了高之間之外，不能踏入御所的任何一塊土地。

隨著兩姊妹的長大，少夫人再也沉不住氣，她認為穩固岌岌可危的地位的唯一方式，就是生下自己的孩子。

「血統真的比我對你的愛還重要嗎？」少夫人問她的丈夫。「比起能擁有我們兩人的孩子，還有比這個更重要的嗎？為什麼要相信那種沒有科學根據的傳言呢？」

少夫人很快得償所願——她自然受孕了。

她有一種預感，她懷的是將來會成為太子的男丁。

可是這種短暫的幸福很快就被無情的現實打敗了。

一開始醫生只告訴她，孩子不健康，只能採取人工流產。當她不顧阻撓看到了超聲波報告的時候，她才明白那個古老的詛咒是真的。

她的子宮裡懷著的，是個怪物。

就在少夫人人工流產時，節子還坐在高之間和鶴子玩著捉迷藏的遊戲，她完全不知道等待著她們倆的，是什麼樣的厄運。

少夫人無法生育男丁，但不意味著她會善罷甘休。她告訴自己，即使生下的是女兒，她也能改寫家主繼承人必須是男丁的傳統。

既然無法生男孩，那就生個女孩吧！

少夫人從之前流產的沮喪中走了出來，再次開始用現代科學的方式人工受孕。

本來這個計畫並不會威脅到節子兩姊妹，直到有一天，一位慈祥的老爺爺把一枚印著菊花的戒指，交給了那個叫節子的女孩。

她們不知道這個老爺爺是誰，只知道連平常位高權重的爸爸也要對他畢恭畢敬。

老爺爺偶爾會來高之間看望節子和鶴子，和她們倆下棋，也會給她們講鳥兒和魚兒的故事。節子永遠比鶴子聰明，她能記住爺爺說的每個故事，也能下出讓他撓頭苦笑的棋局。

「是節子嗎？節子真聰明。」

爺爺總是很難從外貌上區分節子和鶴子，但他知道聰明的那個是節子。

他總是打發僕從，獨自一人前往高之間。這兩個不諳世事的小孫女給他帶來的快樂，遠比繼承人和少夫人帶給他的更多。

節子和鶴子的棋藝在他的教導下日益見長，尤其是節子。終於有一天，節子下贏了。

「將軍！」節子奶聲奶氣地說。「一定是爺爺您讓棋，節子才能贏。」

「並不是呀，」老爺爺笑道。「爺爺已經盡全力了，是節子棋藝太好。」

「贏了有什麼獎賞嗎？」節子只是童言無忌，一句玩笑。

「喜歡這個嗎？」老爺爺從手指上摘下了一枚金戒指。「喜歡就送給節子吧。」

表面看這是一枚普通的戒指，刻著家族的家徽。而戒指真正的玄機隱藏在內部，裡面鏤空雕刻著孔雀朝陽，並鑲嵌了六顆特製的東海紅珊瑚——雖然很小，卻價值連城。

這枚戒指，是家主交接儀式上，傳給繼承人的眾多禮物之一。從上個世紀開始，只為繼承封號者所有。

節子懵懵懂懂地接過來戴在手上，卻不知道這枚戒指最終會要了她的命。

節子除了鶴子之外並沒有見過別的孩子，她在深宅後院長大，鶴子就是她唯一的朋友。

她們兩個人長得一模一樣，性格方面卻南轅北轍。節子天性活潑大膽，永遠走在最前面，嘰嘰喳喳，看到誰也不怕。而鶴子生性懦弱膽怯，總是躲在後面，說話細聲細語，遇事猶豫不決。除此之外，她倆總穿著一樣的衣服，梳著一樣的頭髮，就像女兒節供奉的成對人偶似的。只要她們倆不說話，沒人能分得清誰是節子、誰是鶴子。

可從那天開始，她們有區別了——節子的手指上，多了一枚黃澄澄的戒指。

本來一切相安無事，直到她們倆六歲那一年，節子因為貪玩跑出了高之間，迎面撞上了少夫人。

「這是誰給妳的？」少夫人指著那枚戒指問。

又過了幾天，節子出了房門，就再也沒回來過。

沒人知道是誰帶走了節子，只有鶴子見到了是誰牽著節子的手，說要帶她去吃好吃的，把她領出了高之間。

是那個她們稱為「母親」的人。

但鶴子太害怕了，她甚至不敢告訴卡闍，也不敢告訴愛護節子的老爺爺。

兩週之後，員警發現了一個不明身分的小孩的屍體，在京都的橋洞下。

高之間的所有人泣不成聲。

「節子死了嗎？」鶴子哭著問奶媽。「節子是不是不會再回來了？」

就在這時，內室的隔門被拉開，卡闍穿著一襲喪服，臉上掛著已經乾涸的淚痕。

她也曾是貴族家的金枝玉葉，作為政治籌碼被送進這裡。將近十年，她為了自己的家族，甚至沒有邁出過高之間一步。

大部分役女對她的印象只是個面容清秀、弱不禁風的沉默女子，卻不知道她之前曾是將棋的職業棋手。

節子和鶴子，繼承的是她的天賦。

別人不把她當人看沒有關係，她對自己的人生早就沒有任何期盼，但她的女兒們是無辜的。

她的女兒本該是高高在上的貴族小姐，卻在這麼小的年紀，成了政治鬥爭之下的犧牲品，一個女兒被殺，另一個也性命堪憂。

有句話說，為母則剛。

卡闍知道，屈服和讓步並不會換來鶴子的周全。

只要活在高之間，無論她怎麼寸步不離地保護著鶴子，也永遠無法讓她躲過內部的陰謀算計。

唯一的辦法，就是棋走險招，置之死地而後生。

只有當鶴子作為一個繼承人登上權力頂峰的時候，她才能真正安全。

「節子沒有死。」卡闍擦乾了鶴子的眼淚，拉起她的手，把那枚刻著家徽的戒指戴在鶴子手上，一字一頓地說。

「死的是鶴子，不是節子！」

「我不明白……」

「從今以後，妳就是節子。」卡闍咬破了嘴脣。「哪怕賠上我自己的性命，我也要讓妳得到妳應得的東西。」

某個早上，高之間人去樓空。

兩張機票，終點是美國亞特蘭大。

這個絕望的母親帶著她僅有的女兒，找到了荒原客棧。

如果這個世界上還有一個人理解自己的處境，並且有能力幫助自己，那個人一定經歷過和自己相同的處境。

清水認出了卡闍是誰，這個女人和自己一樣，都因為血統，成了一枚棄子。

唯一的不同，是清水對孩子的執念沒有卡闍這麼深。她完成了自己的生育責任，就離開了高之間，從此那裡發生的一切都和她無關。

「你想我怎麼幫妳？」清水對面前這個女人有來自天性的憐憫，但她不能做賠本的買賣。

「幫我守護這個孩子。」

「妳沒有可以交換的東西，」清水閉上眼睛。「妳的命不值錢。」

「我沒有，但節子有。」卡閣讓懷裡的孩子攤開手掌，露出了那枚象徵著繼承權的戒指。

「如果少夫人沒有男性子嗣，這個孩子就有登上家族權力頂峰的機會。」卡閣流出一行淚。「如果荒原客棧今日保全她的生命，那麼當那一天到來的時候，她也必將對清水妳有利用價值。」

「這麼做值得嗎？」

卡閣擦乾眼淚，點了點頭。

「把她交給我吧，」清水說。「她會有一個新的身分、一對新的父母，他們會盡責地守護這孩子到成年。這枚戒指放在我這裡保管，時機成熟的時候，我會還給她的。」

「記住，妳要成為強者。」卡閣最後摸了摸孩子的臉。「只有成為強者，才能跟命運抗衡。」

「媽媽不要走，」孩子一邊哭，一邊拉住卡閣的手臂。「媽媽不要丟下鶴子。」

這是鶴子第一次叫卡閣媽媽，也是最後的一次。

「從今天開始，這個世界上只有節子。」卡閣甩開孩子的手。「記住，只有妳足夠強大，才能回去拿回屬於妳自己的東西。好好活下去，替你死去的妹妹，也替我活下去。」

卡閣不顧她的哭喊轉身走遠，再也沒回過頭。

從那天之後，卡閣再也沒有出現在「節子」的世界裡。她找到荒原客棧的時候已經賭上了自己的命，為了保護她的孩子，她也不能再活下去。

幾天之後，《亞特蘭大晨報》的邊角處報導了一則小小的新聞——一具亞裔女性的屍體被在河灘上發現，死者屍體已經高度腐爛，容貌盡毀，沒有身分證明，初步判定為自殺。

清水為節子安排了新的身分，她獲得了一個新的名字：高木沙耶加。

高木夫妻住在距離亞特蘭大不遠的某個小鎮上，丈夫高木忠直是一名註冊會計師，妻子淺野則在律師事務所上班。他們受過高等教育，出身清白，擁有體面的工作，收入中產偏上，住在一棟日式和歐式混合裝修的精緻別墅裡。他們的真實身分連同和荒原客棧的關係已無從得知，那又是另一個故事。

他們是清水精心為沙耶加挑選的「父母」。

儘管清水並沒有對他們做太多說明，但高木夫妻不可能完全猜不到沙耶加真正的背景，他們小心翼翼把這孩子接回了小鎮上。淺野做了傳統的日式定食，三個人有些拘謹地坐在餐桌前。沙耶加盯著桌上的飯菜，久久沒有動筷。

「怎麼……是不合口味嗎？」淺野輕聲問。

「請……把我培養成一個強者。」沙耶加挪動了一下嘴脣，輕聲說。

「妳說什麼？」高木忠直有點不相信自己的耳朵。

「我要成為一個強者，」沙耶加抬起頭，眼睛裡閃著淚花。「我要足夠優秀，才能替妹妹和媽媽報仇。」

高木忠直驚訝地看著眼前這個剛剛六歲、長得像洋娃娃一樣的小姑娘，他沒想到這個孩子會說出這樣的話。

「成為一個優秀的人……並不是妳想像中這麼容易的，」高木忠直頓了頓，他努力找出合適的詞語讓這個孩子理解他的話。「不只是優異的學習成績，還包括高尚的品德和良好的教養，性格方面……」

「請用最嚴厲的標準培養我。」沙耶加怯生生地說，聲音卻十分堅決。

「即使過程十分艱苦，也不怕嗎？」

「不怕。」

「知道了。」高木忠直沉默了片刻，緩緩說道。

「爸爸、媽媽，從今往後，請多多指教。」沙耶加站起來，重重地朝高木忠直和淺野鞠了一個躬。

「孩子……」淺野的眼眶忽然有些濕潤，她一直沒有生育，在這之前，她其實並沒有想過自己會突然成為一個母親。看著眼前這個弱不禁風的小女孩，那一聲「媽媽」，讓她忽然有了一種身為人母的責任。

淺野輕輕摸了摸沙耶加的頭髮，她感覺到了沙耶加微微的顫抖。這孩子正在努力憋住眼淚，她身上背負了太多她這個年齡不應該背負的東西。

「妳放心，媽媽會讓妳成為最優秀的人。」淺野把沙耶加摟在懷裡，輕輕地說。

從那天開始。「節子」成了沙耶加，她逐漸接受了自己新的身分。一家人就像達成了某種默契一樣，對最初那次餐桌上的談話絕口不提。高木夫妻履行了對沙耶加的承諾，在教育上不惜餘力地培養沙耶加——為她請最好的英語老師，上最貴的補習班，甚至另辟了一間她專屬的書房。

高木忠直在扮演一個嚴厲的父親，在為她提供優渥的物質的同時，用最嚴苛的要求讓她養成自律謙恭的習慣。淺野則成為一個盡責的母親，在沙耶加的生活中從起居到飲食無微不至地照顧。

沙耶加也很努力，她養成了每天只睡五個小時的習慣，除此之外不在學習，就在去學習的路上。她知道自己沒有死去的姊姊的天賦，唯一能做的就是付出更多的時間。不過一年，沙耶加就已經能說一口流利的英語。在高木夫妻的幫助下，她還學習了中文和西班牙語，六年級就已經獲得鋼琴十級的證書，參加數學比賽並獲得名次，進入國際象棋俱樂部。高木甚至教會了她傳統禮儀和茶道。

她是在期末考試中能拿到全A的那一個，是老師永遠讚不絕口的那一個，是家長嘴裡「別人家的孩子」。很快，連高年級的同學都知道有這麼一個亞裔女生，成績優異，穿著得體，雖然就讀於公立學校，卻像私立學校裡真正出身于貴族的淑女一樣。

如此優秀的沙耶加，卻沒有朋友。

她的完美太不真實，就像一個被預設好的機械洋娃娃，精緻得挑不出瑕疵，卻沒有態度。

只有沙耶加自己知道，她優秀的外表之下，心裡最隱祕的地方，仍舊是當年那個眼神怯懦的鶴子，永遠跟在節子後面，太在意別人的眼光，渴望被關注卻又深深恐懼，猶豫不決，會為了打翻的牛奶而不停哭泣。

在靈魂深處，她無法成為節子的姊妹，無論她多麼優秀、多麼完美。

第八章　馬紹爾群島

沙耶加靠在我的肩膀上，她的眼淚已經浸濕了我的襯衫。

「沙耶加，這是真的嗎？」

「不，」沙耶加虛弱地說。「這只是一個夢，一個瞎編的故事。」

「那……妳究竟是沙耶加，還是夢裡的鶴子？」

沙耶加搖了搖頭：「鶴子已經死了。」

「其實吧，我並不是因為妳有多優秀，才跟妳成為朋友的。」我歪著腦袋說。

「那是因為什麼呢？」

「其實我沒太關注妳的學習和特長，雖然妳很厲害——反正我一輩子大概也學不會這麼多東西……妳記得我們剛認識那天嗎？就是迪克像個大傻子一樣表演魔術失敗的那天？」

「嗯。」沙耶加點點頭。

「妳坐在臺上，因為害羞臉被憋得通紅，使勁握住我的手，一手的汗……我以為妳肯定不會參加社團呢，沒想到妳竟然因為不知道怎麼拒絕迪克而被說服了。哈哈哈哈，那時候我真的覺得妳超可愛。」

「就因為這個？」

「當然不只啦，還有在迷失之海，妳明明怕得要死，我都看到妳的眼淚快流出來了，還死活要跟我和達爾文一起進去……其實妳有沒有想過，這才是妳真實的性格？」

沙耶加迷惑地抬頭看著我。

「哪怕受委屈，也會優先考慮別人的感受；明明很害怕，卻還是決定去冒險做自己認為正確的事。我是因為這些，才把妳當成最好的朋友的。也許這些事聽上去一點也不酷，遠遠不如拿到獎學金或參加比賽得到冠軍那麼酷，但妳有沒有想過，不完美，或許也是一種完美？——對我來說妳最完美的一刻，恰恰是妳鼓起勇氣獵殺自己軟弱的那一刻。」

沙耶加沒說話，忽然開始輕輕地哭起來。

「妳不要傷心，我一定會盡最大努力幫妳把戒指找回來的。」我說。

「謝謝妳……其實沙耶加最開心的事就是遇到了汪桑，能和你們成為朋友。我現在不害怕了，即使我們永遠出不去……」沙耶加的聲音越來越小。

「妳是傻瓜嗎？我們一定能出得去！」我擦了一把不知不覺流出來的眼淚，我的命是我爸用生命換來的，沙耶加的命是她媽媽用生命換來的，我們的命都這麼寶貴，絕對不能說死就死！

「所以其實我比妳小幾歲，」沙耶加又輕聲說。「雖然我們讀同一個年級。」

我趕緊看了看自己平坦的胸口，又看了看沙耶加豐滿的上圍：「妳不會想告訴我妳還沒成年吧？」

「嗯。」

「沒成年妳發育這麼早，還讓不讓我有臉活下去！沒成年妳談什麼戀愛，要是在我們中國，是要被家長打斷雙腿的！」

「我沒有談戀愛啊，汪桑是大傻瓜。」

「啊？」

那我在公園裡看到的是怎麼回事？我又腦補了一遍他倆抱在一起的場面，難道是我眼花了？

「達爾文早就發現我戒指上的紋章不一般，他從我和荒原客棧的關係猜到了一些事，所以他才會讓我回家和我的養父母說清楚，而不是不告而別，否則我的養父母會瘋掉的。」沙耶加虛弱地笑了笑。

「但我發現汪桑在偷看，我才故意要達爾文幫我戴戒指的，我還抱了他一下。」沙耶加掐了我一下。「我才不會輸得這麼難看，沙耶加也是很要面子的人。」

我翻了個白眼：「什麼鬼，妳這個未成年少女，心機怎麼這麼深。」

「汪桑談過戀愛嗎？汪桑的戀人是不是張朋？」

「並沒有啊！」我感覺到我的臉在陰暗的礦洞裡猛地燒著了。「妳胡說，我跟張朋是清白的！」

「那汪桑也沒有『啪啪啪』過了，」沙耶加眼睛裡閃過了一絲遺憾。「我們連男朋友都沒有談過，就要死了。」

「妳這個未成年怎麼老這麼多奇怪的思想。」我慌慌張張地掃了一眼不遠處還在昏迷的達爾文。「我們中國的教育都是結了婚才能『啪啪啪』的。」

「那多無趣啊，」沙耶加歎了口氣。「我聽美國的好多女生都在學校廁所裡討論她們的男朋友，她們說……」

「說啥了？」我有點害臊又好奇。

「說像蘿蔔。」沙耶加說完，就撲哧一聲笑了。

「真的假的？」我睜大了眼睛。

「妳們沒見過就不要亂說了。」黑暗中，響起達爾文虛弱的聲音。

我差點沒一口老血噴在地上。

一般的女生，在這個時候一定會羞得想找個地縫鑽進去。

但我不是一般的女生，這時候我只想鑿穿牆壁跑回中國整個容一輩子也不要被人認出來。這種羞恥，混雜著不知道從哪裡冒出來的十六歲女生的倔強，讓我不受控制地說出來今生今世都無法忘懷的話：「那你掏出來給我們看看……」

我看不見達爾文的表情，但我感覺全世界的空氣都在那一刻凝固了。

礦洞很黑，但再黑的地方也無法掩飾我的絕望。我想起袖子裡藏著的刀，我恨不得用它來結束我悲慘的一生。

「我的手被捆住了。」

達爾文說完這句話之後，礦洞中一度陷入了很長時間的沉默。
我和沙耶加驚恐地對望著，揣度著達爾文的意思。
他究竟是在客觀描述「手被捆住了」這個事實，還是在假設如果手沒有被捆住，就要「掏出來給我們看看」？
後者明顯是一個很恐怖的假設，我們倆都接受不了「掏出來看看」這個設定。
那我們要不要回答他「我們的手也被捆住了」來拒絕幫他鬆綁的要求呢？
但如果這樣回答了，他會不會誤會我們要「扒了他的褲子看看」？
這真是繼「我是誰」「我從哪裡來」「我要到哪裡去」之後的人類終極謎團啊！
「妳們倆不要誤會。」黑暗中，傳來達爾文的聲音。
好吧，我們倆已經誤會了。
「我說我的手被綁住了，下次妳讓加里給妳們倆喝水的時候，也給我餵兩口。」
「你一直都醒著？」我才意識到達爾文聽到了我和加里的全部對話。「那你為什麼不吭聲？」
「妳好不容易才博取了他的信任，如果我一說話就打草驚蛇了。」達爾文說。「何況你們根本沒叫我，我為什麼要吭聲？」
好吧你贏了。我一邊翻著白眼一邊想，我竟然忘了這貨從來都是傲嬌屬性的，叫一聲應一聲，不叫的話能一輩子都不說話。
聽到達爾文說話，我突然就安心下來，我之前覺得逃出去幾乎一點指望都沒有了，但達爾文總是能莫名其妙地給人安穩的感覺，似乎只要他在，無論多困難的局面我們都會有辦法解開。

「你既然聽到加里的話，你有什麼想法？」我問。「我有點不明白，為什麼軍方要騙這些人……」

「很簡單，」達爾文聲音在安靜的礦洞裡雖然微弱卻十分清晰。「這裡是另一個馬紹爾群島實驗場。」

我和沙耶加面面相覷，什麼是馬紹爾群島實驗？

而達爾文的接下來的解釋讓我們毛骨悚然。

一九五四年三月一日，一顆巨大的氫彈在馬紹爾群島「毫無預兆」地爆炸了，沒有預先通知，也沒有任何島民知情。

這顆核彈的試爆成功，讓美國重新在冷戰中取得了核武器的領先優勢，卻也讓這片風景秀麗的天堂隨即變成了人間地獄。這顆六百萬噸TNT當量的炸彈將三座小島瞬間夷為平地，無數附近的島民看見了海面升起的巨大「核太陽」。

就在他們驚訝於這場「不知名爆炸」的威力時，全然不知道自己已經遭到了滅頂之災。

核爆發生不久後，晴朗的天空開始飄下紛紛揚揚的大雪。無知的孩子和婦女還在落在地面的塵埃中玩耍，沒有人知道這些飄落的雪花正是核爆後的放射性汙染源。馬紹爾群島的居民成了核爆實驗的直接犧牲品。

在隨後不到四年的時間裡，在接受調查的兩百四十一名漁民中，有將近一百人死於白血病、肝硬化或癌症，而這些人直到死都不知道，他們已經成為美國軍方研究核輻射對人體造成的危害的小白鼠。軍方紀錄著居民脫落的牙齒和頭髮的數量，研究著懷孕婦女的流產情況，觀察著孩子們的甲狀腺癌，卻沒有給他們任何救援和治療。

這項臭名昭著的反人類實驗，被稱為Project 4.1。

這個計畫在一九九〇年之前都被作為高級機密，禁止在美國內陸報導，直到柯林頓政府將其相關的檔案解禁，這個實驗才為民眾所知。

但知道又有什麼用呢？誰願意去看那些悲慘的過去和死了十幾年的人，他們被捂著嘴巴淹死在冷戰的泥潭裡，幾十年後又有誰願意為他們發聲呢？

「這裡的狀況和馬紹爾群島的遭遇一樣。」達爾文歎了口氣接著說。「我在進村的時候就懷疑過，為什麼屋頂和地面都布滿了灰色像雪片一樣的鹽屑，如果這裡真正發生過核爆，那就很好解釋了——那孩子說這裡是鹽礦，核爆把地底的鹽夾雜著粉塵帶到了天上，降落在屋頂上和地面上——我的推測是，核爆過後這裡的人就被騙入地下，成為藥物實驗的『小白鼠』。」

我如同被當頭澆了一盆冷水，從頭到尾涼颼颼的。

「那……他們這麼多年就相信了這個謊言？第三次世界大戰爆發了，蘇聯人來了？」我因為激動已經口齒不清。

「對。」達爾文回答。「軍方必定是用了什麼手段，讓他們堅信地面上不安全，所以他們才會一直待在這裡——如果讓加里那樣的孩子走進公眾視野，那麼軍方樹立起來的正義形象不就崩塌了嗎？」

「怎麼……怎麼會這樣……」我幾乎不敢相信自己的耳朵。「可加里說，多多和霍克斯都去過地面上，他們為什麼不揭穿這個謊言……」

「我不知道，有可能是被軍方收買了，有可能是別的原因……」達爾文一陣沉默。「我猜這裡面的大部分人，都很難再回到地面上了。你看看加里那種孩子，他怎麼回到現代社會？讓他接受媒體的閃光燈，接受自己是個怪物？」

達爾文的話沒錯，卻刺進我心裡，產生了一陣鈍痛。

加里是無辜的。他頂著巨大的腫瘤出現在我面前，他說我長得和他的祖母一樣。

他說我們是朋友。

我忽然想起了四十三。

儘管四十三做了很過分的事，他把我媽媽害成了不會醒來的植物人，可我一直無法從心底真正恨他——就像恨一個冷血無情的殺人犯一樣。

因為我知道他的過去，他在他所遭受的厄運裡，也只是一個無辜的受害者。

就像加里一樣，只是加里還不知道，他身上被施加的是怎樣的暴行。

那個我在心裡懷疑過一千次卻不想承認的答案，伴隨著喉嚨的艱澀變成了一個疑問句。

「軍方，不再給他們送物資……和藥，是因為……」昏暗中我看見達爾文動了動，卻沮喪地低下頭：「嗯，也許藥源沒有了，更大的可能是……試驗失敗了。總之，他們被拋棄在這裡了。」

他們被拋棄在這裡了。

達爾文的話，確認了那個我不願意面對的答案。

一瞬間，我什麼也聽不見了，耳邊只回蕩著M坐在火爐旁邊，質問愛德華的那句話：

「你殺過人嗎？」

「咚。」洞口的破櫃子在礦燈的陰影裡晃動了一下。

「啊！疼死老子了。」一個很小卻很熟悉的聲音從陰影裡傳來。

我的心裡燃起了希望的火焰，是迪克！

「上校！」我壓低了聲音驚呼。「你沒事！」

「中尉，好久沒見妳，有沒有想我呀，嘿嘿嘿。」陰影中有個胖影子漸漸浮現出來。「天哪，老弟，你怎麼被打成這樣……」

「別說這些沒用的了，快從書包裡拿點吃的出來餵我。」達爾文一看到迪克就有點堅持不住了。

迪克趕緊輕輕移到桌子旁邊，從另一個書包裡掏出水和零食餵給達爾文，又給自己拆開一條能量棒使勁啃。

「老子也三天粒米未進了。」他一邊嚼著，一邊跟我們講述了這幾天的經歷。

根據迪克的回憶，他在礦道裡一聽到我的聲音就往回走，可沒到地縫口就看到了多多可怕的臉。多多收拾完我們幾個直接就跳下礦洞要殺他，他手無寸鐵只好往隧道裡面退。幸好張朋在旅店用了一個晚上教他怎麼控制隱身，多多一下失去了目標，只好回頭把我們幾個帶回來做餌引他出來。

迪克躲開了多多的襲擊，卻在鹽礦裡迷了路。據他描述，這裡的礦道有上百條，星羅棋布、錯綜複雜，並且大多數沒有光源，極度黑暗下十分容易被困死在裡面。他在沒水沒食物的情況下，堅持走了兩天才找到了一片開闊地——一個巨大的天然岩洞，也是這個鹽礦的心臟。

迪克躲在岩洞的隱祕處觀察了很久，發現這個岩洞的岩壁上布滿了一個個後期開鑿的岩室，有的大有的小，有的甚至有燈光，裡面居住著很多類似加里的生物。他們有著像患了皮膚病一樣角質層肥厚的皮膚，頭髮稀疏，大部分有尾巴，像蜥蜴一樣生活著。

通過觀察他發現，這些地底居民的視力低下，卻對聲音敏感，每隔一段時間就會聚集在岩洞大廳中，或領取物資，或聽多多的「布道」，或聽取電臺關於外面世界的報導。

「你們不知道，他們日復一日聽的那些什麼鬼新聞都來自《紅色風暴》，」迪克聳了聳肩。「一本二十世紀八〇年代的冷戰驚悚小說。」

「你現在能控制隱身了？」

「是啊，張朋教我的呀！」迪克無辜地攤了攤手。

「那麼你有沒有見到張朋？」

迪克皺著眉頭搖搖頭。

「你找到出口沒有？」

「鹽礦唯一的出口似乎在多多住的洞穴裡……」迪克抹了把汗。「而且非常小，我瞅准了他爬出去之後才敢來找你們的──他跟洞裡面的人說他每個月才出去一次，可是根據我這幾天的觀察，他隔幾天就會出去轉一圈。」

「廢話，他知道外面根本沒啥核汙染，當然肆無忌憚了。」我自言自語。

「洞口這麼小，又有多多，我們是不是出不去了……」沙耶加的聲音很微弱。

「妳別怕。」我安慰沙耶加，轉頭輕聲問迪克。「難道沒有別的出口嗎？」

「找到別的出路就要指望妳了，」達爾文轉頭看著我。「目前為止，加里信任的只有妳──也許他就是我們的鑰匙。」

我吞了吞口水。

迪克這時候才發現在我旁邊虛脫的沙耶加，他一下就炸了，也不顧會發出聲音，三步兩步跳到沙耶加旁邊：「妳怎麼了？是不是不舒服？」

迪克一邊說，一邊使勁拽著鐵鍊企圖給沙耶加鬆綁。

「痛──」沙耶加哀叫了一聲。

這時候我才發現，她的腳踝腫起來一大塊，已經完全走不了路了。

「這麼腫……」迪克皺著眉頭看向我。「搞不好是骨折。」

我意識到我們的時間不多了。

「別弄了。」我拍了拍迪克，讓他別再給沙耶加鬆綁。「沒找到出口之前，你就算把我們都鬆開了，我們也出不去。一會兒多多回來，很容易就能看出有人來過。」

「那現在怎麼辦？」迪克心疼地看著沙耶加。

「首先，我覺得出口肯定不只你看到的那個。」我把我收集到的情報簡短地跟迪克說了一下。「你想想，軍方這麼多年來一直給他們運物資和藥下來，不可能只通過那麼小的洞口。」

迪克點了點頭，隨即又搖了搖頭：「可是除了那個洞口之外，我四處轉遍了，剩下的幾條路都是通往地底的礦洞，裡面一片漆黑，什麼都看不見，根本不像是有出口呀。」

「如果……軍方是從這些礦洞裡面來的呢？」達爾文在黑暗中輕輕地說。

我打了個冷顫。

「我們都不知道這些礦洞通向哪裡，但很有可能它們能通往更遠的地方。」達爾文艱難地活動了一下手臂。「這麼大空間需要的氧氣，不可能是從那一個小洞裡來的。」

「現在我們之中，能夠自由活動的人就是你了，」我拍拍迪克。「你機靈點兒，出去找找線索。尤其是那個叫霍克斯的人，他似乎是他們的首領。」

「我知道，他每隔一段時間會發藥給洞裡的人吃，」迪克說到這兒，頓了頓。「他們吃的是MK-57，MK-58 的上一代，可是他們的外形都變得跟蜥蜴一樣，不再是人類了……我以後會不會也變成……」

他的眼神裡有一抹絕望。

「你別胡思亂想了，可能是別的原因導致他們變異的呢？」達爾文匆匆打斷他的話。「而且這兩種藥未必成分就一樣，否則他們也應該會隱身，而你的外貌也早就該出現變異了。」

達爾文的回答倒是點醒了我——同樣都是副作用，為什麼服用上一代藥物的人不會隱身呢？

難道真的像達爾文所說，這兩代藥的成分不同？

可畢竟是新舊兩代，主要成分應該是一樣的，無論再怎麼差也不會差這麼多呀！

我想起了迪克的媽媽在客廳裡打電話時顫抖的聲音，她對迪克的隱身能力諱莫如深，到底是為什麼？

我們又討論了一下作戰計畫，大概是迪克負責潛進霍克斯和多多的房間，看看能不能找到這個鹽礦的地圖；我則負責從加里嘴裡收集情報。一切目的都是為了找到出口。

迪克剛要起身，忽然想起了什麼似的，從口袋裡摸出一個東西往沙耶加手裡塞。

「你在哪裡找到的！」沙耶加睜大了紅腫的眼睛看著手裡的戒指，一瞬間好像病好了一半。

「嘿嘿。」迪克撓了撓頭。「可能是妳在地面上遇襲的時候掉進礦洞裡的，我知道妳一直寶貝這個東西，所以跑回去給妳撿回來了。」

「你剛才不是說你回頭找我們的時候就遇見多多了嗎？他追著你，你怎麼回去撿的？」我也是有點想不明白。

「老子身輕如燕！我的體魄還能扛不了他兩下暴擊？」迪克哼了一聲。

這時我才看清，這貨的後腦勺和耳朵上有一片乾掉的血痂。

「迪克，謝謝你。」沙耶加的眼角有淚光。

「我給妳戴上。」迪克笨拙地拉過沙耶加的手。

「厲害了上校，沒想到你不顧生命安危把戒指撿回來，已經和企鵝一樣勇敢了！」我感歎道。

「什麼啊，為什麼是企鵝？」迪克小心翼翼地給沙耶加戴好戒指。

「我看電視說，雄企鵝每到交配季節就會冒著生命危險到山上撿石頭，為了吸引雌企鵝……」

「中尉，閉上妳的嘴！」迪克臉一紅，打斷了我的話。

「你還在磨蹭什麼，快點走，一會兒就來不及了！」達爾文低吼了一句。

與此同時，礦洞外響起了窸窸窣窣的聲音。迪克一晃身子就不見了。

第九章　M的媽媽

果然，迪克出去沒一會兒，加里就晃著大腦袋走進來，手裡還拿著一個裝滿水的盆子。

「旺旺，喝水嗎？」他奶聲奶氣地問我。

我看著加里，也許是缺乏日晒和必需的維生素，他的身材瘦小，皮膚蒼白透明，但除去乍一看恐怖的外表之外，他和外面正常的孩子沒什麼區別。

「嗯，謝謝加里。」我把水盆子接過來，自己喝了一小口，就轉過頭去餵沙耶加。可是沙耶加喝了幾口就全吐出來了，吐出來的還包括剛才吃下去的那一點食物。

我心裡一沉。

骨折，肺炎，人類比想像中脆弱很多，除去現代武器、智慧科技和藥物，他們就像包裹在鋼鐵外殼裡的瓷娃娃，隨時隨地都會因為一點創傷送了命。

她似乎在剛才看見迪克的時候，掙扎著用了所有的力氣才醒過來，隨即就再一次陷入昏迷。我不知道她還能撐多久。

「她好些了嗎？」加里指了指沙耶加。

我摸了摸沙耶加的腦袋，艱難地搖了搖頭。

「這個。」加里爬到我身邊，小心翼翼地從口袋裡掏出了那個鐵盒子，打開，裡面就是那顆他珍藏了很久的藍色膠囊。

「給她吃這個，她就能好。」

加里拿著膠囊的手迅速湊到沙耶加嘴邊，臉上一副滿是期待的表情。

「不要！」

一陣寒意從心底升起，我一甩胳膊打開了加里的手，膠囊咕嚕嚕滾到地上。

加里滿心期待被表揚的臉上頓時滿是不解，十分委屈。他三兩步跑過去撿起膠囊，細心吹了吹灰，放回盒子裡。

再看我的時候，這孩子的眼淚已經在眼眶裡打轉了。

「加里只是想幫妳……她快要死了。」加里噘著嘴說。

「加里，我……」我擋在沙耶加前面的手垂了下來，我真的不知道該怎麼跟他解釋。「我要告訴你，這個藥是壞的，它很不好，你會信嗎？」

加里垂下了眼睛：「可它是加里的寶貝，它能讓痛都飛走。」

「對不起……」

「妳不用道歉。」加里轉過頭。「朋友之間不用道歉。」

「我只是覺得……」我儘量尋找不會傷害人的詞。「你吃這個藥雖然症狀會減輕，但它從來沒有根治你的病，這也許不是什麼好事情。」

「但它至少能減輕痛苦，反正我不會長大的。他們說，之前生下來的孩子也不會長大。」

不會長大？我的心一沉。

「再吃一段時間，皮膚就會變成像多多一樣，慢慢尾巴會長出來，然後就要死了，多多的命也不長了。」加里低著頭。

「加里，你知道你得的是什麼病嗎？」

他搖了搖頭：「他們說……正常的孩子要是得了這個病早就死了，但我還活著，都是因為有這個藥——這裡的人能活著，都是因為這個藥。」

「你上次說，這些藥是軍方送來給你們的——還有食物和生活物資，他們是從地面上下來的嗎？」我終於有機會問到這個問題，我緊緊攥著出汗的手，遠處，達爾文的頭也有意識地向我這一側轉過來。

「不，」加里搖搖頭。「他們從地底的礦道裡來。」

我和達爾文交換了一下眼色，他猜得沒錯，這裡一定有一個礦道連著出口！

「軍隊的人從礦道的另一邊來，那裡連著湖。他們有時候會把物資運到我們這裡，有時候會運到中間站——霍克斯會去把物資搬回來。後來軍人來得越來越少，霍克斯偶爾會帶我去中間站看看是否有新的物資，可每次都一無所獲。」

我的心狂跳起來。

「那你認識他們來的路嗎？」我急切地看著加里。

「妳……為什麼問這個？」加里狐疑地看著我。

「加里，沙耶加不行了，她要出去看醫生，我們還要去救朋友，我們不能死在這想騙加里。

兒。」我終於忍不住說了出來，除了坦白，我想不到任何辦法，我想出去，可是我不

「加里，求求你……」我企圖去抓他的手。

加里後退了一步，他歪著腦袋看著我。

「旺旺是不是為了讓加里帶妳出去，才要和加里做朋友的？」他的眼睛裡有戒

備，更多的是失望。

「我……」

一時間，我竟然不知道說什麼好。

加里又退後了兩步，我們就這樣僵持了幾秒。

「騙子。」他說。

「我不想騙你，事實上地面根本沒有什麼核爆，蘇聯已經解體了，美國的總統叫

小布希，人們都生活在陽光底下，我不想騙你。我不在乎我的性命，可是我要去救

我的朋友，我希望你相信我，我想把你帶到地面上，那裡有大醫院，你能接受正規

的治療，能認識很多很多和你一樣的孩子……」

「妳不要再說了！」加里捂住耳朵，轉身跑了。

「加里！加……」

加里的身影消失在礦洞的陰影裡。

我歎了口氣。

我真的不想騙你，加里。

可是在這裡，所有的真話都被當成假話，你所看見的、聽見的，你所被教育的真相，都只是一個粉飾陰謀的謊言。

「別自責了，」黑暗裡，達爾文開口說。「不是妳的錯，妳盡力了。」

我看了看旁邊昏迷的沙耶加，只能握住她滾燙的手：「對不起。」

她一點反應也沒有。

黑暗中，只剩下我和達爾文兩個人。

「喂。」

「啊？」

「妳……沒事吧？」他問我。

「沒事……我沒受傷，就是脖子後面蹭破了點皮……」

一陣沉默。

「你沒事……吧？」我嘟囔了一下。

「唔。」他算是回答了我。

沉默了很久。

「怕嗎？」他又在黑暗中問我。

我咬了咬嘴脣。

「不怕。」我還有三個月壽命，就算是被捆在這裡，我也能活三個月。

「別怕……」他的聲音極其微弱，我懷疑我聽錯了。

「你說什麼？」

「我說，迪克應該能找到線索的，只要他們抓不到迪克和張朋，一時半會兒我們都不會死。而且我看加里只是嚇壞了，他還會回來的。」

好長一段話，特別清晰。

「哦。」我轉頭看了看沙耶加。「我怕沙耶加撐不住了。」

「妳給她吃抗生素了嗎？」

「嗯……但是可能口服作用太弱了，她沒怎麼好轉。」我擔心地說。

「我懷疑她不只是感冒感染到肺部，而是因為這裡還有核汙染殘留，總之這裡不宜久留。」

我們不知道又在黑暗中待了多久，忽然洞口的櫃子晃動了一下，迪克閃身來到我身邊。

「沙耶加好點沒？」迪克從背後變出一個碗，不知道又從哪裡拿出水倒給沙耶加。

我搖了搖頭：「她剛吃的東西都吐了。」

「怎麼樣？有沒有線索？找到地圖沒有？」我迫不及待地問迪克。

迪克無奈地搖了搖頭：「但我找到了一個奇怪的東西。」

迪克隨即遞到我手裡。借助著微弱的礦燈，我看到那是一張很老的照片。照片上似乎有一個印第安樣貌的中年人，拉著一個女孩的手。

也不知道是因為礦燈太暗還是我眼花了，照片裡那女孩的樣子，和M一模一樣。原來迪克離開我們之後，就開始找霍克斯住的地方。根據他的觀察，這四面八方的岩壁上分布的幾百個洞穴，是按照等級地位來劃分的。

整個礦洞除了一小面岩壁之外，其餘大部分都有滲水的跡象。滲水的洞穴多數洞孔小，洞內空間狹隘，陰暗潮濕——這種洞穴裡都住著沒有權利的普通居民。唯獨那一小面岩壁的幾個洞穴，面積大，甚至多數是複合洞穴，空間乾燥，適合居住。

根據迪克的推理，這塊岩壁的另外幾個洞穴，應該住著地下居民階級圈裡的貴族——類似霍克斯或者其他人。

得出了結論後，迪克面臨的最大問題是如何爬到這些洞穴裡面。畢竟岩壁表面垂直，沒有走道，他可不像這些地底居民一樣有敏捷的跳躍力和蜥蜴一樣的尾巴，更不可能像加里一樣能貼著岩壁行走——他只是一個不愛運動的胖子。

幸好沙耶加的安危激起了他全身的鬥志，迪克觀察到滲水面的岩壁上有很多花菜一樣的結晶體——它們是鹽晶，鹽最生動的形狀。於是這貨幾乎鼓足了他畢生的勇氣，在沒有任何攀岩工具的幫助下，徒手爬了四個小時，順著岩晶爬了上去。

一開始的兩個洞穴裡只有一堆堆軍用罐頭食品和真空包裝的肉類，迪克吃了點，差點沒吐出來，再一看日期，都過期十年以上了——乾得像柴火一樣的真空牛肉、長毛了的墨西哥燉豆子……連迪克這麼不挑食的人都吃不下去，味道應該都是突破了宇宙極限的。

霍克斯的住處在最高層，迪克在那裡感覺到了來自人類文明世界的一絲溫存——乾燥的洞穴裡不但有軍用氣化燈照明，還有桌子和床，一些散落在桌面和地上的書，甚至還有一部老式留聲機和幾張爵士樂唱片。

迪克找了一圈都沒有看見任何地圖，卻在書桌上發現了這張照片。

「是不是乍一看很像M？當時就我一個人，我以為見鬼了。」迪克藉著光轉動著相片。「但我仔細看了看，好像又不是同一個人。」

「我……」

「小畜生，逮到你了。」我還沒說下去，就聽到一個沙啞的聲音在洞口響起。

洞口外的身影往前了一步，燈光照到了多多的臉上——他有皮膚病的大半邊臉就像是爛掉的蜂巢，剩下的那一小片皮膚蒼白鬆垮。他獰笑著，露出了僅剩的幾顆尖牙。

跟在多多後面的是霍克斯，他彎著腰，一隻手像拎著動物一樣，提著滿臉痛苦的加里。我看不清他的表情，只看到他手裡握著一把斧頭。

「不和你的小夥伴打招呼了嗎？小畜生？」

迪克想隱身已經來不及了，多多雙手一沾地便像獵豹一樣竄到迪克身邊，舉起一把刀朝著他脖子上的大動脈紮去——那是一把印第安雙面刃獵刀。

「不——」

我下意識用腳猛地一踹迪克的身體，他一個重心不穩向側邊仰去，那把刀不偏不倚紮進他的大腿，扯出了幾寸長的傷口。迪克痛苦地倒在地上叫起來，血瞬間流了一腿。

「看來你是個魔術師，我真好奇，」多多抽出獵刀，把刀刃抵在迪克的脖子上。

「你是用什麼方法隱藏自己的身體的？」

「這不是魔術，」迪克咬著牙大叫。「狗娘養的！」

「我們看不到你，但這個洞穴將近三十年都沒有任何變化，一點細微的不同我們都能感覺出來——比如說鹽晶上的血。」

我看到迪克的手掌上全是乾涸的血跡，那是爬岩壁的時候磨出來的。

「留著你的魔法，」多多三兩下把迪克捆起來，拿刀柄拍了拍他的臉。「一會兒下去再好好表演，我想讓那些還心存懷疑的人看看，我是怎麼宰了你們的。」

「你們這些騙子！」我吼道。「你們明知道外面根本沒有什麼核爆！為什麼要騙人！」

「與其出去被人當成怪物，活在這裡不好嗎？」多多的臉貼到我的臉上，我能感覺到他像蜥蜴一樣的皮膚冰涼刺骨。「可惜妳沒機會說了，下去之前，我會把你們的舌頭都拔掉。」

我打了個冷顫，多多從口袋裡掏出一把生銹的鐵鉗放在旁邊。

「我不喜歡聽女人哭，」多多把他的眼睛湊到我跟前看了看，讓開半步，露出後面霍克斯面無表情的臉。「但有人會聽妳哭的。」

霍克斯一把把加里甩在我身邊，然後掐著我的脖子，把我貼著牆提了起來。

「妳跟他說了什麼？嗯？」霍克斯的聲音很低沉，他把我提起來又摔在地上，我用剩下的所有力氣擋在沙耶加前面。

「妳很會騙人？騙一個孩子連命都不顧來求我放你們走？」霍克斯再一次把我提起來又摔在地上。

「我沒騙他！是你騙了他！」我迷迷糊糊地吼了一句。

「啪！」

我被扇了一個耳光。這不是電視劇裡那種花拳繡腿的耳光，而是結結實實一個大嘴巴子，我的頭磕到了牆上，頓時一口血從嗓子裡湧上來。

「我沒騙人……」

渾身一點力氣也沒有了。

「夠了……」我感覺有個小小的身體撲在我身上，但我睜不開眼睛，耳朵嗡嗡地響，好像有人在哭。「她要死了……她是我的朋友……」

「她不是你的朋友，她在利用你。」

然後我又被提了起來，喉嚨被卡緊了，我用鼻子使勁吸著氣，但是一口也喘不出來。

「妳怎麼知道那些藥的事？你們是什麼人？」

我的喉嚨被卡得更緊了。

「你們來這裡幹什麼？」

我的大腦幾乎窒息了，我想到亂七八糟的事——M、迷失之海、山谷裡的蝴蝶，還有M的葬禮，我好像看見棺材裡的人是我，我想起迪克從賢者之石偷出來的檔案袋，M的媽媽……

M的媽媽！

那個和M很像的女孩，黑白照片上的女孩，她們長著一樣的眼睛和雀斑！

她叫什麼？安妮？艾薇兒？不，不是傳統的白人名字……一個美麗神祕的名字……

「你們來這裡是什麼目的!?」

我感覺我的喉嚨要被掐碎了。

霍……霍什麼……那個名字該怎麼發音……

「你們究竟想幹什麼!?」

「霍……哈羅娜・霍塔克，」我用盡全力從嗓子眼兒裡擠出一個聲音。「我們來找她的女兒，美年達・霍塔克……」

我感覺到捏住我脖子的手有一絲遲疑，隨即我被甩到了地上。

「我們來找哈羅娜・霍塔克的女兒美年達・霍塔克……」我乾咳了兩聲。「M被人抓了，她是我們的朋友……她的媽媽說，她被帶回了故鄉。我們找到了她的檔案，才找到這裡……」

我看了一眼霍克斯，他的眼神裡仍舊沒有任何情緒，他哼了一聲。

「哈羅娜早就死了。」他冷冷地說了一句，隨即返身把達爾文從凳子上拽了下來，扔在我們身邊。

達爾文的頭撞到岩壁上，頓時失去了抵抗力。

「哈羅娜・霍塔克？有意思，呵呵，她死了嗎？」多多問道。

「她當年就死了。」

「那這幫雜碎怎麼知道她的名字？」

霍克斯走到迪克身邊，用腳把他翻過來，在他的褲子口袋裡翻了翻，摸出那張照片。

「這小子去過我的房間，偷看了我的日記。」

「呵，挺能耐的。」多多隨即一腳踹在迪克的頭上，他發出一聲哀號。

「把他們扔下去吧。」霍克斯邊說邊把我扯起來。

「好久沒有見過血，」多多蹭了蹭鼻子。「我的手都癢了。」

「不要……嗚嗚嗚，別殺她……」加里趴在我身上邊哭邊說。

「滾開。」霍克斯拽起加里推到一邊。

多多冷笑了一聲，拖著迪克朝洞口走去——迪克已經疼得叫不出來了，他腿上的血流了一地。

我萬念俱灰，手緊緊地握著袖子裡的彈簧刀，那是我趁加里不注意的時候從書包裡偷拿出來的，到這個時候怎麼樣也要搏一搏了。

就在我剛要把刀伸出來的時候，一瞬間，霍克斯突然轉身發力，一下勒住多多的脖子朝他後頸打下去。

我們都還沒反應過來，多多就軟綿綿地滑在地上。

「多⋯⋯死了嗎？」我抹了抹嘴角的血，問了一句。

「你們是誰？」霍克斯沒有回答，轉過身問我。

「我他媽沒看你的日記⋯⋯」迪克咬著牙根說。

「我不寫日記。」霍克斯瞥了一眼迪克腿上的傷口。「你們怎麼知道哈羅娜？」

「我們⋯⋯」

達爾文還沒來得及回答，霍克斯一個彎腰蹲在迪克身邊，閃電一樣用他肥厚的左手握住迪克的大腿，把拇指插進他的傷口裡。

「噭——」迪克發出一聲哀號，血順著霍克斯的手指流下來。

「聽著，你只有一次機會解釋，你要是說謊，我就掐斷這傢伙的大動脈，他就完了。」

霍克斯指著我：「妳說。」

一瞬間，迪克的臉上布滿汗水，只剩出的氣，沒有進的氣了。

「我說！我說！哈羅娜，她是美年達的媽媽。我，我不瞭解她，她她她住，住在鐵皮屋裡。」

我汗流如注，努力讓自己鎮定下來，回想著和M的媽媽相關的一切細節，那個女人的圖像在我腦海中漸漸立體起來：「她總是抱著一臺破收音機，企圖從一堆雜音裡找到什麼！我們都不知道她在找什麼。」

我看到黑暗中的霍克斯，全身輕輕地震了一下，他拿著刀子的手放了下來。

「這裡不是說話的地方。」

霍克斯朝在旁邊已經嚇呆了的加里示意，扔給他一把鑰匙。加里才回過神來，趕緊跑到我和沙耶加身邊把鐵鍊上的鎖打開。

霍克斯則簡單包紮了一下迪克腿上的傷口：「能走得動路嗎？」

迪克騰出一隻手按著地板，哼了一聲算是肯定了。

霍克斯沒理他，單手把迪克的胳膊架在自己肩膀上，從多多身上跨過去。

「他……死了嗎？」我背上兩個書包，朝地上的多多看過去。

「他早該死了。」

霍克斯說這句話的時候，卻沒有一絲怨恨，而是充滿憐憫。

似乎死亡才是多多的救贖一樣。

達爾文背著沙耶加，霍克斯和加里扶著迪克，我們就這麼一瘸一拐地向洞外走去。

來到洞外我才明白這是一個什麼樣的地方，像極了中國北方的土窯洞，只是形狀大小不一，沒有那麼規整而已。霍克斯帶著我們迅速鑽進另一個洞裡，這竟然是個岔洞。我們摸黑沿著石壁鑽來鑽去，就走到了一個低矮的小礦洞裡。

霍克斯在暗處找出了石棉和煤油瓶，擦了很久才發出微弱的光。霍克斯把點燃的石棉放進一塊掏空的鹽晶裡，柔和的光線瞬間照亮了整個洞穴。

這個洞裡面潮濕得不行，岩壁上有水滲下來，滴在我的脖子上，我哆嗦了一下。

達爾文找到一個沒有被水浸到的地方把沙耶加放下來，再轉頭去查看迪克。迪克腿上的繃帶已經全紅了，血汩汩地往外冒，半邊的褲子上濕乎乎的，空氣裡一股血腥氣。

達爾文的眉頭皺了起來。

「沒事……」迪克笑了笑，艱難地從口袋裡掏出他的藥瓶子。「有……有這個……」

他還沒說完，就連握住瓶子的力氣都沒了。藥瓶咕嚕嚕在積水裡滾了兩下，滾到霍克斯腳邊。

霍克斯撿起藥瓶，從裡面倒出了一顆藥。

達爾文立刻跟我使了個眼色，我的心慌亂地跳動著，要是他發現迪克吃的藥跟他們的一樣，搞不好會再次懷疑我們的目的！那我們就跳進黃河裡都洗不清了！

霍克斯眯著眼睛盯著膠囊看了好一會兒，卻沒有預計之中的情緒，他只是歎了口氣，就把藥遞給達爾文。

「口服一顆，另一顆擰開，把粉末倒在傷口上。」他轉身背對著我們。

「所以，你這一代成功了？」我聽見霍克斯沉沉地問。

迪克愣了愣，沒有回答。

「什麼才叫成功？」達爾文反問他。

沉默了很久。

「讓你們在冷戰中獲勝，培養出強大的士兵，把戰爭中的傷亡降到最低，成為超級大國……」霍克斯的聲音沒有感情。「那些軍人跟我說，把傷亡降到最低的方式，就是犧牲這個國家的小部分人，換得大部分人的幸福和安全，是值得的。」

我渾身一冷，這句話，我似乎在不久前聽過。

犧牲極少數人的利益，保護大多數人的利益，這是乍聽起來最划算的。

可是，極少數人難道不是人嗎？他們不是一個上下跳動的數字，而是一條條鮮活的人命。

我看著霍克斯。

「我們就是那極少部分人，但他們忘了我們不是美國人，在哥倫布到達這裡之前，我們就在這兒生活，我們是印第安人。」

霍克斯壓抑了很久很久的憤怒和不滿終於找到了出口，五十年前的回憶裂開了一道縫。

第十章　回憶的縫

時隔多年，有很多細節霍克斯都記不清了。

只記得一聲爆炸後，人們陸陸續續從震盪中回過神來，走出街頭，天上飄下來黑色的雪花。

顆粒狀的雪掉到皮膚上，有點乾澀，他舔了舔，鹹的。

他熟悉這個味道，是鹽晶。

他下意識地向西眺望，在遠處的地平線，是平原上那一片凸起的低矮山脈和一個湖泊。

那是尤提曾經的部落，幾十年前，他們曾在那裡發現了一個鹽礦。

印第安人不懂如何開鑿鹽礦，他們從山裡帶回來五顏六色的鹽晶，在蒲場上磨成粉末，用來占卜和祈禱。

直到幾年前，那些軍人來了，他們說軍方看中了這片鹽礦，願意花一大筆錢買下來。

鹽礦屬於尤提的部落，最初他們並不同意賣掉祖先留下來的遺產。可幾個部落的酋長在反覆商量後，最終決定把鹽礦賣給那些白人。

只因這個鹽礦本身的價值，沒有軍方給出的價格高。花花綠綠的鈔票，對他們的誘惑太大了。

他們不在乎這些軍人要在山裡幹什麼，拿著換來的美金，幾個部落在這裡蓋起了一座現代化的小鎮。

賣掉鹽礦讓他們大賺了一筆，沒有人再住帳篷，每一家都用分到的錢蓋起了白人住的木屋，有了自來水和暖氣，甚至還買了汽車。

他們再也不是光著腳丫穿著花花綠綠羽毛的土著了，那都是二十世紀三〇年代西部片裡的產物。

年輕的女人們解開辮子燙成了鬈髮，穿上印花背心和短裙；男人們穿上了皮鞋和牛仔褲，換上了西裝。

他們被禁止再去鹽礦，但沒有人在乎。那不過是合約裡若干條款中一項微不足道的附錄。

直到這一天，一朵灰色的蘑菇雲，從那個方向升起來。

他忘了到底是誰先喊起來的，但那個陌生又熟悉的詞在人群中炸開。

「核爆！是核爆！」

他想起來電視裡最近關於冷戰鋪天蓋地的報導，那個被叫作史達林的蘇聯人聲稱，他們已經掌握了一種導彈技術，能夠擊中幾千公里外的目標。

國會的參議員們在電視裡對著麥克風號叫著：「這些不要命的共產主義者，想跟我們同歸於盡，互相毀滅，直到世界末日。」

驚慌的人們爭先恐後地往酋長家和警察局擠，沒有人知道該怎麼辦。甚至有些人開始給外州的警察局打電話，可是還沒說完，全鎮的電話線路就斷了，隨即斷的是水和電。

小鎮上的教堂還沒建好，人們瘋狂地擁進去祈求新神的庇佑，可再虔誠的禱告都無濟於事。大地開始震顫，飄落的雪花很快變成黑雨夾著鹽晶砸下來，一個禁忌的詞在人群裡迅速地流傳——

世界末日。

就在大家想向鎮外逃去的時候，第二朵蘑菇雲平地炸響，得以喘息的人們再一次陷入恐慌之中。老人和孩子們開始不停嘔吐，虛弱地靠在牆角奄奄一息。女人們從啜泣變成了哭喊。

黑雨已經變成遮天蓋地的灰塵，在濃煙和火焰的籠罩下，小鎮變成了地獄。

在一片哀號聲中，穿著防護服的軍人們接管了這些可憐的人。

「第三次世界大戰已經爆發了。」其中一名軍官對酋長說。「我們需要迅速把所有人轉移到地下去。」

驚魂未定的村民們以為遇到了救星，在黎明之前爭先恐後地擠上軍用卡車。

「爸爸，我們要去哪裡？」被霍克斯摟在懷裡的女兒問。

他的女兒叫哈羅娜，哈羅娜在印第安語裡的意思是幸運的人。

偏偏他的女兒並不幸運。她今年已經九歲了，卻骨瘦如柴，而她的智力永遠停留在了四歲。
霍克斯娶的是他的表妹，哈羅娜是近親結婚的犧牲品，同時她是個早產兒。
誰都知道哈羅娜是個瘋子，沒人跟她玩，霍克斯出門的時候就會把她鎖在地下室。
幸運的是，核爆那天，哈羅娜直到被軍方帶走之前，都在地下室裡。
軍人說，鹽礦不但在地底，還有許多天然的坑洞可供藏身，鹽礦之下的通道錯綜複雜，易守難攻，是最好的庇護所。
小鎮的居民們在軍人的帶領下到達了鹽礦內部，為了防止敵人發現，原本的入口被封死了。另一些軍人從地底的礦道中走出來，帶來了生活物資和食物。
此時距離核爆已經過去了六十四小時，大部分人暴露在輻射下已經超過兩天。這些以為死裡逃生的人開始出現各種症狀——孩子的皮膚上長出了紅色斑點，人們的舌頭逐漸變黑，牙齒開始脫落，甲狀腺腫脹，嘔吐不止。
幾個星期後，他們的甲狀腺出現了腫塊，核輻射造成的癌變從腸胃擴散到淋巴腺，在皮膚表面長出了腫瘤。
有人因為疼痛咬舌自盡了。剩下的人無法進食，吃掉的東西全都吐了出來，皮膚片片剝落。
霍克斯也沒有逃離這命運，他的身體急劇惡化，腫瘤化膿，高燒不退。
就在這時，他們熟悉的軍人們又從礦洞的另一頭來了，這一次，他們帶來了藥物。

一種叫作 MK-57 的藥物。

不得不說，這個藥太神奇了，無論是多大的病痛，在服用了 MK-57 後的短時間內，都能產生顯著的療效。

不到兩個月，大部分人已經恢復成接近普通人的狀態。

在這段時間，每天發藥的軍方成了大家最信任的人。

「這些軍人拯救了我們。」酋長說。

霍克斯也通過藥物挺了過來，他能夠再進食了，腫瘤消失了，皮膚又長了出來。

可是這種強而有效的藥物，帶給他的不是欣喜若狂，而是隱約的恐懼。

尤其是他在看著女兒哈羅娜的時候。

哈羅娜在服用藥物之後，她的智力迅速恢復到了正常兒童的水準。

霍克斯沒有受洗，他是在信仰的分岔路上選擇了舊神的人，他信仰古老的印第安歌謠裡的神靈，山的神靈，一草一木皆有靈的存在。

在他的世界觀裡，哈羅娜的弱智，是因為她來到這個世界上的時候，神沒有給她完整的靈魂。而靈魂的不完整，沒有任何人造的藥物能治好。

甚至沒有任何人能治好，除了神明和惡魔。

雖然軍方叮囑每個地底居民都要按時服用藥物並接受檢查，但霍克斯偷偷把女兒的藥停了。

沒想到，哈羅娜像是對MK-57產生了極其強大的依賴性——在停藥的過程中，她表現出的神志失常遠遠超過往。霍克斯只好偷偷把她關進了一個偏僻的礦洞裡。

脫離藥物後，哈羅娜的智商迅速回到了從前的水準。

幸好核爆那天哈羅娜一直躲在地下室，所受的輻射不大，身體並沒有出現嚴重的症狀。

面對這個結果，霍克斯目瞪口呆。他必須告訴所有人，這個藥無法根治他們的病。

可他來不及了。

就在他猶豫著如何開口的時候，軍方卻沒有在每日固定的時間從礦洞另一頭出來——他們單方面終止了藥物的供應。

停藥後的反噬就像詛咒一樣出現在每個居民身上，消失的腫瘤再次鼓出來，結疤的傷口再次潰爛，長出來的皮膚再次剝落。

瘋狂的居民們衝進礦道裡，然而礦道一片黑暗，像蜘蛛網一樣錯綜複雜，憑著有限的視力和能力根本無法找到正確的道路。

「再沒有藥我們就會死，上帝啊，求求你救救我們吧！」

黑暗中的禱告聲此起彼伏，但無論多麼想得到藥物，都沒有人願意冒著巨大的風險把原來堵上的出口撬開。

他們甚至能在礦洞裡清晰地聽到外面核爆的聲音。

沒有人願意出去，也沒有人願意死。
他們不知道，若干年後某個人才道出真相——恐懼，是使人臣服的最有效的手段。如果沒有恐懼，就製造恐懼。就像寫在劇本裡的完美巧合，在居民們徹底陷入絕望的前一秒，軍人們回來了。他們帶來了藥物和一個消息——美國大部分州被夷為平地，地表的核殘留影響會持續六十年。
「在地下，是最安全的，你們很幸運。地上的人都死了。」為首的軍人說。
在和平年代聽起來荒誕不經的一句話，卻讓每個人由衷地相信了。
他們相信的另一個理由是，只要乖乖聽話，就能分到藥物。
他們心裡的恐懼控制了自己，從今往後將再也見不到光明。
時間知覺，也稱為時間感，它指人在不通過任何計時工具的情況下對時間的感知。
而大腦對於時間的把握，很多時候是靠對外在世界變化的零碎資訊組合而成，日出日落，黑夜白晝，潮汐潮落……當沒有了這些外部資訊的時候，人的時間直覺就會逐漸混亂。
曾經有一個洞穴愛好者，在義大利的一處地下洞穴待了三百六十六天。可是當他回到地面時，以為只過了兩百一十九天，剩下的一百多天在他的時間知覺裡消失了，他的醒睡週期幾乎延長了一倍——他的一天，從二十四小時慢慢變成了三十六小時，又變成了四十八小時。

阿什利鎮上的居民成為地底居民後，時間知覺就開始逐漸消失。他們對時間唯一的感知，就是那些從礦洞外走進來送藥的軍人們。他們來的時間無論是隔天一次，還是數天一次，對這些地底居民來說都只是一個計量單位。

軍人們為他們編織的謊言維持了很久，每次來的時候都絕口不提外面發生了什麼事，只說在核戰中有越來越多的人死亡，他們是少數幸運的人。

最初大家還對不久後就能回到地面的幻想抱著巨大的期盼，雖然在這期盼中也不乏一些小失望，藥物的「副作用」導致毛髮的脫落和身材的畸形——許多以前一百八十幾公分的大個兒都萎縮成侏儒一樣的小老人。

直到某一天，某些人的皮膚上開始長出一片片像魚鱗一樣的斑點。

最初的症狀並不明顯，有的在腋下，有的在腿上，可這些斑點迅速地擴散到全身乃至臉上。它不痛不癢，每塊鱗片組織與皮膚自然相連。有人說這或許是銀屑病，是地底潮濕環境影響下的皮癬——雖然有人對這個結論有所猜疑，但畢竟地下長年昏暗，皮膚病對生活並不影響。

這種猜疑真正爆發出來，是在皮膚病之後，人們陸續長出了尾巴。

什麼樣的副作用，會讓人長出尾巴？

居民的懷疑終於在黑暗中爆發了，他們拒絕了軍方提供的藥物，還設下圈套綁架了送藥的軍人——他們要知道這些藥裡究竟是什麼成分。

可等待他們的不是答案，而是停藥後大規模疾病的復發。

那些他們以為早就治好的癌症和腫瘤，在停藥後迅速在每個人身上復發，沒過幾天就回到了當初核爆之後的狀態。

霍克斯猜得沒錯，他們的病任何藥都治不好，掌控他們生命的，不是自然的神靈，而是高科技合成的惡魔。

在所有人痛不欲生的時候，那些被當成人質的軍人中的一個，說了一句話：「不吃藥，只能死掉，吃就能活著——無論在什麼形態下。」

這一句話，讓充滿幻想的氣泡，無聲地碎了。

這次事件在鹽礦歷史中被稱為「星期一」——它代表了這些地底居民知道自己無法脫離藥物生活的第一天。

「星期一」之後，地底居民在絕望中分裂出三種人。

第一種人，包括酋長和一些篤信舊神的老人，在拒絕服用任何藥物後不久因併發症身亡。

第二種人，他們在希望破滅後開始極度懷疑軍方的話，並且不計一切代價逃了出去。他們偷偷從軍方過來時的礦道走出去，卻好像幽靈一樣消失在了礦道中，沒有一個人回來過。

剩下的人不敢再冒險，他們在岩壁上用很長時間開鑿了一個通往外部世界的小洞。這個洞異常狹窄，只有退化過的地底居民才能鑽出去，在挖通的那一天，他們聞到了消失多年的自由的味道。

「我們會回來的，會回來揭穿這裡的謊言。」爬出洞口的人說。

不知道過去了多久，這些努力擠出洞口的人，和那些消失在礦道裡面的人一樣有去無回。

唯一回來的，只有多多。

「他們都死了，就在離這裡不遠的地方。」多多脫下他不知道從哪里弄來的防毒面具，悲涼地說。「他們都死在蘇聯人手裡了，沒有謊言，外面就是世界末日。」

多多的話，扼殺了地底居民的最後一點希望。

剩下的人都成了第三種人——選擇留下的人。

「星期一」之後，軍方和洞穴居民之間的關係產生了微妙的變化，從以前平等的關係，到對軍方的服從。又或者，他們屈從的不是軍方，而是自己的懦弱。

霍克斯在很長一段時間裡，都是這一種人。

他並沒有傻到對多多的話毫無懷疑，但他寧願相信世界大戰爆發了，只有相信等在外面的只有死亡，他在審視自己身體的時候才沒有這麼痛苦——畢竟除了死亡的任何一種生存方式，都會比現在更好。

他已經不是當年的健壯小夥，他早到了不惑之年，與其去尋找真相，不如苟且偷生。

只有這麼想的時候，他才能從痛苦中掙扎著爬起來，去對著他已經成年的女兒露出微笑。

可壓垮他的最後一根稻草，是某一天哈羅娜的失蹤。

雖然哈羅娜的智商還停留在幼兒水準，可是她的身體早就成為一個正常成年人，她只要稍稍用力就能撞開被鹽水腐蝕得鏽跡斑斑的木門閂。

霍克斯尋遍整個鹽礦一無所獲，通往地面的洞穴太小，哈羅娜不能像其他服了藥的人一樣鑽過去，那只剩下一種可能，她走進了軍方來的那條礦道。

霍克斯一頭紮進被禁止入內的那條礦道，可他發現裡面無比漆黑，像蜘蛛網一樣錯綜複雜，他無論怎樣呼喊，都沒有得到哈羅娜的回復。

也許過了一天，也許過了幾天，哈羅娜竟然又從那個礦道裡走了出來。

她的智商讓她除了哭泣之外，無法描述在礦道裡的任何所見所聞，但沒過多久，霍克斯發現她懷孕了。

可沒人能告訴霍克斯，哈羅娜肚子裡的孩子是誰的。

黑暗中的日子過得很慢，似乎沒過多久，哈羅娜要生產了。她生下來的那個女嬰，長得並不像傳統的印第安人。女嬰紅頭髮，白皮膚，眼睛是綠色的。

霍克斯把那個孩子抱在手上，這讓他想起了哈羅娜出生的時候。他用雙臂小心翼翼地接過她，她的手感就像一塊滑膩的肉團。當那個孩子對他笑的一刻，他突然找回了曾為人父的心情。

那是身為人類的感情，是一種早在幾十年的黑暗中消亡的感情。

畢竟，在「星期一」之後，洞穴裡的新生兒越來越少。

MK-57 的藥性，似乎影響了地底居民的生理系統。女性漸漸失去雌性荷爾蒙，男性的生理結構也發生了變化，他們似乎逐漸失去成年哺乳動物的生理需求。

另一方面，MK-57 似乎對腹中的胎兒無效，他們毫無保護地暴露在核汙染之下，生下來還沒來得及吃藥，就因為放射性損傷死亡。

可哈羅娜的孩子和正常人類的小孩一樣健康。

霍克斯給她起名叫美年達，在印第安語裡，是太陽之子。

雖然她在黑暗中出生，但或許有一天，她能見到光明呢？霍克斯這樣想。

霍克斯細心守護著這個孩子和她的母親。哈羅娜就如她的名字一樣，是不幸中最幸運的人，她因為智力低下而躲過了輻射，因為停止用藥而保持著人類的外形，莫名其妙地懷孕又生下了健康的孩子。

隨著美年達逐漸長大，霍克斯開始發現，她和普通的孩子不一樣。

地底除了少數洞穴有礦燈之外，其餘空間一片黑暗，在僅有的生活物資裡，能夠拿來教育孩子的東西並不多，紙和筆都成了珍貴的教材，還有幾本當時逃下來的人帶來的《聖經》。

這孩子很少說話，但她經常在紙上畫一些莫名其妙的東西。

有一次，她畫了一條高速公路和許多小汽車。

「爺爺，有些人坐在鐵盒子裡，在路上跑。」

有一次，她畫了幾個拿著攝像機的人，在拍攝穿比基尼的女人。

「爺爺，有一些人在拿黑盒子把另一些人裝進去，但他們裝得不好，沒有人滿意。」

有一次，她畫了漆黑的夜空，一個人站在月球上，他的身後有一面美國國旗。

「爺爺，有人在天上飛。」

美年達從來沒有見過汽車，沒有見過飛機，她連天空都沒有見過。

霍克斯一開始以為這都是孩子的想像，直到有一天，她忽然指著 MK-57 的瓶子說：「爺爺，這些藥從地獄來。」

霍克斯的身體抖了一下。

他這麼多年內心的疑問和恐懼，被他的孫女說了出來。

「孩子，你知道地獄是什麼嗎？」霍克斯顫抖著聲音問。

「《聖經》上說，地獄在很深很深的地底，比我們更深，那裡住著不該被神創造的人。」

「這些話是妳自己想到的嗎？」

「不，是它們告訴我的。」美年達指了指自己的腦袋。

「它們還告訴妳什麼了？」

「它們還說……因為你及時停了媽媽的藥，所以她才能生下我。」

霍克斯從沒告訴過她，她和她媽媽的事。

「妳……是誰？」霍克斯顫抖地問他的孫女。

這聽起來是個蠢問題，但美年達是他取的名字，拋去名字後，她又是誰？又將會是誰？

「我是先知，是神的傳話者。」

那一年美年達四歲，她從《舊約》的《出埃及記》看到了摩西，記住了這個陌生的名字，可她突然在這個詞裡看見了她自己，和她的一生。

霍克斯相信了。

他已經接受現狀的死去的心，就像是歷盡滄桑長滿藤壺的蠔殼表面，被撬開一個切口。

過去的幾十年，他接受了很多不可能的事，他相信了人間地獄。如果魔鬼真的存在，為什麼神靈不能存在？

這孩子的誕生一定不是偶然，而是有意義的，她要為這些快跌入深淵的人帶來神的旨意。

「沒有世界末日，爺爺。」美年達靠在冰冷的岩壁上。「上一次的世界末日，是幾千萬年前了。」

「沒有世界末日。」霍克斯捂著眼睛，重複著美年達的話。

他憑著印第安戰士敏銳的方向感，沿著軍方來的礦道摸索著走了很久很久，終於感覺到了空氣的流動和久違的陽光的溫度。

然而，等待他的是幾乎灼瞎眼睛的強光燈和黑洞洞的槍口。

「之前的人呢？之前沿著這條路出來的人呢？」

穿著防護服站成一排的軍人們沒有說話，但霍克斯已經知道答案了。

「為什麼……」幾十年的黑暗化成一聲絕望的嘶吼。「為什麼！」

人群後面，一個戴軍銜的軍官走了出來。

「服用過治療藥物的人不能出去，我很遺憾。」他做了一個手勢，其他人放下了槍。

「為什麼是我們!?」霍克斯萎靡地匍匐在地上。

那名軍官卻盯著他身後嚇壞了的哈羅娜和美年達：「但我不想殺你，我想和你做個交易。」

「之前逃出來的樣品都死了，樣品越來越少，我不希望再有樣品被殺。」軍官的語氣並不是惋惜，而是略微有點不耐煩，就像是壓力沉重的成年人面對一個頑皮的孩子。

「所以我想你活著帶回去一個口信——世界末日了、這條路不通、沒有人活著……我不在乎那是什麼理由，你明白嗎？」他看著霍克斯。「把這個理由帶給地底的人，我要你確保他們聽你的話，以後不會再有任何逃亡或者暴動，你能做到嗎？」

「你讓我撒謊？」霍克斯氣憤得渾身顫抖。「你憑什麼覺得我會答應你!?」

「就憑這是解決這個問題的最好方式——對你好，對我們都好。你看不出來你和普通人已經不一樣了嗎？你以為你能去哪裡？回到人類社會還是去動物園？沒有藥，你們多一天也活不了。」

霍克斯抬起他的手，強光之下他無處遁形，所有事物第一次那麼清晰，他第一次在防暴盾牌的反光中看清楚自己的樣子——沒有毛髮，滿身蜥蜴一樣的皮膚，佝僂著背，拖著一條尾巴。

「我不回去！我寧願死也不會回去！你殺了我！殺了我！」

軍官並沒有理會霍克斯的瘋狂，他只是淡淡地看了看那對母女。

「這孩子沒吃過藥，對嗎？」

霍克斯愣了一下，他突然明白了軍官嘴裡的「交易」是什麼意思。

「沒有。」他極力克制自己冷靜了一點。

「嗯，沒有。」軍官點點頭，對他的話表示了贊同。「她看起來很正常。如果吃過藥，她不會是現在這樣。」

「她是個普通人，普通孩子，和地上生活的孩子沒有什麼不同。」霍克斯極力說服著眼前的這個軍人。

軍官像鷹一樣的眼睛打量著美年達，他寒冷的眼角突然流露出一瞬間的柔軟。

「妳過來。」軍官向美年達招了招手。

美年達恐懼地向後退去，霍克斯無論如何推她，她都不肯再向前走一步。

「她，她沒見過人……我是說，正常的人類，她什麼都不懂，但她是普通人。」霍克斯語無倫次地解釋著。

軍官揚起嘴角向美年達笑了一下，隨即變回了之前冰冷的談判的臉：「你回去地底，我就能讓這孩子活在陽光下。」

霍克斯猶豫了。

「我說的讓這個孩子活在陽光之下，就是指她能跟所有正常孩子一樣，去學校上課，在操場玩耍，她會有一個新的身分、一個新的家庭，她會忘記這裡也忘記你——她還小，還有這個機會，但再大一點就不行了……」

「你拿什麼保證？」

「我有這個許可權。」

「我憑什麼相信你？」

「你沒有選擇。」

霍克斯頹然地坐在地上，時間一點點流逝，他知道軍人正在逐漸失去耐性。談判就像賭二十一點，當你已經有十七點的時候，你知道莊家的牌面比你大，可你不知道該不該再拿一張牌。

「讓這個女人留在孩子身邊——我就回去。」霍克斯從牙縫裡擠出一句話。「她也從來沒吃過藥，她是個智障，不會把這裡的事情說出去——即使說出去也沒人信。」

軍官皺著眉頭看著霍克斯，眼睛裡已經有了殺意。

「她是我女兒，你們的人強姦了她！」霍克斯並沒有太多的把握，但他決定賭一把。

一陣很長的沉默之後。

「那個士兵已經被革職了。」

「我知道我已經沒救了，我會聽你的話回去，說服那些還在懷疑的人，我有我的辦法，我會告訴他們外面有多危險……」霍克斯匍匐在地上，他那連睫毛都脫落了的眼皮下流出了渾濁的眼淚。「她是我的女兒呀……你願意讓你的孩子變成怪物嗎？她是無辜的，她不會透露任何一點這裡的事，我向你發誓！求求你了，難道你沒有孩子嗎？」

或許是幻覺，但霍克斯在某一秒鐘，忽然覺得眼前的人有一絲動搖。

似乎在那一瞬間，他們既不是核爆炸中的某個實驗樣本，也不是美利堅合眾國的陸軍少將，而只是兩個剝去一切標籤的普通父親。

這種感覺只有一秒就消失了，軍官不再看霍克斯，而是回到人群後方打了幾個電話——霍克斯聽不到他在說什麼，但那幾個電話的時間比一個世紀加起來還要長。

然後，軍官重新走到霍克斯的面前：「我憑什麼相信你？」

「我向上帝起誓，這兩個女人從沒吃過藥，她們是普通人。」霍克斯豎起手指。

「從今天起我會永遠效忠你，效忠美國，直到我生命的最後一刻。」

霍克斯盯著軍官，他努力讓自己的眼神看起來無比真誠。

軍官似乎下了很大的決心，向後退了一步：「成交。」

霍克斯把他一直啜泣的女兒和外孫女摟在懷裡，他儘量壓低自己的聲音：「永遠不要回來，不要回來……做個普通人。」

然後，他轉身向來時的礦道走去。

他還想問最後一個問題，雖然這個問題聽起來十分愚蠢，但這句話將會是他餘生唯一的精神支柱：

「你不會食言吧？」

軍官愣了一下，隨即抬起頭，露出一口好看的潔白的文明人才有的牙齒：「我也是一個父親，我的兒子和你孫女差不多大。」

霍克斯點了點頭，轉身向黑暗中走去。

他知道這個軍官不會違背他們的約定。

第十一章　又入狼穴

「她還好嗎？」

霍克斯看著煤油燈，他背對著我，我看不見他的表情。

我和達爾文互望了一眼，我想起了M的家，那個裝滿成千上萬垃圾的鐵皮屋，和坐在門口蓬頭垢面、撥弄收音機的老女人。

她一直想在收音機裡找回的，就是我們聽到的那段莫爾斯電碼吧。

就算再暗無天日，這裡也是她的家。

「她……」我不知道該如何回答。「M失蹤了，她的媽媽告訴我，軍方把M帶回了家。」

「你們為什麼要找她？」

「因為她是我們的朋友……」

霍克斯兇狠地轉過頭來打斷我的話：「妳還不說實話？妳找她肯定有別的目的，你們要利用她幹什麼？你們究竟是什麼人？」

我愣了一下，我完全沒想到霍克斯會這麼說。

氣氛一下凝固下來，一時間我不知道怎麼解釋才能讓霍克斯相信我們。我和迪克、達爾文互相張望了一下。

「M……她怕黑……」一個虛弱的女聲在安靜的洞穴裡響起來。是沙耶加。

她的頭側靠著牆，閉著眼睛，分不清是在做夢還是自言自語。

「怕黑……她在洞穴，會哭……」沙耶加臉上的汗和眼淚一起流下來。「別哭……我們帶你走。」

霍克斯皺著眉頭盯著沙耶加，就像在鑒定她是否在撒謊。過了一會兒，他轉過臉來看著我：「你們知道你們面對的是什麼嗎？」

「知道。」

「你們知道會死在這裡嗎？」

「知道。」

「還要救她？」

我點了點頭。

霍克斯沒再說什麼，他繞過加里，移開他身後被水浸濕的木條箱，箱子後面的岩壁上有個不大的洞。

他把手伸進洞裡，摸出一個油紙包，裡面還裹了一層潮濕的塑膠膜。霍克斯攤開塑膠膜，我借著昏暗的油燈，看到他手上有三、四顆手榴彈。

「這裡的礦道沒有一條你們出得去，能通到外面的洞口對你們而言太小了，只能炸開。」霍克斯說。

「炸開……那這些地底居民……」我的心狂跳起來。

霍克斯閉上眼睛，悲涼地說：「他們不會出去的，他們早就……相信世界末日了。」

幾十年過去了，留下來的人，早已經無法踏出那一步了。

「你要……跟我們走嗎？」迪克開口問了一句。他把藥粉倒在傷口上後，血已經以肉眼能見的速度止住了，他艱難地爬起來。

霍克斯淒涼地笑了，他搖了搖頭。

「加里，你跟我們走吧，跟我們到外面去。」我拉住加里的手。「你聽到霍克斯說了，我們不是間諜……」

加里的眼睛裡一瞬間閃爍出希望的光，但隨即就黯淡了下來。他緊緊握著手裡裝膠囊的小鐵盒子。

「加里……不想被關進籠子，被別人當成怪物……」

我看著他的臉，他額頭上的腫瘤似乎又變大了一點。我知道，他只要不吃藥，不用多久就會變成我最初見到他的那樣。

「加里，你相信我，現在的醫學很先進了，我們去找最好的醫院，找最好的醫生，一定能把你治好……」

「真的嗎？」加里抬起頭看著我，他的眼睛和全世界的小孩子一樣，裡面住著一個從來沒有受過傷害的純潔靈魂。

我忍住眼淚，使勁點頭。

黑暗中，霍克斯拿著手榴彈走在前面，達爾文背著沙耶加，我扶著迪克跟在後面。

霍克斯讓我們儘量不發出聲音，我們小心翼翼地爬過一個礦道，又走過一些碎石堆，迪克終於忍不住開始喘粗氣。

這裡的路太難走了，我們的身材也和地底居民有差距，他們能夠輕而易舉鑽過去的洞，我們總是要費很大力氣，沒多久我的手掌和手臂就劃出了大大小小的傷口。

霍克斯帶著我們鑽過了一個岔洞，這裡似乎是死去的地底居民的墳墓，一些骸骨被沙粒和石塊粗劣地埋起來。他們的死狀各異，在這裡自然風乾成為黝黑的屍體。

我轉過頭儘量不去看他們，我想到幾個月之後，我也會變成他們中的一個。

我只想找到M，我在經歷了這一切之後心裡只剩下撕裂後的麻木。

穿過墳場，我終於聞到一絲流動的空氣。

很快，我們面前出現了一個通向地面、幾乎垂直的土洞。

這個洞大約寬四十公分，比我的肩膀寬一點，高將近二十公尺，可這個洞的角度是易下難上，除非像多多一樣能夠爬牆，沒有正常的人類能夠徒手從這裡爬上去。

「你們沒多少時間了，」霍克斯指了指不遠處的石壁。「手榴彈要投進這個洞裡，在底下炸不穿，你們躲到後面去。」

「那你怎麼辦……」

我的話音未落，石壁後面傳來一個陰陽怪氣的聲音：「我就知道，你當初回到這裡是有原因的。」

是多多！

多多一瘸一拐地從暗處走了出來，臉上掛著嘲諷的笑。

「別動，小子們。」多多抬眼看了看我們。他的聲音不大，從牙縫裡擠出來。換作平常我一定會跑，但這一刻像著了魔一樣站在原地。

霍克斯並沒有把拿著手榴彈的胳膊放下。

「夠了，」霍克斯看著多多，輕輕搖了搖頭。「我們之間總有一個要結束這個謊言。」

「結束？你聽過在地獄有打烊的一天嗎？」多多的笑在微弱的燈光下有些僵硬。

「你做的已經夠多了……」

多多的笑容倏地全部消失了，他的眼神看起來就像聞到了血腥味的野狼。

「夠了？不，遠遠不夠，即使我死，也沒有任何一個人能夠出去！他們所受的苦和我的族人比起來又算什麼？這是你們應得的！」

我深吸了一口氣。

「六十年前，這個鹽礦就在我們部落的領土上，那是神靈的饋贈。」多多的身體微微顫抖，眼睛通紅。「但你們為了錢，拋棄了鷹的血性，竟然和那些白人聯合驅趕和屠殺我們的人……我的爸爸、爺爺，和一切不同意賣掉鹽礦的族人，都被你們騙到平原上圍剿，趕盡殺絕……」

「六十年了啊！多米，他們有什麼罪都向你償還了……」

「不要叫我的名字！你不配！」多多吼道。「這是印第安戰士的名字！我們已經沒有戰士了，你們向那些美國佬搖尾乞憐，忘記了他們是如何屠殺我們的祖先的，你們已經配不上自己的血脈了！你們就算被千刀萬剮也彌補不了尤提部落被滅族的痛苦！」

「放了這些孩子，他們是無辜的。」霍克斯搖著頭。

「這裡，沒有人，是無辜的。」多多一個字一個字地吐出來。

「無論是地底的人，還是地面上那些美國佬的後代，沒有人是無辜的，你們都該死，所有人都該死！」

「你瘋了。」霍克斯的眼底閃過一絲黯然。

「從你們殺了我的家人那天起，我就瘋了。」

霍克斯忽然舉起手榴彈。

「啪」的一聲，我還沒看清楚，手榴彈就掉在地上，滾進了黑暗裡。

多多揚了揚手上的鞭子，面帶嘲諷：「你以為這種伎倆還能用第二次？」

我的心一沉。

「放過他們吧，結束這一切。」霍克斯垂下頭又說了一次，但這一次的語氣變成了乞憐和苦澀。

「嘻嘻嘻，我會陪著你們，一起墜入地獄的。」多多說完，從身後摸出了一個黑乎乎的號角。

「靠，完蛋了，」我身後的迪克小聲嘟囔著。「他們平常集中發藥就是吹這玩意兒。」

正說著，多多拿起號角吹了起來——一個高亢、古怪的聲音頓時在整個礦洞裡迴響。

我頭皮一麻，腦袋嗡的一聲，下意識地就往礦洞另一側的出口看。一開始什麼都沒看到，我正納悶呢，突然聽見從四面八方傳來沙沙沙的聲音。

從黑暗的岩壁上出現了一個頭、一隻手，緊接著是另一個頭。

他們從黑暗的岩壁上爬下來，我看不清楚具體有多少人。他們佝僂著身子，因為多年沒洗澡而有一股刺鼻的臭味。

他們堵住了洞口，沒有一個人說話，而是用血紅色的眼睛直勾勾地盯著我們。

我吞了一口口水，握住在袖口裡的匕首。

「他們想把這裡炸開，讓我們暴露在外面的核汙染之下，但被我發現了。」多多看著這些黑乎乎的人，收起了震怒，惺惺作態地向霍克斯伸出手。「把手榴彈交出來，我給你個痛快。」

「你撒謊，外面根本沒有什麼世界末日，你在放屁！」迪克歇斯底里地說。「蘇聯早就解體了！美國正在打伊拉克，二〇〇〇年是網路時代，沒有核爆也沒有核汙染，你他媽撒謊！」

「哦，是嗎？」多多沒有看迪克，而是轉過頭問霍克斯。

「是嗎？外面沒有核汙染嗎？你看著他們說，就像你當年從礦道裡回來時一樣，告訴他們，外面發生了什麼。」

頓時人群裡一陣嘈雜聲，那些印第安居民開始騷動起來。

「我……」霍克斯說不下去了，他沒辦法告訴他們，他幾十年前說了謊——如果現在說真話，這些人會瘋掉的。

「說下去，你看看他們，他們那麼相信你。」多多的臉上帶著愚弄的表情，朝霍克斯逼近。

「不要！夠了……」加里一邊哭，一邊擋在霍克斯前面。

「他媽的小崽子你給我滾開！」多多一腳踹開加里。加里一聲慘叫滾到了一邊，我立刻把他拉過來護在身後。

「別撒謊啊！說真話啊！」多多一手抓住霍克斯的手臂，把手榴彈甩到地上。

「沒，沒有世界末日！」

霍克斯的這句話似乎用盡了他最後的力氣，說完他頹然坐倒在地上，喃喃地說：

「都是假的，假的……」

人群中的騷動聲頓時更大了。

「哼，有點意思。」多多甩開霍克斯的手，歪著頭轉過來，用詢問的口氣說。「怎麼樣，你們覺得他說的是真話還是假話？」

人群中的聲音一下安靜下來，沒有人站出來說一句話，只有加里輕輕的抽噎聲。

「啊？真話還是假話!?」

多多的吼聲，讓人群更加安靜了。

「為什麼不自己去看看呢？」多多忽然笑了，他一側身讓出一個位置，後面是通向地面的那個洞口。「你們誰想出去看看，我從今天起，不會再守著這裡了。」

我一下沒反應過來，為什麼多多會大發慈悲。

直到過了一分多鐘，沒有一個人從人群中走出來。

相反地，他們甚至下意識地向後退了幾步。

「也許是我一直在撒謊騙你們呢？為什麼不上去看看呢？」多多微笑著親切地說。

還是沒有人站出來。

終於，多多狡黠地環視了一眼霍克斯和我們，那眼神就像在說：「看，我說得沒錯吧？」

留下來的人，早已經失去了印第安人的血性，他們和生活在地下的蛆蟲沒有不同。

他們活該生活在地獄之中。

「很好，看來長年的地下生活並沒有影響你們的判斷力，」多多擦了擦手，轉向人群。「外面的汙染比想像中嚴重得多，誰出去誰就會死。我怎麼會騙你們呢？」

「我從不騙人。」多多微笑著。「在發藥之前，先把這些間諜都處決了吧。」

我貼著石壁，已經徹底絕望了——這個礦洞中，我們沒有任何路可以退。

就在我萬念俱灰的時候，突然聽到一個聲音在我耳邊說：「趴下！」

我還沒反應過來，就不知道被誰推倒了，整個人撲在地上。

緊接著一聲巨響，整個礦洞地動山搖，一股衝擊波把我和周圍的石塊都掀了起來。我被炸到幾公尺之外，一頭撞到石壁上。

一瞬間，我的喉嚨湧上來一股腥甜，耳朵裡只剩下嗡嗡的聲音。

「走——」似乎有一個人正在我耳邊大聲喊著，可我聽不清，他的聲音和我的耳膜之間就像是隔著一百多層海綿。

「走！」

這個聲音，好像是張朋。

我感覺有人在拉我，但我睜不開眼睛。

「張朋，加里……我不能扔下他……」

我的話還沒說完，咳了一口血就昏了過去。

不知道過了多久，我迷迷糊糊地醒了過來，感覺嘴巴裡涼涼的，我條件反射地吞了幾口，才把眼睛睜開。

「嗚——」我艱難地動了動嘴巴，耳朵裡還是殘留著一點嗡嗡的回音。我抬了抬手，感到渾身痠疼，一點力氣都沒有。

最先映入眼簾的是張朋，他拿著半瓶礦泉水正往我嘴裡灌。

「醒了！旺旺醒了！」張朋看到我睜開眼睛，開心地說。

我側過頭向另一邊看去，達爾文正坐在一盞不算太亮的手提礦燈旁包紮手臂。他在襯衫上扯下了幾段布條，用嘴把布條在手臂上打了個結，但很快又有血滲出來。

他抬起頭看著我，又看了看張朋，並沒有過來。

迪克正在給沙耶加檢查腳踝，他的腦門上剮了幾道傷痕，但血已經止住了，也許是因為用了藥粉的關係，大腿上的傷已經幾乎無礙了。他一看到我醒來，就趕緊做了個「噓」的手勢。

「中尉，別大聲說話，我們沒有離開太遠。」

「我們現在在哪裡？」我壓低聲音問張朋。

張朋有點猶豫，但還是很快告訴了我，我們正處在軍方給地底居民運送物資的那條礦道裡。

「爆炸……剛才發生了什麼？」我頓了頓，突然反應過來，看著張朋。「是你幹的？」

他沒有回答，算是默認了：「剛才情況很危急，如果不引爆手榴彈……你們根本跑不了。」

我注意到張朋用的詞是「你們」，而不是「我們」。

也許他的意思是，他會隱身而我們不會？

我動了動腦袋覺得整個頭都在疼，猛然，我想起一件很重要的事。

「加里，加里呢!?」

「他還在裡面。我們沒來得及帶走他……」張朋小聲說。

我愣了一下，掙扎著要爬起來。

一起走，是我們的約定，是朋友之間的承諾。我想起加里看著我那期待的眼神，巨大的愧疚感湧了上來。

「別這樣，旺旺，冷靜點，冷靜點！」張朋一邊說，一邊伸手捂我的嘴。

「不行，我不能把加里留在那兒，我答應帶他走……」我急得直哭。

「妳現在回去就是送死，妳和加里都沒辦法逃出來。」張朋使勁按住我。

「嗚嗚，放開我……」

「中尉，我們不能回去。」迪克抬頭看著我，他眼裡似乎閃動著些許淚光。「沙耶加拖的時間太長了，她可能感染肺炎了，再不去醫院，她就會……」迪克的眼神黯淡了下去。

我愣了一下，掙脫張朋的手爬到沙耶加身邊。她全身滾燙，艱難地呼吸著，整個人已經開始脫水了。

「她連水都喝不下……」迪克焦慮地看著我。

「你們帶沙耶加走，我回去，我要帶加里出來。」我坐在地上，實在想不出更好的辦法了。

「只有我們大家能出去，加里才有希望出去，妳一個人回去沒有任何意義。」一直沒有說話的達爾文開口了，他還是像平常一樣冷冰冰的。「爆炸產生的碎石已經把唯一能出去的洞口堵死了，我們手無寸鐵，無法再製造一個出口，除非是出去後從外面向裡打洞。」

我稍微冷靜了點，想了想達爾文的話，確實無法反駁。

「可是……」我看了看深不見底的礦道，如果霍克斯所說屬實，且不說這條礦道裡面錯綜複雜就像一張蜘蛛網，唯一通往地面的出口也有軍方的人駐守，我們已經知道了地下居民的祕密，他們不會留下活口。

我想起了中國的一句諺語：剛出虎口，又入狼穴。

「既然休整好了，就繼續走吧，我們剩的時間不多了。」張朋的話打斷了我的思路，他伸給我一隻手。

「我們是要出去，但未必是跟你一起。」達爾文沉沉地說。「你究竟是誰，有什麼目的？」

張朋的手突然僵在了空中。

「我承認，我被嚇跑了。」張朋收回手，有點歉意地看著我。「我真的……對不起。」

隨後張朋說起了他的經歷。他在剛進阿什利鎮的時候，就在村口看到了戴著防毒面具的多多一閃而過。他第一次見到這種像蜥蜴一樣可怕的怪物，轉身就跑出了小鎮，甚至忘了通知越走越遠的我們。

他回到車上冷靜下來，經過反覆的思想鬥爭，覺得自己不能就這麼走了，才決定回來。可當他再次返回，發現我們已經失蹤了。

於是他隱身潛伏在小鎮上，觀察了好幾天才確認了鹽礦出口的位置。張朋趁多多爬上來巡邏的時候，才從洞口下來。

「旺旺，讓妳失望了，我還是當年那個在漫畫書店只求自保的人……這麼多年我以為我已經變勇敢了，但我其實從來沒有變，看到多多的時候我實在是嚇壞了。」張朋低下頭。

一時間我竟然找不到張朋這段經歷的破綻，只能下意識地看了一眼達爾文。

「你編得不錯。」達爾文哼了一聲。「戰勝了自己的恐懼回來拯救我們？就像好萊塢三流劇本裡的英雄一樣？」

迪克連忙打圓場：「如果沒有他，我們都逃不出來。」

「他的消失就和他的出現一樣剛剛好，不早也不晚，但我從來不相信巧合。」達爾文看著我，算是給了我他心中的答案。

「旺旺，妳也懷疑我？」張朋欲言又止。

「張朋，」我理了理頭緒，吸了口氣。「你是怎麼知道多多的名字的？」

「啊？」張朋愣愣地看著我。

「我記得爆炸前，唯一叫過多多名字的是霍克斯，可是他稱呼多多叫『多米』。那你是怎麼知道『多米』又叫『多多』的？」

我剛來美國的時候，美國歷史常常掛科，尤其是早期的印第安史——因為印第安人的名字實在太多了，一個印第安人從出生到成年，至少會有三個名字。第一個是乳名，是還是嬰兒的時候隨便取的，比如說「狼嚎」啊、「半月」啊之類來自大自然的名稱。

這個乳名會一直保留，直到每個印第安人為自己贏得一個名字——這個名字是他們第一次在戰場上和敵人交手後取的。

如果他足夠勇敢能夠獲勝，他就會獲得一個響亮的名字。而這個正式的名字，只有勇敢的戰士才配得到。

所以多多才會對霍克斯說，沒有人再配提起他「多米」的本名，因為地底的印第安人早已辜負了自己的血統。而「多多」則是他的乳名。

「『多多』這個名字，只有在最開始加里和我的對話中提起過……那時候我們被綁在礦洞裡面。」我很艱難地吐出我的猜測。「你……那時候就在我們旁邊，對不對？為什麼不救我們？」

張朋沒有接話，一時間氣氛十分尷尬，連迪克也抬頭看著張朋。

半晌，張朋歎了口氣：「可能妳覺得我很殘忍，但和妳不讓迪克放了你們，反而讓他去霍克斯那兒找線索一樣，我知道我要是當時出現就會打草驚蛇。我救不了你們，因為那時候的情況，我們根本逃不出去。」

「但你至少可以在沒有人的時候出現哪怕一分鐘，告訴我們你在這裡。」張朋的理由無懈可擊，但我對他莫名其妙地失望。

「多多離開洞穴的時候，我知道他要去地面上巡邏了——這是我這幾天觀察出來的規律。我沒有多少時間，所以我決定先去他的住處找找有沒有出去的線索，」張朋辯解著。「我回來的時候，你們已經被霍克斯救走了。」

達爾文不經意地哼了一聲，他連反駁都懶得說。

「我知道你們不相信我，但至少我找到了這個。」張朋一邊說，一邊從書包裡拿出一張折成四折的發黃的紙。

他在礦燈旁邊展開了這張紙，這竟然是鹽礦的地圖！

「這是我在多多的住處發現的，他經常去地面，所以他住的地方有很多小鎮上的東西，這張地圖藏在一個印第安箭筒裡。」張朋把礦燈放在地圖上。「一開始我不明白為什麼多多會有這張圖，直到在爆炸前我才想通——多多以前的部落世世代代生活在這個鹽礦上面，他們對這裡瞭若指掌也理所當然。」

達爾文也走了過來，我借著燈光仔細看地圖，發現我們前方有十幾條盤根錯節的主要礦道，除了一條之外，其他的都走不通。

「霍克斯說過這個出口，」我皺了皺眉頭。「但那裡有重兵把守。」

「所以我們不能走這裡。」張朋說著，指了指中間一塊半圓形的區域，那裡是好幾條礦道的交界地。「這裡，這個地方應該就是加里口中他們領取軍方物資的『中間站』。」

順著張朋的手指，我看到那塊半圓形凸起一角的上方，畫了幾條藍色的線。

「這裡應該有一條地下暗河——霍克斯說過鹽礦的另一邊有一個很大的湖泊，所以有地下暗河也不是不可能的。」

「你的意思是說，我們從這條暗河出去？」我問張朋。他點點頭。

「可是，」我看了一眼昏迷的沙耶加。「這樣會不會太冒險？」

「九死一生，好過一點希望也沒有。」張朋用眼神徵詢達爾文的意見，後者沒有說話，算是默認了。

「既然大家都同意，那我們整理一下趕緊出發吧。」張朋總結了一句，收好地圖。

「這裡並不安全。」

第十二章　地下暗河

我們迅速整理了一下手頭的物資。據張朋說，礦燈是在多多的住處找到的，但是燃料已經用掉一半，估摸著最多堅持個把小時。

好消息是我們從爆炸中搶救出來的書包裡，找到了一隻僅存的手電筒，還有兩包花生和一袋能量棒。

壞消息是，我們五個人只剩下不到半瓶水，當這瓶水喝完之後，我們如果還出不去，就真的要交待在這裡了。

張朋應該是我們幾個人當中體力保存得最完好的，除了我之外，迪克和達爾文都受傷失血，沙耶加又在發炎，他們三個人都比我和張朋更需要補充水分，如果缺水，最快倒下的就是他們三個。而我和張朋則能挺到最後。

想到這裡，我的心突然顫了一下，這又是一個巧合嗎？

「走吧。」張朋說完，提起礦燈向黑暗中走去。

為了節省能源，我們只開了一盞燈，大家商量好等礦燈熄滅後再開手電筒。礦燈的照明範圍是周圍四、五公尺的樣子，不像手電筒可以照到前面很遠的地方。

我們就依靠著這一點光，在沙礫和鹽晶上前進。老實說地面還算比較平坦，但地層總會有突然地上升和下陷，有時候是個坡，有時候是垂直像臺階一樣的斷層，一不小心就會摔倒。

按道理我們距離地底居民並沒有多遠，可是洞裡一片寂靜，完全聽不到其他任何雜聲，就像整個地底只有我們五個人一樣。

張朋走在最前面開路，腿傷好全的迪克背著沙耶加，我攙著達爾文走在最後。

我剛開始站起來的時候全身都疼，但活動了一下手腳卻沒什麼大礙，本來是想拖著達爾文往前走的，搭上他的肩膀才發現，他的手傷得比我想像中重。

「你……」

「皮外傷。」達爾文果然還是惜字如金。

「爆炸弄的？」我突然想起來，他背上應該還有多多用鞭子抽打的傷。

達爾文沒有再回答。

迪克突然轉過臉來：「妳知道是誰把妳背出來的嗎？」

「啊？」我一時愣住。

「看路。」達爾文打斷了迪克的話。

黑暗中，我看不清他的表情，也許跟平常一樣冷漠吧。

「扶我一下。」達爾文輕聲說。

「哦。」

我剛準備去攙他，他突然握住我的手。

他的手心汗淋淋的，還有一些細小的鹽粒。我一口氣差點沒緩過來，接著就聽到自己咚咚的心跳聲。

我使勁搖了搖頭，現在不是想奇怪事情的時候啊！

然後，我感覺到達爾文在撓我的手心。

受不了了，這都什麼時候了，怎麼能突然做這種羞羞的事情呢!?

欸，好像有點不對，達爾文似乎是……在我手心裡寫字？

我頓時冷靜下來，他有話想跟我說，但又怕別人聽見！

我仔細地感受著他在我手心裡寫的字，中文的筆劃太多，所以他寫的是英文，琢磨了半天，是一句話。

He lied（他在撒謊）。

不用他說，我也知道「他」指的是誰。

我看了看走在前面的張朋，雖然他說的每一件事情都很合理，邏輯上一時也沒有破綻，可是我感覺他越來越古怪。

最大的原因，是張朋自始至終都沒有他自己形容的那麼驚慌。

我已經算是膽大的了，但第一次遇到王叔叔的時候，嚇得手足無措，差點沒尿出來——當時的情況和這些地底居民比起來真的是小巫見大巫。如果張朋真如他所說的那麼膽小，早就應該嚇傻了，他連遇見一個多多都怕得逃跑，怎麼可能在短時間內如此冷靜地引爆手榴彈。

而且他應該知道，那個洞穴裡擠滿的地底居民，並不是真的怪物，而是變異了的人。

我們能夠毫無忌憚地踩死一隻蜘蛛，卻無法冷靜地殺人——事實上，連哺乳動物我們都未必下得去手。

當時，我們和多多雖然是一觸即發的緊急關頭，但還沒有到生死存亡的時候，畢竟除了多多的鞭子之外，他們的手上並沒有別的武器。

可張朋毫不遲疑地引爆了手榴彈，換成我或者迪克或者達爾文，都未必能做到這一步。他的冷靜和殘忍讓我感到很陌生，他就像一個沒有情感的殺手，早已不是那個在操場上教我解題的大男孩了。

我捏了捏達爾文的手，告訴他，我和他想的一樣。

達爾文點了點頭，繼續在我手心裡寫道：**He planned**（他有預謀的）。

我不由自主打了個冷顫，如果張朋撒謊，那麼他所做的一切都不會只是應激反應，唯一的解釋，就是他有預謀。

張朋為什麼要在一進小鎮的時候脫隊？他去幹什麼了？如果他沒有跑回車上，那只可能是躲藏在小鎮上。

多多在半夜發現了我們，卻一直沒有發現張朋，究竟是因為他已經逃了，還是躲得太好？

我的腦海裡突然產生了很可怕的一幕：隱藏在月色中的張朋，抹去了自己的蹤跡，他看著我們的屋子被燒，尾隨著我們來到教堂門口，繼而看著我們被多多打暈帶走……

就像螳螂捕蟬、黃雀在後，我們只是他布下的餌。

我一直昏昏沉沉的腦袋好像突然清醒了，我想起來在我昏過去之前看到的最後一幕。

那顆手榴彈，是滾到霍克斯和多多中間爆炸的——而不是在出口爆炸的。

正常人扔手榴彈一定會向外面扔，這是把出口擴開的唯一辦法，而爆炸的威力也許能震懾地底居民，我們逃出去的可能性會大大增加。

可是張朋把手榴彈反過來往我們所處的鹽洞裡面扔。

於是爆炸使得鹽洞內部坍塌，死傷無數，唯一的出口也被震動造成的碎石堵上了。

這顆手榴彈，使我們不得不逃進軍方使用的礦道深處，也斬斷了所有退路。

張朋真的只是來找他的爸爸嗎？還是說，他是軍方的人？

我搖了搖頭，這也說不過去。軍方抹去了阿什利鎮的歷史，就是為了不讓人發現，可張朋自始至終的表現都在竭力幫我們尋找這裡。

那麼，現在張朋所說的地下河道，又會是出口嗎？

黑暗中，我們前進的速度越來越慢。在第二次休整的時候，我們五個就已經把半瓶水喝掉了。達爾文把剩下的空瓶用來收集尿液，雖然有點噁心，但是為了逃出去也顧不了那麼多了。

我們都累得說不出話來，除了一點呼吸聲，整個礦道裡安靜得可怕，連我都產生了世界上只剩下我們幾個人的錯覺。

禍不單行的是，休整完沒多久，礦燈就熄滅了。我們只能依靠唯一的手電筒繼續前進。當手電筒電池耗盡的時候，我們將陷入徹底的黑暗。

「你們看。」就在我快不行的時候，張朋在前面彎下腰。

他撥開地表乾燥的鹽粒，借著手電筒的光，我們發現下面的地層十分潮濕，甚至長出了苔蘚。

「我們應該很快就到地下河了。」張朋說。

達爾文卻搖了搖頭：「如果地下河道在不遠處，我們現在應該能聽到流水的回音了。」

「別廢話了，趕緊走吧。」迪克舔了舔乾燥的嘴唇。

我們又往前摸索了幾個小時，沿路經過了許多已經腐爛的麻袋。這些麻袋摞起來有三、四層高，大部分麻袋後面還有一層堅韌的鐵網。

逐漸地，洞穴寬闊了很多，兩邊牆壁上甚至在某些地方被水泥澆築成了支撐牆。

這是人工開鑿的痕跡。

達爾文猜測這裡曾經被爆破擴建過，麻袋就是在爆破時的掩體，炸開的鹽晶被清理乾淨後，再在兩側澆築水泥用以加固。

路頓時變得好走很多，我們加快了步伐，又走了將近一公里，仍然沒有聽到地下河的水聲。

「應該就在前面了……」張朋的聲音也變得不大肯定起來。

我們終於跌跌撞撞地穿過礦道，在我們面前的是一座不高的山崖，下面漆黑一片的並不是什麼地下河流。張朋用手電筒掃了一下，似乎有幾間建在乾涸河床上的矮房子。

我恍然大悟，這應該就是加里告訴我的「中間站」了，他曾和霍克斯到過這裡接納軍方送來的藥物和軍用食品。

山崖連接地下河床的是一道生銹的金屬樓梯，我們順著樓梯小心地朝中間站往下走。

「你們看。」隨著張朋用手電筒掃過去的光，迪克像是發現了什麼——山岩上有電纜。

「這裡搞不好有電！」迪克的話讓我們燃起了一絲希望，加快了腳步。

沿著電纜，我們很快找到了配電室。張朋在地上撿了一塊石頭朝門上的鎖砸了下去，幾下之後整個鎖頭就被砸開了。

一開門，我們都被裡面的灰塵嗆得噴嚏連連，也不知道這裡多久沒人來過了。

還沒等我嗆完，張朋就迫不及待地拉下總電閘，周圍一下亮如白晝。長期待在黑暗中的我們，眼睛突然受到強光刺激，紛紛流下眼淚。我在淚光中匆匆一瞥，看清了整個中間站大致的結構。

除了最前方的哨站，主要建築似乎是由一大一小兩座水泥結構的平房組成，上面印著標語，但我沒來得及看清楚，只見到小一點的建築物上面印著——倉庫，嚴禁明火。

「砰！」一聲巨響，變壓器裡迸射出火花，電線短路了。

瞬間，中間站恢復了一片黑暗。

「大哥，你開燈怎麼不打招呼啊？」迪克不滿地嘟囔著。

「對不起對不起，我太心急了。」張朋一臉歉意。

「讓我看看，」達爾文推了一把張朋，拿過手電筒掃了一下電箱。「軍營一般有備用電源。」

果不其然，沒過多久達爾文就在電箱後面找到了一個不起眼的紅色開關。這個開關本來應該在電箱燒掉後自動彈開，卻因為生銹被卡住了。

「啪」的一聲，岩壁上，幾盞慘白的應急燈亮了起來。

我們滿懷希望地撞開倉庫的大門，裡面卻是空空如也，不要說吃的，連隻蟑螂都沒見到。

大一點的水泥建築是複式結構，只有一條走廊直通到頭。兩邊被隔成一間一間的小房間，每個房間都有一個像監獄一樣的小窗戶。

迪克撬開了最靠外的一個房間，驚喜地發現這竟然是一間醫療室，落滿灰塵的桌面上還有一套簡易抽血設備，推測這是之前給阿什利鎮居民體檢採樣的地方。

「找找看，有沒有抗生素。」迪克捲起袖子，一邊說一邊往裡走。

這間醫療室看起來沒有廢棄太久，應該不超過十年，桌子裡的一次性手套還是一九九五年產的。我一個個抽屜翻過去，在最底下的抽屜裡發現了一疊病例。

病例已經十分舊了，發黃的紙張上全是蟲眼，似乎輕輕一抖就會碎掉。

和我們在賢者之石找到的檔案不一樣，這遝病歷只是日常的體檢報告，連照片和名字都沒有，也許是保密級別很低，所以被遺漏在這裡了。

病例上的阿什利鎮簡寫為A鎮，而患者一欄也都是使用縮寫。我翻出其中一張：

時間：一九五四年十二月　檢測對象：S.D

服用藥物：MK-57　5mg

服用週期：十四個月

臨床報告：MK-57的半衰期從七十二小時降低至四十八小時，檢測物件出現抗藥性5mg藥量在一二〇小時後已經對抑制甲狀腺病灶無效。

建議：增加藥量

時間：一九五五年四月　檢測對象：S.D

服用藥物：MK-57　15mg

服用週期：十八個月

臨床報告：MK-57的半衰期以雙倍速度降低至十二小時，檢測物件出現返祖現象，臨床表現為心跳加速，尾椎變異，懼光，毛髮與指甲脫落，皮膚增厚，肘關節退化，指縫出現掌蹼。外觀相比卵期，更接近稚蟲期。

時間：一九五七年三月　檢測對象：S.D
服用藥物：MK-57 50mg
服用週期：四十一個月
臨床報告：MK-57 藥量增大後，檢測對象體內癌細胞趨於穩定，返祖現象已成為不可逆的永久性傷害，除了語言功能和思維功能外，檢測物件已經逐漸失去人類的一切體征。

病例的下方，印著一個大大的「Failed」（失敗）。

我一張一張地翻下去，每一份病例的內容幾乎都大同小異，結論都是 MK-57 雖然對於短期的治療是有效的，但長期使用後藥性會大大減低，最終在將來的某一天失效。

並且，實驗物件身體的變異是不可逆的。

我看著病例上畫線的幾行字。「返祖現象」，這個詞我似乎曾經在哪裡聽過……

我皺著眉頭努力回想這兩年的點點滴滴，是舒月！她曾經用返祖現象解釋過家族的奇葩婚配和生育史！

當時我對家族長子不能和異族女子生育男嬰這件事非常不解，我以為是因為隱性血液病導致他們會生下怪胎，可舒月認為怪胎只是一種返祖現象，圖爾古氏之所以非要跟完顏家族的女性結婚，很可能是因為完顏家族的基因可以跟這種返祖現象抗衡。

但……這也說不通啊。我晃晃腦袋，我們的祖先不都應該是同一種生物嗎，先別說它長得像不像猴子，至少彼此的後代看起來應該也是同款吧？

可為什麼老爸家的返祖嬰兒和生命之泉裡的失敗品都是雙頭怪嬰，而地底居民的返祖則變得像大蜥蜴一樣？這兩種生物沒有半毛錢相似，難道大家的血統還能來自不同的「神」？

「不完全變態。」達爾文突然在我耳邊說，嚇了我一跳。

「你罵誰呢，我呸！」我想都沒想就懟回去。「我不完全變態，你還完全變態呢！你徹底變態！」

達爾文沒好氣地說：「非要大家知道妳傻嗎？Hemimetabolism，生物學裡的不完全變態，OK？」

「哦。」我翻了翻白眼，這麼難的詞，我怎麼能懂。

「那你說，這個變態是啥意思？」

「完全變態是昆蟲發育的一種過程，就像蜻蜓一樣，它們的發育要經歷三個階段——卵、稚蟲和成蟲期。雖然這三個階段的外觀是完全不一樣的，但它們確實是一個物種。」

我忽然明白了什麼。

「那……除了昆蟲，別的動物也有這樣的嗎？」

「妳見過青蛙吧，」達爾文有點累，他抿了抿乾燥的嘴唇。「雖然是兩棲類，但青蛙卵、蝌蚪和成年蛙的外觀也大相徑庭吧？」

「哺乳動物有這樣的嗎？」我努力整理了一下思路。「我是說，智商比較高的動物。」

「如果物種起源是正確的，人類就是從最早用腮在海裡呼吸，進化到海陸兩棲，再進化到四足類動物的。腦部發育使我們站立行走，用雙手製造工具，成為早期的人。」達爾文回答。「但這用了上億年的時間，並不是在一輩子裡完成，而是一代又一代。」

「不同的形態，同樣的物種……」我喃喃自語道。

「這是？」

隨著達爾文的聲音，我看到那一疊病例底下夾了一張淡藍色的紙。

這是一張不一樣的臨床報告，比其他的病歷新很多，最早的日期是一九八五年。

在報告的上方，赫然寫著：MK-58 抽樣測試。

我的心一下懸了起來，下意識地看了看後面正在翻箱倒櫃的迪克。

這一張藍色報告比其他紙張略小，大概格式和之前的一樣，實驗時間從一九八五年到一九九三年，檢測物件是一個姓名縮寫為 J.K 的人，他似乎患有結腸癌和嚴重的尿毒症。

MK-58 給他帶來的療效是空前顯著的，在將近八年時間裡，藥量的半衰期一直穩定維持在二十四小時，只要一天服用一顆就能維持健康的體魄，並不需要一直增大劑量，身體也完全沒有出現過耐藥反應。

更讓人驚喜的是，在服藥期間，他的行動力、智力、抗打擊能力和痊癒速度，都有了大幅提升，可以說，他的綜合能力比服藥前更強了。而且沒有返祖現象。

在一九九三年最後的一次體檢報告中，檢測對象還多了隱身和長時間在水底憋氣的技能，可以說是相當完美了。

報告在一九九三年後戛然而止，我翻來覆去看了半天，也沒有找到和其他報告上一樣的「失敗」的印章。

我鬆了一口氣，看了一眼達爾文。我希望 MK-58 是成功的，只要不斷藥，迪克就能一直健健康康地活到老。

無論我如何說服自己，心裡仍有一團陰影揮之不去，我閉上眼睛就能看到凱特阿姨在客廳裡哭著打電話的情景。

她在知道迪克能夠隱身之後，驚慌失措地把藥箱和錢塞給我們，讓我們帶著他有多遠走多遠。到底是什麼讓她如此害怕？

達爾文拿著病歷若有所思，開口問了一個我沒想到的問題：「MK-58 的實驗物件是些什麼人？他們會不會也像阿什利鎮的印第安人一樣，在不知情的情況下參與實驗？」

我打了個冷顫，達爾文的猜想不是不可能，歷史總是驚人的相似。

這張藍色病例一定是無意中混進這遝病例裡面的，也許還有成千上萬張已經隨著中間站的廢棄而被帶走。這個世界上會不會有第二個、第三個阿什利鎮呢？

「與其擔心這個，難道你們不好奇這個藥的來源嗎？」張朋對達爾文的問題不以為意。「無論是MK-57還是新一代MK-58，它們的功效都是一樣的，難道你們不好奇這裡面有什麼成分，甚至能逆天改命？」

我在心裡沉吟一聲，結合爸爸留給我的日記，我想我心裡已經有答案了。

讓四十三不老不死的「神的血液」，霍克斯口中來自「地獄」的藥，賢者之石裡面迪克看到的那張巨人照片——我幾乎可以肯定，它們都是同一種東西。

「你不是來找你爸的嗎？關心這個幹麼？」達爾文瞥了他一眼。

「我……」張朋剛想辯解，就聽到迪克大呼一聲。

「耶穌基督聖母馬利亞佛祖保佑！是這個是這個，告訴我是這個……」迪克一邊說，一邊從儲物櫃下方捧出來一個布滿灰塵的紙盒。

他小心地把盒子打開，裡面有幾支注射用的盤尼西林。

「保存期限到二〇〇〇年，過期了……」借著昏暗的應急燈，迪克看著玻璃瓶上的字。

「青黴素藥物即使過期了，也不會產生毒性，最多藥效有點喪失。」張朋看了我一眼。「隨便你們，但換我的話，我會試試……」

迪克求助似地看著達爾文，達爾文點了點頭，算是認可了張朋說的話。

「死馬當活馬醫了，藥效降低，也總比沒有藥死在這裡好。」我說。

達爾文又在另一個抽屜裡找到了一些一次性注射器，我們回到倉庫，沙耶加還在發燒昏迷中。

「你知道怎麼注射嗎？」我問迪克。

「ＣＳＩ裡面看過……」迪克說的是一部二〇〇〇年剛播出的美劇，可看過歸看過，做起來是另一回事。他拿著注射器，一碰到沙耶加的手臂就開始犯迷糊。

「大哥，你要先找到靜脈。」

「不是紮進去就完了嗎？」迪克一臉茫然地問。

「你讓開，我來。」我一邊說一邊拿過注射器，從小跟著舒月往醫院跑，看都看會了。

我讓迪克握住沙耶加的手，沒兩下就找到了血管。

「中尉，沒看出來妳有這兩下子！」迪克目瞪口呆。「比醫院的護士紮得都準！」

我想起剛到美國例行驗血，被醫院的黑大媽紮了十幾次沒找到血管的悲慘經歷，不由得呵呵，畢竟他們平均一週也就紮三、四個人。

我剛抬起頭想奚落迪克兩句，忽然看見倉庫外面有什麼東西一閃而過。

一個黑影，佝僂著身體，看不出是人還是什麼。不到半秒鐘，就消失在醫療室背陰的暗處。

「啊——」我還沒叫出來嘴巴就被迪克一把堵上。

我驚恐地跟他交換了一個眼神，他也看到了。

環顧四周，我、張朋、迪克、達爾文、沙耶加都在這裡，那剛剛那個黑影是誰？怎麼會多出一個人？

達爾文和張朋站在靠倉庫更裡面一點，他倆雖然沒看見那個影子，但看到我和迪克的反應也知道出事了。

達爾文拉住張朋迅速蹲下，靠到我和迪克身邊。

「怎麼了？」張朋小聲問。

「有——人——」迪克做著口型。

達爾文立刻會意關掉了電源，倉庫裡陷入一片漆黑。我們四個人，就這樣靠著沙耶加蹲在牆角下面，屏住呼吸觀察著外面的動靜。

事實上，我們能看到的區域，只有醫療室裡兩盞應急燈光源所覆蓋的區域，十分有限，再遠的地方則一片漆黑。

等了幾分鐘，一點動靜也沒有。

「是不是你眼花了？」張朋問迪克。

我知道他是什麼意思，人在長期缺水缺食物還缺乏睡眠的情況下，很容易出現幻覺，是一種反應錯誤的認知。

「兩個人同時出現一樣的幻覺？」迪克指了指我。

「我出去看一下。」張朋站起來。

「我跟你一起去，」迪克隨著他出了門，出門的一瞬間他們倆都迅速變透明，隨即消失在黑暗中。

倉庫裡就剩下我、達爾文和沙耶加三個人。

過了將近半分鐘，一點動靜都沒有。

「大意了！」達爾文突然一拍大腿。

「你去哪兒？」我小聲問。

「不應該讓迪克和張朋一起去，」達爾文站起來邊說邊往外走。「如果他們倆遇到了危險，張朋一定會立刻放棄救迪克以求自保。」

「張朋答應過我不會傷害迪克的，他應該不至於……」

「他不是人。」達爾文冷不丁蹦出了一句話。

「啊？」我以為自己聽錯了。

「他沒有心跳。」

「他沒有心跳。」我機械地重複著。「什麼叫沒有心跳，他在機場搶救的時候……」

我猛然想起，那時候，醫護人員說張朋心跳驟停，才要給他上電擊的。

「我剛剛拉著他蹲下來，手一直在他手腕的脈搏上，」達爾文重複了一遍，一字一頓。「他，沒，有，脈，搏。」

我呆坐在地上。

「別出來，我馬上回來。」達爾文做了一個噤聲的動作，轉身出去掩上了倉庫門。

我坐在地上，緊緊盯著門縫漏進來的一絲光，耳邊只有沙耶加的呼吸聲。

張朋沒有心跳是什麼意思？我在心裡一遍一遍地問自己。

達爾文說他不是人……不是人，那會是什麼？難道是鬼？

「啪嗒！」

我正想著，突然不知道是誰把應急電源關了，一瞬間，整個中間站陷入了徹頭徹尾的黑暗。

第十三章　失落的日記

我的心一下子懸了起來，怎麼回事？

我看不見也出不去，只能豎起耳朵，仔細分辨著在黑暗中有可能出現的一點聲音，期盼著聽到達爾文的說話聲、迪克的笑聲，哪怕是任何一點腳步聲……

可是我什麼都沒聽到，外面寂靜得就如無法傳遞音波的外太空。

也許過了兩分鐘，也許才不到三十秒。「吱呀——」倉庫的鐵門有點生銹，它似乎被什麼推了一下，打開了。

「達，達爾文？」我結巴地問著，聲音發著抖。

沒有人回答。

不是，不是達爾文，我感覺不到他，也不是迪克，不是張朋……我似乎能在黑暗中清晰地聽到自己的心跳。

我心裡一遍一遍地祈禱著，不要是那個影子。

匕首在書包裡，書包在離我將近兩公尺的地上，這會兒根本夠不到，我能做的只有儘量不發出聲音地把沙耶加護在身後。

黑暗中，有什麼東西輕輕地、慢慢地探下身來，它碰到了我的頭髮絲，它就在我耳邊。

一秒鐘、兩秒鐘……我聽著自己心臟的狂跳，閉上眼睛，握緊拳頭。

我該反擊，但我的手在抖，胳膊也抬不起來，連出拳的力氣都沒有。

「旺旺——」

就在這時，遠處傳來了達爾文的聲音，他在朝這邊跑過來。

他的聲音給了我勇氣，我閉上眼睛使勁揮出去一拳，猛地一下，似乎打到了一個什麼柔軟的東西上，然後是書包被擠壓的聲音。

它被我打退了，它踩到書包上了，我心想。

「咚」的一聲，倉庫大門被撞開，它在達爾文跑過來之前逃走了。

「妳沒事吧？」手電筒的光沒過幾秒就照進倉庫，我聽到達爾文氣喘吁吁的聲音。

「哇——」

達爾文一把摟住我：「別怕，有沒有受傷？」

眼淚這時候才記得湧出來，我全身抖得像篩糠一樣：「剛才……有……在這兒……」

迪克和張朋也跑了回來，我在達爾文懷裡安靜下來，吸了吸鼻涕調整力氣坐起來，檢查了沙耶加，也沒有什麼事。

「剛才，我覺得那個黑影就在這裡。」我深吸了兩口氣，緩緩說道。

達爾文和張朋、迪克交換了一下眼神。

「調虎離山。」

「我們剛才追出去，」迪克指了指黑影消失的方向。「跑了沒兩步，突然聽到另一個角落也有聲音，於是我就和張朋分開追了。」

「我出去沒多久整個備用電源就被切斷了，我立刻往回跑，可是因為對這裡不熟悉，繞了點彎路。」達爾文有點懊惱。

「可……這不合理啊？」我很疑惑。「如果它把你們都引出去的目的是想找空隙殺我，剛才那半分多鐘已經夠我死好幾次的了，為什麼它不出手？」

我又檢查了一遍我和沙耶加，確實毫髮無傷。

幾個人面面相覷，都無法解釋那個黑影的目的是什麼。

「不管這些了，先去把備用電源打開。」

「這次我們幾個都別分開了。」迪克一邊說一邊扶起沙耶加，我背上書包和達爾文走在後面。

「你的匕首還在嗎？」張朋轉身問我。

我點點頭，從書包側邊掏出來遞給他。

打開倉庫門，外面一片漆黑，我們唯一的手電筒已經快沒電了，光照範圍連一公尺都沒有，我們幾乎是在憑藉印象向配電室走去。

「跟緊，不要走散了！」迪克的聲音。

就在我們走過醫療室的時候，恐怖的事情發生了。

在整個中間站斷電，連備用電源也被切斷的情況下，醫療室最靠後的一個窗戶亮了。

昏黃色的光從鐵窗裡透出來，隨即立刻熄滅了。

我感覺我的心跳停頓了兩秒。

「它在那兒！」我沒忍住叫出聲來。

張朋幾乎是拔腿就朝醫療室跑，我們跟在後面。

醫療室的大號水泥建築裡面有七、八個小房間，中間有一條小走廊隔開。我注射器的時候我們撬開了兩個房間，加上最外面的那間診室，我們總共進去過三間房，裡面都大同小異，所以當時也沒有每間都進去。

很快我們就衝進了小走廊，手電筒的光在牆上胡亂彈射，晃得我頭暈眼花。

閃燈的房間在走廊盡頭。張朋示意我往後退，靠在一邊的牆上掏出匕首，達爾文則靠在另一邊，輕輕地按了一下門把手，迪克在中間堵住走廊。

「啪嗒」一聲，門開了，達爾文用手電筒向裡面照了照，不到十平方公尺的房間一眼望盡，空無一人。

張朋在門口等了一會兒才小心翼翼地走進去，搜索了一下，揚手讓我們進來。

這似乎是一間辦公室，一張標準的辦公桌放在中間，上面有一盞老式綠玻璃罩工作臺燈，蒙了一層白灰。

檯燈邊上有一盞老式煤油燈，燈芯上面還有幾顆紅色的火星，顯然是剛熄滅的，旁邊放著一盒火柴。我劃亮了其中一根把燈點亮，頓時不大的房間變得清晰起來。

只見門後面掛著白大褂，書架上擺了一些七零八落的檔案夾和器官模型，櫃子上還有一副聽診器。

桌面上有一塊金色的小牌子，上面寫著 Dr. Vincent Cheung 幾個字。

這是一個醫生的辦公室。

我打開抽屜翻了翻，除了一些五顏六色的藥瓶，也沒什麼有用的資訊。

「嘿！這哥們兒品味不俗啊！」隨著迪克的聲音，我看見他正從櫃子裡拿出一個玻璃瓶。

「一九七九年瓶裝的麥卡倫威士忌，沒有什麼比它更他媽合適了！」迪克打開就往嘴裡灌。

「你別，」我拉住他。「搞不好有毒……這都放多久了！」

「這妳就不懂了，酒放得越久越好。」迪克露出一個爽歪歪的表情。「搞不好就是這個醫生的幽靈把我們引過來的，好不容易來幾個人，怕浪費了這麼好的酒！」

他又喝了幾口，隨即遞給我：「在經歷了這麼多見鬼的事後，我覺得妳也應該來一口。」

我灌了一脖子，一股難以言喻的火辣從胃裡升起來，頓時頭昏眼花有點站不住，心情卻放鬆下來。

迪克又遞給了達爾文，我們幾個就這麼坐在地上，鬆開緊繃的神經，困倦感如潮水一樣襲來，這十公尺大小的房間彷彿一下成了最安全的歸宿。

我的眼皮開始打架，也許一天，也許好幾天，我完全不知道自己有多久沒睡了。

「這兒有一個保險櫃！」是達爾文的聲音。

我順著達爾文的聲音看過去，在房間角落的檔案櫃下面，有一個保險櫃。

「開這種東西幹麼，就算裡面有一櫃鈔票都沒有意義，人都他媽的要死了，還在乎錢嗎？」迪克拉著眼皮，不以為然。

「我覺得這裡面應該不會有水和食物。」不知道為甚麼，這次我支持迪克。

「如果剛才的燈光是為了把我們引進來，那打開這個保險櫃似乎是唯一能說得通的目的了。」達爾文沒有在意我和迪克的話，而是仔細地觀察了一下保險櫃的密碼鎖，又撥弄了幾下。

「把聽診器遞給我。」

張朋站在邊上一直沒吭聲，他似乎也對保險櫃有點興趣，但他對離開的興趣更大：「我們休息一會兒就繼續走吧，在這裡待得越久越不安全。」

達爾文戴著聽診器，一下下撥弄著密碼齒輪，細碎的轉動聲就像是催眠的咒語，我不一會兒就睡著了。

再次把我喚醒的是迪克的驚呼和沙耶加的聲音，過期的盤尼西林居然管用了，沙耶加燒退了，人也清醒過來，迪克正在餵她吃僅剩的能量棒。

「這是哪裡啊？」儘管還很虛弱，但她終於能開口說話了。

迪克唾沫橫飛地給沙耶加解釋著我們如何如何冒著生命危險到達這裡，如何如何遇到怪影子……我驚訝於他這個時候了還能吹牛。

保險櫃已經打開了，我向裡面看了看，竟然空空如也。

「只有這個。」達爾文拿著幾本東西在手裡揚了揚。「一些日記。」

我接過其中一本翻開扉頁，上面有一個V.C的縮寫，應該和辦公桌上名牌的Vincent Cheung是同一個人的。

日記的時間大約從一九五幾年到九幾年，全都是英文，沒有隔行，寫得密密麻麻，越往後翻字跡越潦草。雖然年份跨度很大，但筆者並不是每天紀錄，而且日記內容單一，大部分都是枯燥的生物製藥實驗紀錄。

比如：一九七〇年一月三十一日，××混合劑——效果不好——減量——沒改善——加量——好一點——改良——又不好……

又比如：一九八一年八月十日至九月一日，等待III期臨床試驗報告，怠工，無特別。

如果這不是一本日記本，我真以為這是學術論文。一個人如果不是對自己的工作懷揣著極大的熱情，是不會在私人日記裡紀錄工作上的事的——就像我不會在博客上寫數學課學了什麼方程式一樣。

可惜我的英文詞彙只停留在日常用語五千個，高深的詞一點也看不懂，更別說藥劑名稱了，才看了兩眼我就覺得頭昏眼花，裡面的內容已經超越了我的知識範圍。

「我想，他之所以對藥物研發這麼投入，是因為他本人就有某種嚴重的遺傳病。」達爾文說。他應該在我睡著的時候已經把日記看完了。

「啊，什麼病？」

「他沒有明說。」達爾文聳了聳肩。「但裡面提到了，他的遺傳病就像一顆定時炸彈，成年後的每一天都可能爆發，他希望能趕在疾病奪去性命之前把藥物研究出來。」

「所以他開發了MK-58？」

達爾文點了點頭：「他的大多數日記都是沒意義的——至少對現在的我們來說，但這幾篇你應該看看。」

我才留意到日記有幾頁被折了個角，最早的一篇是從一九五八年五月開始——

今天又做了那個夢，那些印第安人用虹膜變異的眼睛盯著我，一時間我竟然分不清誰才是魔鬼。醒來喝了兩杯伏特加，自從實驗基地轉入地下，我很久都分不清真實和夢境了。

我已經從一九五三年被選中參與到「拓荒者計畫」的巨大喜悅中逐漸冷靜下來。那時候我太年輕了，盲目地相信這個計畫開發出來的藥物是劃時代的，甚至能改變人類的進化史。試想一下，那些幾千年來帶給人類死亡的疾病和瘟疫都畫上了句號，癌症和遺傳病都不再是什麼醫學難題，我們甚至能走向不朽，那將是一個多麼大的飛躍！

可當戰爭爆發後，同樣的製劑，在我們科學家手裡能治療疾病的工具，到軍方手裡就變成了致命的病原體，和那些無辜的人的噩夢。

如果不是在這兒親眼所見，我絕對不會相信他們竟然能在條件完全不成熟的情況下將MK–57給人類服用。但他們確實這麼做了——他們隨機選擇了一個印第安小鎮，讓普通人染上致死的疾病，再把他們趕到地底，把他們變成不見天日的小白鼠。

每每想到這裡我都忍不住發抖，瘋了，所有人都瘋了。

MK–57連動物II期臨床實驗都沒有通過，所以人體實驗的失敗是必然的。無論再怎麼調整藥量，對那些印第安人來說都只是飲鴆止渴，他們永遠都不可能痊癒。可當我今天把這個結果告訴埃米爾上校的時候，他只是不耐煩地擺了擺手，說他知道了。

我委婉地向他建議，這個實驗進行的速度太快了，我們應該回到製劑的開發階段，再重新做一次更加完善的動物實驗。

「快？那你告訴我怎麼樣才不算快？」埃米爾輕蔑地看著我，就像我是中世紀某個鄉村的無知農民。「是不是要等到蘇聯人打過來的那一天才不算快？你沒看見嗎，蘇聯的衛星和宇航員都上天了！你還在這裡瞻前顧後！」

我被他罵得臉一陣紅一陣白。我感覺到了恐懼，可我的恐懼並不是來源於蘇聯，而是我害怕因為言行不慎被驅逐出研究團隊。

整整五年，我傾注了所有的心血。如果讓我選擇拋棄一樣東西，我寧願拋棄傳統意義的道德，去換取力量。藥物學的進程和任何歷史一樣，沒有犧牲就沒有進步，我沒有立場去同情任何人。

「你的動物實驗，我們會盡可能地支持，但別忘了我們現在最迫切的目標，是培養出最強大的士兵，即使身在核爆中，也不懼輻射和原子塵，能夠在嚴寒中穿過西伯利亞平原，直取赫魯雪夫的咽喉。」埃米爾離開的時候囑咐我。「下次我要聽到好消息。」

但我心裡知道，好消息並不是短時間就能等來的。

下一篇折了角的，日期為一九六一年十月一日。

忍無可忍，我終於和埃米爾正面起了衝突，我顧不得上下級之間的關係和他撕破了臉。這幾年我就像是一個渾渾噩噩的賞金獵人，他們想讓我挖出世界上最大的寶藏，卻不給我哪怕一張藏寶圖或者傳說中的線索。

「你聽好，這是我第無數次要求，我必須知道藥劑成分的來源，否則我永遠也配不出來！」我指著他的鼻子說。「你們以為生物科技是兒戲嗎？給我一些不明出處的原料，就讓我點石成金？」

我這麼說的時候是真的想放棄了，將近十年的研究，我從來都不知道這些奇怪的原料是什麼，雖然它的成分和普通動物的組織樣本相似，可我從來沒見過這種生物

——這會是什麼？

我嘗試做過亞型匹配，卻發現它可以屬於陸地上甚至海洋裡任何一種已知的動物。它的真皮組織和兩棲類十分相似，但又和肛腸科一類的原始動物一樣沒有皮下血管；它皮膚上的毛孔表明它能排泄皮脂，可骨頭測出來的年齡有一億兩千萬年。

這到底他媽的是什麼？尼斯湖水怪？火山蠑螈？還是什麼深海史前動物？

如果我見不到活著的，做不了足夠的樣本收集，蒙著眼睛根本沒辦法把子彈打在靶心上！

也許是因為太激動，我的頑疾又復發了，陣痛讓我猛地跌坐在地上，大汗淋漓。「沒有活著的樣本，你永遠不會見到。」埃米爾有些憐憫地看著我。也許是他聽說了我的病，也許只是因為可憐我這個一無所知的「專家」。

他打了幾個電話，離開前告訴我，樣本資料晚點會送到我的辦公室來。

直到傍晚我才收到了密封的資料夾，我自認為在開啟之前已經做好了百分百的思想準備，但還是被檔裡面的內容震驚了。

原材料最早的情報是二戰末期從希姆萊——一個臭名昭著的納粹政治犯那裡套出來的。他在德國快要完蛋之前，妄圖通過向盟軍提供情報獲得引渡，給自己換一張免死金牌。

希姆萊把這種生物稱為拿菲利（Nephilim），聖經《以諾書》裡神和普通人類女子結合而生下的巨人，外貌像人，卻有著神的血統和力量，在宙斯之前曾經一度統治著這個世界。

根據希姆萊的口述，納粹曾經組織過兩次大型納木措考察。拿菲利是在某個地底的大型宮殿外層發現的，發現的時候還活著，比陸地上任何一種動物行動都更迅速，智商非常高。本來希望活捉拿菲利的納粹考察團，在花費了一半以上的人力物力之後仍舊一無所獲，最後只好用高射砲獵殺。他們沒想到的是，這種怪物的痊癒力大得驚人，幾次受到大型致命傷都能迅速恢復。折騰了半個多月，最後他們終於用沙林毒氣（一種精神類毒氣）使其陷入昏迷，砍下頭顱，才算真正死亡。

要不是看到了夾在檔案裡的二十多張原始照片，我真的以為希姆萊瘋了。

當納粹軍隊用了一個多月的時間把拿菲利的屍體運回柏林後，科學家發現它的基因，和人類有百分之八十以上的相似。

最不可思議的是，他們發現它還「活著」——雖然頭顱被砍掉，心臟也已經停跳，可是它不但沒有腐爛，身體組織還保持著高度的活性向中心輸送養分——拿菲利的身體內部，正在孕育一個新的自己。

我聯想到了燈塔水母，燈塔水母是目前世界上唯一知道的、能從成熟階段回到幼蟲階段的生物。理論上來說，它能以此獲得無限的壽命，除非被其他生物吃掉，否則它就是永生的。

而拿菲利，是我見到的第二種——它從一億年前或者更早就存在於地球上，靠著單體進化永生不滅地活到現在。

作為一個科學家、一個生物學家，我心中的聲音在吶喊：這種永恆的生命力和痊癒能力若能為人所用，那該是多麼好的一件事啊！

研究拿菲利的科學家顯然跟我想的一樣，據希姆萊所說，他已經早於我們多年在集中營裡的吉卜賽人身上做實驗了，可是一直沒成功過。但他們使用的是野蠻的高濃度靜脈注射，臨床報告裡無一人能活下來，實驗物件甚至還包括一個叫生命之泉的療養院裡的兩百三十一個孩子。

一九四五年四月十九日，希特勒生日的前一天，美國的特務根據希姆萊的情報潛入了希特勒的私人城堡「鷹巢」。事實上為了這一天，美軍做了幾年的努力，他們甚至開發了一個叫「迴紋針行動」的納粹科學家回收計畫，將參與拿菲利研究的幾個德國生物學家引渡到美國。

那天晚上，美國特務盡可能地拿走了可以帶走的組織樣本和實驗紀錄，剩下的拿菲利身體軀幹因為太過龐大不能上飛機。為了不落入蘇聯人手裡，只好將其破壞銷毀再埋進地下。

保存下來的組織樣本到了美國後，軍方成立了「拓荒者計畫」，最初目的是研究出原始組織含量更少、副作用更低的特效藥，逐漸改變人類的生理機能，而非揠苗助長。

我合上資料的時候想，冷戰開始，一切都變了。

再下一篇則是一九六九年十月的，和第一篇相隔了十一年。

失敗，很失敗，在實驗開發將近十八年之後，我終於不得不親口承認，這項實驗最終要以失敗告終了。

試驗物件三號，我們最後的希望，一隻叫艾迪的猩猩，終於在今天早上停止了呼吸。

配方藥已經增加到最大劑量，還是沒有治癒它的愛滋病，它死的時候，外部體征已經完全變異了。

十年來，老鼠、猴子、家兔……一切我們能想到的藥物實驗動物都試過了，甚至是蛇和海豚，而它們測試的最終結果都和阿什利鎮的居民殊途同歸。藥物只能延緩他們的死期，代價是變成怪物。

四百多種配方，數十個合成分子式，上千種製劑，沒有一種比 MK-57 的效果更令人滿意。我們失敗了，我不知道等待我的是什麼。我想回家，我錯過了妹妹的婚禮，錯過了父親的去世，我不知道我還會錯過什麼。

一九六九年十一月

該死的亞歷山大・泰勒，一個什麼都不懂、從來不用腦子的實驗室助理，他簡直是我的幸運星！

也許真的是神的旨意，他才會稀裡糊塗地把高濃度原料注射到那只斷足章魚身上

——是的，高濃度的原始組織，而那只章魚非但沒有變異，還完美地融合了拿菲利的基因！

我一直被普通醫學實驗的思維方式禁錮了，其實早在我知道拿菲利已經活了一億兩千萬年的時候就應該想到，和它匹配的有可能並不是白堊紀之後才出現的物種，而是早在三疊紀之前就出現在地球上的生物——除了章魚，現存的還有什麼動物會更加合適呢！

看著這只剛長出新腕足的小怪物，我們圍繞在水槽旁邊討論著她的名字——是的，她是雌性，一隻剛成年的摩羯座夜章魚，用她剛長出來的新的腕足吸著玻璃壁，好奇地看著我們。

最後我們將她命名為雅典娜，她是我們的希望之光。

一九七〇年十一月

我躺在醫院裡，看著送來的例行紀錄——雅典娜今天不費吹灰之力就通過了鏡子測試。她不但擁有了自我認知，而且智力在迅速進化——是的，不是它，而是她。除了人類，在此之前，我沒有見過這麼聰明的動物。

在亞歷山大的紀錄裡，她已經能通過訓練做一些簡單的二進位運算，雖然答對率並不高，可是她已經迫不及待地開始展露她的智慧、好奇心和社交能力——她甚至發現了我們與她的不同。當我靠近水槽的時候，她總是把腕足伸出來觸摸我，她的眼睛從上到下地打量我，充滿著孩子一樣的好奇。

有那麼一瞬間，我似乎產生了一種錯覺，我把她當成了人類，抑或我的女兒。我小心照顧她的起居，嚴格控制飲食、水溫和含氧度，就像呵護世界上最寶貴的一件藝術品。

我進一步發現，雅典娜簡直就是上帝的傑作、智慧的化身，甚至比人類更傑出。作為頭足綱章魚目的一種蛸，摩羯座夜章魚的基因組中帶有多達三點三萬種蛋白質編碼，比人類多得多。它們有三個大腦，每個大腦分管不同的記憶，它們的腦細胞有將近五億個，大部分分布在腕足上——而它們的每一條腕足，都有自己的思維方式。

我把手指伸進水裡，讓雅典娜用腕足環繞著我。我想進一步瞭解她，一刻都不願意與她分離。

可是我昨天夜裡又發病了，現在被送到了基地的急診中心。手術切除了一部分息肉，但沒有人知道它們會過多久再長出來。

一九七四年十月

今天是雅典娜接受拿菲利基因改造後的第五個生日。對一般章魚來說五歲已經趨於老年，但雅典娜的身體細胞顯示她剛步入青春期。我托人從外面帶回來一隻水族藏寶箱，她迫不及待地將自己的身體蜷縮了進去——雖然她現在的智商已經接近一個十歲小孩的水準，卻還是念念不忘她的本能——所有的章魚都喜歡鑽進狹小的空間玩遊戲。

我們的研究也取得了突破性的進展，MK-58——一種成分源于雅典娜身體組織的藥物——在動物實驗裡表現不俗。只要在二十四小時內及時補給，幾乎沒有抗藥性和排異反應，我們甚至發現實驗物件的反應能力、痊癒力和速度都在提升。一切都近乎完美。

唯一的小小的美中不足，似乎是雅典娜對於截肢這件事，表現得越來越不配合。我們之所以截取她的腕足，最大原因是她在不到兩天的時間之內會再次長出來。為了減少痛苦，我們每次手術都會使用麻藥。也許是麻藥過後的鎮痛，雅典娜開始排斥手術，每個週二都會變本加厲地發脾氣，並且幾次差點在手術過程中逃逸。

亞歷山大跟我抱怨雅典娜傷了他的手臂，可我並不相信，他總是把自己的過錯遷怒到別人身上。

今天我給雅典娜餵食的時候，她充滿哀怨地看著我，她的眼神讓我感覺到了孤獨，我不得不把這種複雜的高等動物才存在的情感和一隻章魚畫上等號。

然後她隔著玻璃，用腕足使勁指著我辦公桌上的照片——那是我和我妻子結婚時的照片。

如果她的智力進化了，那麼精神需求也會進化，她不會再滿足于基本的生存——水和食物，她需要朋友，需要愛，需要理解和陪伴。

我不知道怎麼安慰她，除了魚乾，我給不了她任何東西。

一九七×年×月

MK-58已經通過了動物實驗，但今天來接收的並不是埃米爾——他們說他在戰場上犧牲了。來的人是個年輕的軍官。

聽完我的報告他激動不已，拉著我的手說：「我們受傷的戰士們終於有救了！先生，你改變了世界！」

我誠惶誠恐，畢竟埃米爾以前總是陰沉著臉，喜怒不形於色。我把配方交給他，他沒打算告訴我人體臨床試驗在哪兒進行。

「拓荒者計畫」裡的所有成員都歡呼起來。不知為何，這曾經是我讀書以來的夢想，但此時我的內心並沒有什麼波瀾，也許年齡大了麻木了吧。

「我該回去給雅典娜餵食了。」我應酬了幾句，就不耐煩地站起來往回走。

一九八×年九月

度完長假回來，亞歷山大告訴我的第一件事，就是雅典娜一直在無理取鬧地發脾氣，不好好吃飯，還把魚乾吐在他的臉上。

「她只認你，離開你一刻都不行，我們當中沒有人能擺平她。」我忘了是哪個實驗室助理這麼說。

雅典娜看到我回來很高興，她七手八腳地用腕足在蓄水缸底下的拼字板上拼出了一個「Hey」（你好呀）。這幾個月，亞歷山大的教學成果不俗，她已經學會了將近一百個單詞。

「她已經把你當成她的情人了！」亞歷山大沒有享受過這個待遇，苦著臉走開了。

我從書包裡掏出從外面帶來的魚乾扔進水裡，雅典娜伸出腕足卷住我的手指。我確實很像她的情人，這個世界不會有任何一隻雄性章魚像我這麼關心她了。有時候我甚至覺得她比我的家人和兒子還重要。我是她的依靠、她的長輩和父親，可同時又是研究她的科學家之一，這常常讓我感到矛盾。

也許是作者越來越老，也有可能是發病了，日記後面的字跡越來越亂，我艱難地辨認著每個字。

「所以，MK-58 主要成分來自一隻順利融合拿菲利基因的章魚？」我問達爾文。

他點了點頭：「所以迪克和張朋才繼承了摩羯座夜章魚表皮上的色素細胞，它們能夠迅速模擬周圍的顏色並變成自己的保護色。」

「那……我們看到的八爪魚人就是雅典娜嗎？」我的思緒很混亂。

「不是，」達爾文歎了口氣。「雅典娜死了。」

一九九六年四月

雅典娜仍然年輕，但我已經是個垂暮之年的老人了，長年的病痛折磨得我身心俱疲，但歲月並不曾在雅典娜身上留下絲毫痕跡。

我在蓄水槽的前面弄了一個支架，用電腦播放一些科教片給雅典娜看，她已經能用拼字板拼出一些簡單的話了。

「海洋是什麼樣的？」她問我。

我把字打在電腦螢幕上：「藍色，一望無際。」

一九九六年五月

儘管我反覆向雅典娜解釋我們並不是同一物種，也不可能在一起，可她還是鍥而不捨地向我跳摩羯座夜章魚專屬的求愛舞。

雅典娜到發情期了。

上級對雅典娜的報告顯出了強烈的興趣，他們認為應該讓她留下後代，因為它們或許會繼承她的血統和能力。我知道這對以後的研究會有延展性的幫助，可情感上無論如何都不能接受——雅典娜不是低等的動物，不是牛或者魚或者雞，她已經具備了和人類一樣的思維方式，難道僅僅是因為物種不同，我們就不需要講究人道精神嗎？

雅典娜的配種問題在實驗室裡被嚴禁提起，雖然雅典娜沒有聽力，但我們都莫名地害怕她能察覺出什麼，她有的時候甚至能靠分辨嘴形「聽」懂我們開的玩笑。實驗室的氣氛一度尷尬得讓人窒息。

P.S. 今天她又在拼字板上拼出了「我愛你」。

一九九六年十二月

今天是亞當第一次和雅典娜「相親」的日子。

雅典娜已經從兩磅半長到十五磅了，我們費了很大勁，才從澳大利亞的一條捕撈船上找到了一隻將近八磅的雄性章魚。我們給它取名「亞當」，我希望它不只讓雅典娜受孕，還能給她帶來愛情。

這是雅典娜成年後第一次見到同類，在亞當剛下水的時候，她充滿了興奮與好奇，她圍著它轉圈，用腕足和它嬉鬧，她在拼字板上拼出「你好嗎」幾個字。

可亞當根本聽不懂雅典娜的問候，它只對水槽裡的那個藏寶箱有興趣。和它的麻木相比，雅典娜表現出無辜和疑惑，她不明白為什麼外形看上去相似的同類和自己這麼不一樣，以至於無法溝通。

我最擔心的事情發生了，當亞當企圖和雅典娜交配的時候，她全力反抗，甚至咬掉了亞當的一隻腕足。

隔著玻璃水槽，雅典娜驚恐地看著我，她的眼睛裡充滿不解，她不會說話，可我能看出她對我的質問：

為什麼要把我推給別人，為什麼是這個什麼都不懂的蠢貨!?

當我聽見亞歷山大和其他研究員在實驗室外面討論給雅典娜注射催情素的時候，我氣得發抖！

「你們憑什麼這麼做！這是迷姦！這不是雅典娜的主觀意願！」

「我們的研究到現在，哪個進程是雅典娜的主觀意願？難道僅僅因為它愛你，你就把它當人看？」亞歷山大壓低聲音，但他把重音放在了「它」上。「它不是人！只是章魚而已！」

「她不是低等動物！她的智力和情感都和我們一樣！你們這是在犯罪！」我吼道。「你們沒看到嗎？她有靈魂！」

「Cheung，醒醒吧，你不應該提及靈魂這個詞。」亞歷山大聳了聳肩。「沒有科學證據表明它有靈魂，我們也一樣沒有——但別忘了，是我們賦予了它智力和長生，我們就是它的造物主，是它的神。」

我們是她的神。我機械地重複著這句話。

隔天我們回到實驗室的時候，亞當的屍體浮在水面上，它帶著精囊的腕足不見了。

監控影片顯示它們已經完成了交配，蓄水池裡的催情素已經過濾掉了，雅典娜躲在她的藏寶箱裡，不願意看我。

一九九七年×月

雅典娜即將臨盆，她這幾個月都很慵懶，總趴在蓄水池的底部發呆，再也不願意玩拼字遊戲，也不回答我的任何問題。

也許她一輩子都不會原諒我了。

實驗室一致決定產卵後立刻把雅典娜和孩子們隔開，畢竟我們不知道第二代會是什麼生物，集中孵化的危險性太大了，最科學的辦法是隔離後採取單獨人工孵化，這樣對雅典娜的身體也好。

一九九七年×月

雅典娜生產了，她一早就鑽入了蓄水池裡為她準備的「產房」中。早晨八點，我們看見一顆顆透明的卵開始整齊有序地排列在「育嬰室」裡。產卵持續了將近三小時，雅典娜會用吸盤將每一顆新的寶寶擦乾淨，直到下午一點，她才精疲力竭地睡過去。

本來一切應該按照計畫順利進行，我們趁雅典娜昏睡時將整個產房裡的卵隔離開。不知道是不是水裡的鎮靜劑濃度不夠，雅典娜竟然在我們處理到一半的時候醒來了。

她似乎立刻就明白了我們想幹什麼，開始奮力反抗，慌亂中我們手中的託盤翻倒了，幾顆落到我們腳邊的卵也被我們不小心踩破了。

雅典娜徹底震怒了，她在水底發了狂。我們放了五倍鎮靜劑才制服了她，順利取出了其餘的卵。

鎮靜劑的藥效過去之後，雅典娜沒有再反抗，她在水底漂著，茫然地盯著我，眼神透露出徹骨的絕望。那不是任何一個動物會擁有的眼神，那是跟人類一樣蘊藏著複雜情感的眼神。一時間，我竟然分辨不清她和人的區別。

究竟什麼才是衡量人和動物的區別？智力嗎？情感嗎？

雅典娜和人類擁有同樣的智慧和情感，卻沒有以人類的方式有尊嚴地生活過一天——她被鎖在狹小的蓄水池裡，日復一日地割去腕足，分娩後即刻骨肉分離，還要親眼看著自己的孩子被人踩死。

我們給她提供的一切都只是為了自私的研究，可違背了她的願望，稱為和我們一樣平等的生物的願望。是誰賦予了我們這種權利？

是我親手把她的願望打碎的。

我們不是神，從來不是仁慈的神。

我一直跪在蓄水池旁邊，反覆跟她說著「對不起」，其他人都以為我瘋了。

一九九八年五月

雅典娜絕食快五個月了，從產後她就一直抗拒吃東西，她的身體像紙片一樣漂在水面上。

水底的拼字板已經長出了青苔，這一度是她最珍惜的玩具，可是自從生產之後，她拒絕跟任何人交流，哪怕是我。

我們都心照不宣地知道，她正在自殺。

拿菲利的基因優化了雅典娜的身體，再加上我們不停地給她強制注射營養劑，她才勉強活到今天。可就連營養劑的比例都要小心控制，以免她太有力氣——她已經嘗試過用腕足勒死自己了。

軍方的人問我，如果雅典娜已經沒救了，是否可以在她死前解剖她的腦部用作研究。我向所有人鄭重地表示，我一定會、一定會治好雅典娜。

可我的內心深處知道，我在撒謊。

一九九八年十一月

我的噩夢成了現實，清晨聽到實驗室的警報時，我的心就沉入了穀底。水泵被弄壞了，雅典娜爬了出來，發現她的時候她已經脫水了。她吃掉了自己的大部分腕足，她一心求死。

我把她捧在手心裡，她還有一點點神志。她看著我，像最初我們相遇時那樣，抬起一隻腕足繞著我的手指，就像打量著一個陌生又熟悉的愛人。

我的眼淚滴在她身上，我已經是個老人了，除了哭泣我沒有任何辦法。

「讓我死吧。」我似乎聽到她在懇求我。

我無法拒絕這個幾十年的老朋友向我提出的要求，可我更不忍心就此失去她——

也許死亡對她來說才是真正的寧靜吧。

我會讓妳用另外一種方式活下去，得到和人類一樣平等地對待與尊重。

第十四章　交易

日記到此就完結了，我抬起頭茫然地看著達爾文。

「那……雅典娜死了嗎？」我問。

「我不知道。」達爾文搖了搖頭。「這次沒有死，下次也一樣會死啊，她已經不想活了……」

達爾文話音未落，窗戶外傳來一個幽幽的聲音：「小毅。」

窗戶外面探出半個頭。

沒有頭髮，鼻子以下連著透明的皮膚，它用鼻腔發出吉米的聲音。

是那隻八爪魚人。

這已經是我第二次見到它了，比起第一次，我只是稍稍受了點驚嚇就緩過來了。

幾秒鐘內，五個人、一隻怪物，一邊在屋裡，一邊在屋外，就這麼僵持著。

我們所處的是整個醫療站最靠裡的一間房，如果沿路跑出去再跑到窗戶外面，八爪魚人早就逃了，它的速度比我們加起來都快。

「你，你想幹什麼！」還是迪克壯著膽子吼了一句。

「想做個交易嗎？」「吉米」的聲音透著說不出的詭異。「你們幫我個忙，我幫你們逃出去。」

判？」

「哼。」半晌，達爾文嗤了一聲。「你布置這麼大一個局，就是為了讓我們跟你談判？」

八爪魚人沒有說話，雖然它沒有嘴，但我感覺它的眼睛似笑非笑地看著達爾文。

「虛張聲勢關掉備用電源，在黑暗中逼我們走出倉庫，看到這個辦公室的燈，你千方百計引我們來看這些東西，有什麼目的？」達爾文把手裡的日記扔在地上。「我們不會上當的。」

「我不想搞得這麼複雜，但如果不是你們自己發現它，是不會相信我說的任何一句話的。」良久，八爪魚人說。

「這些日記和什麼臨床報告都是你布置的吧?它們都不屬於這裡。」達爾文看了它一眼。「這裡根本沒有什麼實驗室。」

「但你知道這些內容不是我偽造的，我只是把它們放在這兒而已，它們都是真的。」八爪魚人並沒有對他的質疑做出任何辯解。「你能看出來，它們是真的。」

達爾文沒有反駁。

「你他媽的究竟是什麼!?你要幹什麼？M在哪裡？」迪克連珠砲地吼著，現在的局勢讓他很惱怒。

「M不在這兒，我們雖然偽造了她的自殺，但她並不是我們帶走的。」

「你說什麼!?」我們幾個異口同聲地說。

「妳應該沒忘記『佩奇醫生』吧？」八爪魚人突然看著我。「那個到學校給你的朋友做智商測試的女人，你們都和她爭吵過，應該對她記憶猶新。」

我立刻想起了那個傲慢的中年婦女和她不耐煩的眼神——她要以M的智商跟不上普通高中課程的理由帶走M，把她送到福利院，去接受政府的什麼特殊教育計畫。

「我曾經引導你們跟蹤她去過賢者之石，那個女人是我們的一員——軍方也好、賢者之石也好，都有同樣的成員。但她只屬於比較低級的，長期的養尊處優讓她低估了你們的能力，才讓你們找到了突破點……」

「你還沒回答我們的問題，M到底在哪裡？」達爾文不耐煩地打斷了它。

「這正是我想說的，即使是佩奇這麼一個低級別的員工，她想拿到任何教育機構的授權也就是一個電話的事——我們的機構是傾國家之力建造起來的，它甚至凌駕于總統之上。帶走一個人，我們有一千個能放上檯面的、合理的理由——兒童福利院、特殊教育基地、社會保障機構……我們可以讓M合理地消失在公眾視野中，不需要去專門大張旗鼓地偽造她的自殺，轟動整個小鎮，還要讓警方介入。你們明白我的意思嗎？」

我們幾個面面相覷，一時間竟然找不到合理的反駁理由。

「那……M在哪裡？」

「我們也在找她，事實上，我們在一年前就通過各種情報知道了她的能力，」八爪魚人說。「她的作業，回家路上的監控影片，課程考核和哪怕是一張體檢表，我們都有詳細的紀錄。不但是M的，甚至是你們每個人——這個國家自從進入數據通信時代就已經沒有隱私了。我們靜待時機成熟，準備將她溫和地引渡。但是就在這個節骨眼兒上，出事了，她突然像空氣一樣消失了。」說著，八爪魚人攤了攤手。

「我們知道她一旦失蹤，警方就會介入調查，甚至會把她以前的記錄查出來——有時候保不准會遇到這樣的愣頭青警探，他們為了出名甚至會向媒體曝光。所以，我們只好迅速策劃偽造了她的自殺——這是防止員警追查下去的最好方式。」

我的心裡一沉，M不在阿什利鎮，也不在軍方手上，那麼她在哪裡!?

究竟是誰帶走了她？

她還活著嗎？

「在賢者之石迪克這麼輕易逃脫，也是你在背後掃清障礙的吧？你為什麼要幫我們？」達爾文警惕地看著八爪魚人。

「你們看了日記，在你們眼裡，雅典娜是一個什麼樣的存在？」它反問我們。

「我……」我一時反應不過來。

「你們覺得，她和人類一樣平等嗎？」

沒有人回答。

「雅典娜……我很同情她。」過了良久，我聽到自己生澀的聲音。

「這就夠了，那我覺得，我們可以談談了。」

窗外的八爪魚人忽然一閃而逝，沒有幾秒鐘，它出現在了我們面前。

這是我第一次在有光線的地方仔細打量它，它通體沒有毛髮，皮膚接近透明，肩膀垮下來，遠看像個瘦長的影子。它比地底居民的體格更大一些，更為矯健，形狀也更接近普通人類。

「你要幹什麼!?」迪克一個箭步擋在我和沙耶加面前。

「我說了，一個交易，你們給我自由，我也給你們自由。」

「你你你……什什麼意思？」迪克有點愣住。「什麼叫給你自由？」

「我想離開他們的控制，我不想再效忠任何人。」

「不是……你要離開他們的控制跟我們有什麼關係啊？你能偽裝，行動能力又強，又……狡猾，反正，雖然我是很牛，但跟你比就是渣渣，怎麼幫你啊？」迪克徹底迷糊了。

我真沒想到，這次迪克還是挺正確地評價自己的能力的。

八爪魚人沒有回答，它的腹部中間那條細長的縫——它的嘴巴——突然裂開了，裡面無數像觸手一樣的小肉芽四散開來。我隱約看到中間有一個紅色的亮點，在有頻率地閃動著。

「這是一顆小型炸彈。」它抬起頭看著我們。

「雅典娜有著人類的智慧和情感，可她仍舊被關在暗無天日的水槽實驗室裡日復一日被人研究和利用——我也一樣。」八爪魚人接著說。「儘管在你們眼裡，我只不過是個怪物。」

我突然明白了為什麼它為了讓我們看關於雅典娜的紀錄，布置了這麼複雜的一個局。它想借由同樣非人的雅典娜的悲慘遭遇，引發我們對它的同情，以便更好地說服我們幫它獲取自由。

我不得不說，它的這步棋下得很成功。

「我必須服從每個命令，如果叛變，這顆小型炸彈就會立刻爆炸——當然，任務失敗或者我暴露的結果都一樣。這裡面帶著像電話卡一樣的晶片，全球GPS定位。」它說這句話的時候聲音麻木，沒有任何情感，就像是說著某件陳年舊事。

「你不會是想讓我們幫你拆除它吧？」迪克抓了抓頭。

「這顆炸彈無法拆除，我的同伴之前嘗試過，被炸死了。」

「你……還有同伴!?」我驚呼。

「嗯，算上我，還剩七個，有的在南斯拉夫，有的在以色列，有的甚至在中情局的高級部門。」

「既然無法拆除，你需要我們做什麼？」我問。

「從根源上摧毀炸彈啟動裝置，」八爪魚人不知道從哪裡掏出一個隨身碟。「裝置在實驗基地的中央控制室，距離這裡並不遠，因為某些原因我無法靠近，但你們可以。你們只需要進去之後把它插在主機上——接下來的事，他應該知道怎麼做。」它指了指達爾文。

「我不可能幫你，你殺了我哥哥！」達爾文咬著牙說。

「我沒有殺死他，是他的好奇害死了他，如果他不錄下那段影片並把它傳上網，什麼事都不會發生。」八爪魚人並沒有對達爾文的憤怒做出任何反應。

「我接到的任務只是扮演吉米而已。可是我太輕敵了，我沒想到一個十三歲的孩子，不但猜到了我的身分，還心思縝密地布置了陷阱。小毅，我就是從那時候開始留意你的，我覺得你會是我要找的人。」

「你他媽不要叫我小毅！」

「那你會送我們進中央控制室嗎？」張朋打斷了達爾文，似乎這個「控制室」勾起了他極大的興趣。

「呃，我是說，你能在我們解除引爆裝置之後，平安地送我們五個出去嗎？」張朋似乎感覺自己有些太猴急，他把上一句話解釋了一遍，重音放在「平安」兩字身上。迪克下意識地看了一眼沙耶加。

八爪魚人點了點頭。

「我們憑什麼相信你？」我咬了咬牙，但是我的內心已經有點動搖了。

「我想我在賢者之石已經展示過我的誠意了。」八爪魚人說。「沒有我，你們不可能出去。主河道裡面暗流湧動，河底全是尖銳的礦晶，還有地下斷層，下水沒有幾分鐘你們就會送命。只有我知道最安全的支流。」

「這似乎是我們離開這裡的唯一辦法。」張朋轉頭對我們說。「我覺得這樁買賣不壞。」

「時間不多了，剛才爆炸的手榴彈很快就會驚動軍方，他們會立刻發現你們。」八爪魚人似乎對這個交易十拿九穩了，轉頭就朝外面走。

「兄弟，先出去，我們一定能找出殺你哥哥的凶手。」迪克拍了拍達爾文的肩膀。

「嗯。」達爾文不知道是在回答迪克，還是在安慰自己。

手電筒和礦燈的能源都已經耗盡，我們走投無路了。

「妳能起來嗎？」迪克扶著沙耶加。

「嗯，可以，我可以走。」沙耶加搭著迪克的肩膀一瘸一拐地跟在張朋身後。

我拿起書包，看了看散落一地的日記，還是拾起了紀錄雅典娜生命終結的那一本，畢竟裡面有很多沒試驗過的 MK-58 改良配方，也許以後迪克用得著。

我拍了拍灰想裝進包裡，忽然，一張小小的紙片從日記本後面的夾層裡飄出來，我藉著幾乎熄滅的燈光一看——

一張發黃的郵票，上面印著熟悉的畫面——阿姆斯壯登月二十五周年紀念。

這不就是張朋給我們看的家書上的郵票嗎？我下意識地看著桌面上那塊寫著 Dr. Vincent Cheung 的生銹的金屬牌。

Cheung 這個字並不是標準的中文拼音，所以一開始我沒在意，畢竟有很多越南和柬埔寨的東南亞裔姓氏也會用這種拼法。

Cheung 的發音類似「江」，同時也可以是粵語裡的「張」的讀法。

我生長在南方，張朋也是，張姓人用「Cheung」來代替「Zhang」也並不是什麼稀罕事，畢竟首字母為C的排名比Z更靠前，更容易被記住。

難道這個 Vincent Cheung 就是張朋的爸爸？

可是這不合理啊，張朋說他是來找爸爸的，為什麼他看到了爸爸的名牌和日記卻毫無反應？他甚至連「爸爸」這兩個字都沒提過！

就算他英文不好看不懂自己老爸的日記，總能認出老爸的名字吧？

但他為什麼連提都不提這些是他爸爸的物品？

你到底是誰？

我不寒而慄，恐懼讓手不自覺地顫抖起來。

張朋似乎感覺到我在盯著他，他回過頭問：「怎麼了？」

「沒，沒什麼……」

我胡亂地把日記塞進書包，跟在了隊伍後面。

我們跟著八爪魚人沿著乾涸的地下河床向深處走去，我已經徹底迷失了方向，甚至不記得自己是從哪裡來的。

它似乎是為了照顧我們，準備了一盞大功率的強光礦燈，但它本人並不需要，而是遞給了走在後面的張朋。

「你……是變異章魚嗎？」迪克憋了很久終於問了一句，隨即覺得自己用的詞並不禮貌，趕緊改口道。「我是說，你是雅典娜生下來的卵孵出來的嗎？」

迪克極度不會說話，這已經不是我第一次見識了，在某種程度上，他和達爾文倆人沒朋友，是挺容易理解的。

「我不叫『你』，我有名字。」良久，八爪魚人突然說。

「啊？哦……」迪克一下不知道該怎麼接下去。

八爪魚人發出了類似笑的聲音，在整個礦洞裡回蕩著，我頓時一身雞皮疙瘩。

「要完全扮演一個陌生人並讓所有人信服，就是把自己變成他。」八爪魚人突然回頭饒有深意地看了達爾文一眼。「比如說，我成為過兩個月的吉米，甚至騙過了你的父母，不是嗎？」

達爾文沉默不語。

「我還成為過珍妮、摩恩、傑克、布朗、英國女王的某個保鏢。不管你們信不信，我甚至扮演過某些知名政界人物。」

我深吸了口氣，想起它說這世界上還有六個和它一樣的人，頓時不寒而慄。

「你們可以叫我約翰，那是我最初的名字。」

「呵，沒想到這裡的科學家還流行給八爪魚起名字。」迪克顯然覺得約翰的執著沒什麼必要，畢竟無論是什麼名字，到頭來都是八爪魚。

「我只是不習慣人家稱我為『It（它）』罷了，也許是扮演人類太久，面具再也脫不下來了。」約翰沒有生氣，而是半自嘲半自言自語地說。

突然，約翰側身一拐，鑽進了礦洞石壁上的一條裂縫裡。

最初裂縫內部非常狹窄，但沒走幾步就豁然開朗，但地勢十分陡峭，呈幾乎七十角朝向地下。

「這是什麼路啊！」裂縫的寬度僅夠迪克側身通過，他不滿地嘟囔著。

「這個坡似乎是在往地下走呀。」沙耶加艱難地扶著岩壁，一瘸一拐。

「對，我們正在朝地底走。」約翰回答了沙耶加。「不但如此，我們還在往回走，因為整個軍方真正的研究基地，在阿什利鎮的正下方。」

「阿什利鎮的正下方？可那裡不是……霍克斯他們住的地方嗎？」

「他們居住的只是鹽礦的淺表層，研究基地還在地下五十公尺的地方。那裡才是地下暗河真正的主河道，和鹽礦後面的湖泊相連。」

「所以，這個鹽礦其實是空心的？」

約翰點了點頭。

鑽出岩縫，我們看見一個黝黑的地下湖，直徑大約四十公尺，水位已經下降了許多，湖面一片死寂。

順著燈光，我看見河灘上放著幾套潛水服、氧氣瓶、水和食物。

「我的媽呀！有水了！」迪克已經餓得頭昏眼花了，他比中了樂透都激動。

約翰點燃了一隻行軍燃氣爐：「一會兒我們要從湖底的地下斷層遊過去，這是風險最小的一條路。」

我們把食物袋裡的壓縮餅乾和罐頭放進爐子裡煮熟，這幾天都沒吃過這麼香的東西，肉味一飄出來，連沙耶加都按捺不住了。

「我不餓，你們吃吧。」只有張朋擺了擺手，他似乎有心事。

「你們說……寫日記的那個Vincent Cheung，現在還在為軍方工作嗎？」我邊吃邊抬起頭問達爾文，我故意說得很大聲，實際上我只想試探一下張朋。「他現在會不會還在這裡？在這個礦洞地下？」

如果Dr. Vincent Cheung真的是張朋的爸爸，這應該是他最關心的問題。

「他死了。」黑暗中傳來約翰冷冰冰的聲音。

「死了？」我和達爾文面面相覷，我似乎感覺到張朋靠在岩石上輕微地抖了一下。

「什麼原因死的？因為遺傳病……還是被軍方害死的？」

「具體的原因我不清楚，但雅典娜自殺的時候，Vincent的身體狀況已經很差了，他幾乎無法再在這裡繼續研究。」

「所以，他退出了『拓荒者計畫』？」

「一旦捲入這個旋渦，有生之年都無法擺脫它的魔爪，他逃不了，阿什利鎮的人逃不了，你們和我也不行——也許死亡是唯一的方式。」

「既然擺脫不了，那你為什麼還要逃？」

「因為我也快死了。」約翰指了指自己的肚子。「這顆炸彈引起的輻射，已經快讓我的生命走到盡頭了——畢竟我們都不能像雅典娜的生命力這麼頑強。在最後的這段時間，我希望能再次以人的方式活著，而不是以這個樣子。」

一時間，我竟然無言以對。

「那雅典娜呢？也死了嗎？」我心裡還抱著一絲僥倖。「她痊癒能力那麼強，應該不會……」

「神的基因只是給了她智慧和長壽，並不是刀槍不入、永生不死。」約翰搖了搖頭。

「你恨這些人嗎？」冷不丁地，張朋問了一句。「你恨這些在你的胸膛裡裝進炸彈的人嗎？」

他的聲音冰冷得就像地下河的水一樣。

約翰愣了一下，他的眼神突然變得很複雜。

「時候不早了，我們走吧。」他沒有回答這個問題，而是走到河灘邊，把潛水裝備遞給我們。

潛水裝備除了每人一隻很小的氧氣瓶之外，還有一套有水下推進器。考慮到沙耶加的腳受傷了，我們把推進器讓給了她。

八爪魚人不需要任何裝備，他拿著一盞潛水燈說：「緊跟著我，氧氣瓶能堅持十分鐘，不要大口呼吸，不要上下浮潛，以免激起水底的泥沙，這在狹窄的洞穴裡是致命的。」說完，他扭頭跳進了水裡。

地下河的水冰冷刺骨，水質渾濁，能見度不高。我們一個跟一個地跳進了河道，周圍漆黑一片，唯一的光源是約翰手裡的那盞潛水燈。

和約翰所說一樣，地下河道不但十分狹窄，並且怪石嶙峋，我甚至不敢大幅度抬頭，害怕撞到洞穴上方成千上萬尖銳的鐘乳石。唯一能感覺到的是身邊的水流流向，偶爾在左，偶爾在右，我的大腦在極寒之下已經漸漸不會思考，有那麼一瞬間我似乎出現了幻覺，以為自己是史前時期一條逆流而上的魚。

洞穴從某個地方開始突然大幅度向下，越變越窄。這是我一生中過得最漫長的十分鐘，狹窄的空間讓我差點發狂，我咬著牙在渾濁的水流中控制著身體。直到我們遊出洞口，頭頂才出現了一絲幽暗的藍光。

約翰帶領我們上了岸，脫掉沾滿霧氣的潛水鏡，我看清這是一個無比巨大的天然溶洞。洞壁上是亂七八糟的管道，粗細不一，上面落滿灰塵，所有的管道都通向不遠處一道人工澆築的水泥牆內。在這面牆的另一側，有一扇金屬門，上面的感應燈在閃爍著藍色的光。

「我只能帶你們到這裡，再往前走，我身體裡的炸彈就會引發警報。」約翰說。

「我們要到哪裡找控制器？」我問。「要是碰到了敵人怎麼辦？」

「這個建築的所有軍事防備部署都在地面，地下非常寬鬆，一分鐘之後會午休換崗，中間有二十五分鐘空白，找到控制室，解除爆炸裝置，對你而言不難。」約翰沒有回答我，而是轉頭對達爾文說。

「你才給了我一個隨身碟，我至少需要一部手機。」

「別低估你自己。」約翰似笑非笑。「但我可以給你一個手錶。記住，只有二十五分鐘。」

「你有把握嗎?」迪克有點發慌。

「走吧。」達爾文說。

「等等。」約翰突然把身體一橫,擋住了迪克和他扶著的沙耶加。

「他們倆,要留下來。」

我的心一沉,約翰果然不是善茬兒,他要留下迪克和沙耶加做籌碼。

「不可能,你留下誰,我們都不會去!」達爾文怒道。

「你沒有跟我談條件的餘地,」約翰不疾不徐地說。「你們只能一起逃走,或者一起死在這裡。」

「還有一種方法——」達爾文突然從袖子裡掏出那把匕首頂住約翰的喉嚨!

「我們想辦法讓你開口,告訴我們出路。」

誰知道,約翰竟然連眼睛都沒眨,他帶著挑釁,竟然還把身子前傾了半步,匕首一下劃破了他的皮膚。

「你覺得我怕死嗎?」

他就像嘲笑一個不諳世事的小孩子。

「你!」

「你想害死你的同伴嗎?」約翰又問。「想一想,孩子,他們兩個進去只會拖累你,當你們解除裝置的時候,交易就成功了,我根本沒有任何理由傷害他們——我有什麼好處?我跟你們的目的是一樣的:自由。因此,我們的命是捆在一起的。」

達爾文的匕首，漸漸離開了約翰的脖子。

「你們已經用掉了兩分鐘。」約翰歎了口氣。「快去吧。」

第十五章　爆炸

「你們倆躲到那邊去，我沒招手不要過來。」達爾文低下腰走在前面，指了指不遠處廢棄的垃圾箱。

我抬頭看了看四周，沒有監視鏡頭，不遠處有一臺大型冷氣在呼呼地往外冒熱氣，頭頂上的金屬管道發出單調的轟鳴聲。這扇金屬門的唯一作用似乎只是為了管道檢修。除了星羅棋布的管道之外，溶洞裡唯一剩下的就是這個地下湖口，誰又會猜到湖底有一條連通外部的河道呢？

我用餘光打量了一下身邊的張朋，他沒有注意我，而是盯著遠處的門禁。他的眼神與其說是焦慮，倒不如說是興奮，我甚至能在裡面讀出一絲瘋狂。

對他的質疑如鯁在喉，被我硬生生忍住了。約翰給我們的時間只剩十五分鐘，如果這時候大家翻臉，出了什麼差錯，我們都得一起死。

至少現在我們的目標是一致的，出不去的話什麼都白搭。我蹲在垃圾桶後面胡思亂想著，遠處的達爾文突然向我們招了招手。

我很想紀錄達爾文是如何破解門禁的密碼，如何在幾分鐘之內帶著我和張朋穿過了門禁，但我確實什麼都沒看到。我的關注點一直在四周會不會突然冒出一隊拿著機關槍的巡邏兵，把我們放倒在地。

研究基地呈圓柱形，並不算大。比起電影裡的科幻迷離，更像一座老式的辦公大廈——天花板特別低，日光燈管發出低功率的白慘慘的光，天花板的邊角上偶爾還有黴斑，一看就是從二十世紀七、八〇年代到現在再也沒有重新裝修過。

我們所處的位置應該是最底層。約翰沒有騙我們，這裡空無一人，走廊裡甚至彌漫著一股消毒水和咖啡混合的怪味兒，聞起來有點噁心。

沒走多久，我們就看到一扇類似醫院的雙開金屬門，上面寫著「中央控制室」。

「這裡面應該就是……」

達爾文還沒說完，金屬門猛地一下被拉開了，一個身穿白大褂的人端著咖啡站在門口。

「你們……」

停頓了一秒。「白大褂」猛然反應過來，衝上前就去按牆上的警報器！

「別——」

忽然，某些熱乎乎的液體噴到我的臉上，我下意識地摸了摸臉，一手鮮紅。

「白大褂」看了看胸口，他的衣服上沒有太多血，刀尖從心臟的位置刺出來。他的眼神中帶著幾分困惑，可還沒反應過來就在我面前倒了下去。

張朋面無表情地站在他背後。

我腳一軟坐在地上，頓時一股血腥味湧進鼻腔，我忍不住乾嘔起來。

「張，張……你殺……人……」我已經不知道該怎麼說話了。

「不然我們都活不了。」張朋異常冷靜，他在我和達爾文驚詫的表情中，撿起「白大褂」的門卡刷開控制中心的大門，把「白大褂」的屍體往裡面拖。

「你他媽的到底要幹什麼!?你不可能是來找你爸爸的，都是胡說！」達爾文驚魂未定，盯著地上的死人。

「你應該感謝我，否則現在我們已經跟他一樣了。」張朋有些厭煩地用「白大褂」的衣服擦了擦手上的血漬。「你的朋友還在外面等著你，他們的命攥在你手裡。如果我是你，我不會再耽誤時間問無聊的問題。」

張朋說話的聲音十分緩慢，透露著陌生的威嚴和自信，在這一刻，我甚至覺得自己從來沒有認識過他。

他還是那個在操場上笑著向我招手的人嗎？

還是那個會跟我坐在路邊喝糖水，記得我最喜歡的漫畫的人嗎？

這太瘋狂了、太瘋狂了……我看著手上的血漬，這些紅色的液體，和張朋的笑容、和離開學校那一天的記憶交織在一起，變成一場恐怖的噩夢。

我們殺了人，殺了無辜的人，我們和那些軍人沒有兩樣。

「我們還有十分鐘。」是張朋的聲音。

我回過神來，才開始觀察這間中控室。這是一個扇形的房間，大門處於外圓弧的位置，內圓弧由三個控制臺組成，上面有一堆監視器和亂七八糟的按鈕，達爾文正爭分奪秒地在控制臺上搗鼓著什麼。

控制臺前方還有一大塊玻璃，後面有一個很大的蓄水池，此時裡面的水泵正發出巨大的抽水聲。

達爾文的手指在鍵盤上飛快地敲擊著，我看不懂這些代碼的意義是什麼，只有一些對話方塊不停地彈出來：

執行？

確定。

執行？

確定……

我緊握著約翰給我們的金屬隨身碟，微微發抖。

「請插入認證金鑰。」對話方塊彈出一行字，我下意識地要把隨身碟插進去。

達爾文一把抓住我的手：「妳能承受這個後果嗎？」

「什，什麼意思……」我聽到我的聲音在發顫。

經過礦洞漫長的黑暗，這是我第一次在清晰的燈光下看著他的眼睛。他和我一樣困惑，但更多的是絕望：「這個引爆器是一個連鎖裝置……換句話說，如果解除了約翰的，剩下的其他八爪魚人，也許是七個，也許更多，他們體內的炸彈同樣也失效了。」

「什，什麼？」

「這個隨身碟會讓他們同時得到自由——然後，就沒有任何東西可以控制他們了。無法被定位，無法被捕獲，他們可以變成不同人的外形隱匿在人群當中。他們有超凡的行動力和速度，還受過軍方專業的特種兵訓練，殺人不眨眼……我們甚至不知道他們能不能像雅典娜那樣……」

「雅典娜那樣？」我聽到我自己的心跳聲。

「像雅典娜那樣，繁殖。」達爾文艱難地吐出這個詞。

「可是，約翰只想不受控制地活著……是吧？像普通人一樣？」我的聲音十分無力，連我自己都不確定。

「如果這只是他擺脫控制的藉口呢？如果他撒謊呢？」達爾文搖晃著我的肩膀，聲音激動。「妳沒有見識過這些八爪魚人有多狡猾……他們被軍方控制了這麼多年，如果他們中的任何一個想復仇呢？妳想過嗎？哪怕是一個普通人，當他被別人控制逼迫著做了很多事情，他會怎麼樣？」

「會……會恨控制他的人。」

「人類尚且如此，何況是動物呢？這些八爪魚人，如果恨的人不只軍方，還有人類呢？如果他們破壞裝置的目的是可以肆無忌憚地向人類報復呢？這個結果妳能承受嗎？」

「我……」

我的手在劇烈地發抖，我不能承受……

就在這時，刺耳的警報聲劃破了寧靜的空氣，一瞬間，整個實驗室的警報器全部閃了起來。

「我們沒有選擇了！」達爾文一把把我手裡的隨身碟搶了過去，插進了主機槽口。

「快走！」

他拉著我，跑到出口，但大門緊閉，連「白大褂」的門卡也刷不開。達爾文罵了一聲，在門後尋找手動緊急開關。

驚慌失措中，我突然發現張朋不見了。

張朋從中控室裡消失了，只剩下右側的一扇玻璃門敞開著，我突然有一種很不好的預感。

牆上的警報器會不會是張朋啟動的？

「張朋！」

我對著玻璃門喊了兩聲，也許是警報器太刺耳，也許是我的聲音太小，裡面毫無反應。

「張朋！」我一邊叫，一邊踉踉蹌蹌地跑了進去。

門後面是一個和中控室同樣格局的扇形房間，首先映入我的眼簾的是金屬架上一排排的培養皿，裡面裝著各種器官——有類似地下居民的頭部和軀幹，有比加里還小的嬰兒屍體，還有包括八爪魚在內的各種變異動物……它們在警報器一閃一閃的紅光中顯得特別猙獰，我一陣反胃，差點把剛才在湖邊吃進去的罐頭吐出來。

再往前走，就是剛才透過中控室看到的那個大型蓄水池，此刻裡面的水正在翻滾著，形成了一個人工漩渦。

張朋正從水池旁邊一個冒著火花的保溫箱裡捧出一隻鋼化冷凍瓶，保溫箱上的玻璃全碎了，一看就是被張朋人為毀壞的，正因為這樣才驚動了警報設備。

「張朋！」

我儘量壓低著我的嗓音，一種極度不好的預感在我身體裡蔓延開來。

張朋沒有回答，而是舉起瓶子著迷地端詳著，裡面有無數顆像雨花石一樣還沒孵化的卵，透明的胎膜裡包裹著已經成形的小八爪魚。

我的直覺告訴我，這是雅典娜產的卵。

「你要……幹什麼？」我喉嚨越來越乾。

「它們是不是很美？」

「我們沒時間了，跟我走……」

「不，是妳跟我走。」

張朋看了看我，指了指牆上掛著的兩套潛水衣：「我們從蓄水池下面的排水口遊出去，抽水泵會把我們推到地表的湖泊裡。」

「什麼……什麼意思？兩套潛水衣不夠我們五個人啊！」

「是的，不夠，所以只有妳和我。」

我愣住了。

「那沙耶加怎麼辦？迪克和約翰怎麼辦？我們現在回去找約翰還來得及……」

「妳以為約翰真的想帶你們出去？他騙你們的，妳相信他就是死路一條——那個地下湖底，確實有一條逃生的洞口，但是整條通道只有三十公分寬，只有約翰那樣的生物才能鑽過去。」

我腳一軟，差點跌坐在地上：「你撒謊！」

「我沒有撒謊，我說過我不會害妳。」張朋從牆上取下潛水裝備扔在我腳邊。「快點穿，剛進阿什利鎮的時候，我就把這片的地下河都探過了，除了這裡，沒有別的出口。」

沒有別的出口，我機械地在心裡念了一遍。

「張朋，我不能跟你走，我要回去救我的朋友。」我轉身就要往回走。

「妳還不明白嗎？妳跟他們根本不是一類人！」張朋忽然吼了一聲。「你們根本無法成為朋友！」

「你什麼意思……」

「他們有任何一個人知道妳的過去嗎？知道妳的血統嗎？他們以為妳只是普通人，所以才會跟妳成為朋友！但妳是嗎？」

張朋的話像針一樣，戳進我的心臟。

他一語道破我最不想面對的事——從一開始，我只是以一個普通人的身分和達爾文他們成為朋友，儘管這中間有很多次機會坦白，可我絕口不提我的過去。

我開開心心地扮演著一個普通人，得到了和普通人一樣的真摯友誼。

可是從選擇打開爸爸的日記那一刻，我就已經不是普通人了。

從那一天開始，我已經選擇了另一條路，我要面對的是復仇，是不計代價地尋找真相。

尤其是達爾文。

我不敢說，我怕說出來會失去他。

這樣的我，配得到他們的友誼嗎？

「在知道妳的過去之後，還有普通人願意跟妳成為朋友嗎？願意跟妳活在危險之中嗎？只有我，我瞭解妳的過去、妳的家族和經歷，但我還把妳當朋友。」

「跟我走，我們是一類人。」張朋拉著我的手臂。「妳不是他們的汪旺旺，妳叫徒傲晴。」

這句話多麼耳熟，一瞬間我回到了一年前那個飄著雨的操場。

我差點忘了，我不只是那個叫汪旺旺的普通高中生，我還是背負著沉重命運的徒傲晴——張朋是唯一知道我的名字的人。

「傲雪淩風太瘦生，苦雨終風也解晴。傲對風霜雨雪，終會迎來晴天，妳爸希望妳成為一個堅強的人啊！」

我做到了嗎？我有沒有成為一個堅強勇敢的人？

爸爸，對不起，我知道讓我活下去是你的心願，但我不能自己逃跑，一個堅強勇敢的人是不會丟下自己的同伴的。

「我不走。」我甩開張朋的手臂。

張朋的眼底掠過一絲失望，但很快就恢復了平靜，就像是意料之中。

「這個世界很快就會開始洗牌了，他們最後都會死的，妳留在這裡改變不了任何事。」

他一邊說著，一邊晃了晃手裡的鋼化玻璃瓶。

「張朋，你不能……」我盯著瓶子裡還在緩緩移動的卵，突然意識到了什麼。「這些東西很危險……」

我一邊說著，一邊拉住張朋的胳膊企圖把玻璃瓶搶過來。然而他的力氣很大，一側身就掰開我的手，玻璃瓶在他手裡絲毫不動。

「它們比人心危險嗎？還是比人類邪惡？」

張朋扳過我的肩膀，我一下動彈不得，疼得直哆嗦。他沒有用全力，否則我的整個肩胛骨都能被掰碎。

「它們即使是怪物，也是人類製造出來的怪物。」

怪物……這個字眼多麼熟悉。

四十三曾經也說過，他是被戰爭創造出來的怪物——他不會死，他會伴隨著人類的欲望直到世界盡頭。

「這是少部分人的過錯，而不是全人類的！」我忍著疼拚命掙扎。「如果你把它們帶出去，就是要無辜的人為這個過錯負責！」

「幾千萬年以來人類一直高高在上，因為比別的動物聰明，就有權力隨意奴役，乃至毀滅任何一個物種——為了魚翅屠殺鯊魚；把海豚關進遊樂園表演；豬和牛被關進不到一平方公尺的籠子，用激素催肥再宰殺……妳還敢說大部分人是無辜的嗎？事實上，每個人都該為之前犯下的罪惡付出代價了。」張朋搖了搖玻璃瓶，笑得有些猙獰。「從今往後，這個世界該洗牌了，食物鏈頂端的是它們。」

「張朋，」我忍著肩膀的疼痛，鼓足勇氣說。「你還記得你是來找爸爸的嗎？Vincent Cheung 就是你爸爸，對不對？」

張朋的眼神變得非常複雜，悲戚、憤怒，但轉瞬即逝，取而代之的是墜入冰窟的冷漠。我感到肩膀上的力道頓時又大了幾分，我知道我賭對了。

「雅典娜是你爸爸的心血，但他的初衷只是救人，而不是害人……他沒想過要用他的研究去摧毀這個世界……他不會希望你這麼做的……」

「他也從來沒想過要殺了雅典娜，可她還是死了，不是嗎？那麼問題來了，是誰殺了她？」

我啞口無言。

「是人類，他們在這場實驗中扮演了神的角色。他們給了她智慧，教會她文字和情感，給她過生日，把她作為人類一樣撫養，卻從沒給過她人類的權利！你們剝奪了她的一切。如果妳是雅典娜，妳還會勸我不要帶走她的孩子，把他們繼續留在這裡重複自己悲慘的一生嗎？如果妳是她，還會和現在一樣正義凜然嗎？」

「但我不是雅典娜！」我吼道。「我是人！我是你的朋友！我以為我們是朋友！」

張朋的眼神突然溫柔下來，他有些憐憫地看著我。

「妳和她一樣，都只是犧牲品而已。」

「你說什麼……」

「小心！」

話音未落，我突然被張朋一把推開，耳邊瞬間擦過一股熱流，我還沒有反應過來那是什麼，就撞向旁邊的櫃子，跌在地上。

張朋的胸口，出現了一個直徑將近五公分的窟窿，洞穿心臟。一名拿著雷明登霰彈槍的特務走了進來。

張朋在千鈞一髮之際，替我擋下了本該射中我的那一槍。

「張朋……不要……不要！」我慌亂地向他的方向抓去，就像一個溺水的人拚命地想抓住身邊的稻草，可是碰到的只有冰冷的金屬架。

「乒！」

張朋胸口的血肉全部綻裂開來，他無聲地看了我一眼，向後倒去。

我想吼，想哭，可是喉嚨和膝蓋像是被堵住了一樣，愣是眼睜睜地看著張朋掉進了蓄水池的漩渦裡。只一瞬間，血在漩渦中央化了開來，整個水池一片腥紅，張朋的屍體瞬間被捲入池底的渦輪機中。

「不——」我終於聽到自己悲愴嘶啞的聲音。

「慢慢站起來，雙手放在頭上。」那名特務把槍口轉向我，命令道。

我呆滯地坐在池邊的瓷磚上，我已經沒力氣了，閉上眼睛，兩行眼淚順著臉頰流下來。

為什麼救我？為什麼要替我去死？

我更希望張朋拿我去當成肉盾擋槍，這樣我們就再也不是朋友了，至少我能恨他。

可現在這樣算什麼？我連恨的機會都沒有了。

為什麼？為什麼我身邊的每一個人，都因為我而受傷或喪命？

「把手放在頭上！」對方看我沒有動作，大聲重複了一遍。

一槍打死我吧，我受夠了。我心裡想著。

特務慢慢地靠近我，他朝蓄水池裡看去，半晌，他按下胸口的無線對講機：「目標確定死亡。」

我知道張朋心臟被洞穿，已經不可能活著了，但從別人嘴裡聽到，我還是情不自禁地抖了一下。

這個動作在那個特務的眼裡，純粹只是因為我嚇傻了。

「站起來，背對我。」

我機械地轉過身，繼而聽到背後槍上膛的聲音。我猜他接收到的指令是不留活口——否則他剛才也不會在沒有警告的情況下直接開槍。

無所謂了，給我一個痛快。我心想。

閉上眼睛，這一刻我內心莫名的平靜，甚至毫無波瀾，恐懼似乎在到達某個極限之後凝固住了。

「轟——」

背後傳來槍聲和落水聲，一隻手拉住了我的胳膊：「快走！」

是達爾文，我轉頭看到水裡的特務還在掙扎。

他拉著我跌跌撞撞地往外跑，我的頭和手臂磕到冰冷的金屬架上，一陣鈍痛傳來，腦袋也開始發麻。

「這邊！」達爾文喘息著，他拉著我的手已經浸出了汗。

我們用盡全力穿過來時的走廊，我已經分辨不出身在何方，直到達爾文用肩膀撞開連通地下暗河的金屬門。

借著頭頂管道上的警報燈，我看到約翰站在水潭裡，他一隻手握著匕首架在迪克的脖子上，水已經淹沒了他們的腰部。沙耶加倒在岸邊，一臉淚痕。

迪克抬起頭看了我一眼，隨即看向我的身後。

他的眼神先是震驚，卻又立刻像早已預料到某些事情似的，失望又疲倦。

我背後響起一個熟悉的聲音。

「舉起手。」

與此同時，一個冷冰冰的東西頂住了我的腰。

迪克艱澀地張開口，吐出一個字：「爸——」

不知道是誰伸出手，把我朝沙耶加的方向推了一下。我順勢轉過身，看到了身後的愛德華和十幾個舉著槍的特務。

我和達爾文被勒令蹲下，跟沙耶加一起戴上了手銬。

愛德華的臉色並不好，一縷頭髮被汗粘在臉上。他沒有穿軍裝，領帶有點歪，也許是這兒的空氣讓他感覺窒息。

除了一模一樣的臉之外，我已經無法把他和上次見面時那個風趣健談的叔叔畫上等號了。氣氛就這麼僵持著，我們都等著他開口——我以為他會問，為什麼是你們、你們怎麼會在這裡、為什麼犯傻之類的問題。可他只是冷漠地掃了我們一眼就收回了目光，那眼神就像看待沒有生命的洗衣機一樣冰冷。

相比之下，迪克的情緒激動得多，我甚至能聽到他微微的喘息聲。他的雙頰微紅，似乎已經忘了抵在脖子上的匕首。他就這麼盯著愛德華，眼淚在眼眶裡打轉，似乎一眨眼就能流出來。

愛德華沒有看迪克，他側了側頭，冷冷地對約翰說：「你不該讓我告訴你這件事該怎麼辦。」

約翰看了看愛德華，出乎意料地，他很聽話地把匕首放下了——約翰似乎不是真心想傷害迪克。

「引爆裝置已經失效了。」他後退了一步，像是對愛德華說的，也像是對自己說的。

愛德華沒說話，氣氛就這樣有些尷尬地僵持著。

「長官，讓我走吧。」約翰突然說。

他的語氣並非盛氣淩人，更多的是懇求，一個下屬徵詢上級的意見。

我有些疑惑，約翰現在半身已經在水裡，以他的位置和速度，能夠在目前的狀況下輕鬆遁水逃走，畢竟我們在進來的時候，他都不需要使用任何潛水裝備。

這個問題聽起來是多餘的，他根本無須讓任何人同意，但他耐心地等待著對方的回答，就像這個答案對他來說是某種莊重的儀式。

「你知道你在幹什麼，約翰。」愛德華的聲音沒有任何情緒。

「約翰、約翰……這個名字很久都沒有人叫過了。而今天，似乎每個人都記起了這個名字。」意料之外，約翰竟然笑了，他盯著愛德華。「讓我走吧，愛德華。我們曾經在越南並肩作戰，可你現在已經是少將了，中將也指日可待……」

「夠了。」

「看在我效忠這個國家三十年的分上。」

「這也是你的國家。」

「這已經不是我的國家了，我已經不認識它了，我已經不知道我在為什麼而奮鬥……」約翰垂下頭說。「我們曾經都有同一個信仰，但你成了英雄，我卻滿手血腥。愛德華，我忘記我自己是誰了。」

愛德華沒說話。

「我懇求你，哪怕看在你兒子的分上……」約翰忽然把迪克往前推了一把。「我看著他出生，想想他的未來……」

我並不明白約翰想說什麼，但愛德華的眼神突然變了。

「你自由了。」他打斷約翰。

我一臉難以置信地看著愛德華，我沒想到，他竟然會放走約翰！和我同樣表情的還有約翰本人，他也許根本沒想到愛德華會這麼輕易鬆口。

愛德華讓周圍的所有特務都放下槍。

「迪克，到岸上來。」

迪克還處在震驚中，他機械地邁開腳步往岸上走。

「遠離他，別讓我說第二遍。」愛德華說完，不再看約翰。

「遵命。」約翰無法掩飾他的狂喜，向水裡退去。

「再見了，愛德華。」

「再見了，約翰。」

愛德華把頭歪向一邊。

就在迪克的腳踏上岸的那一秒，忽然一聲沉悶的爆炸聲從水裡傳出來。

「轟——」

平靜的水面起了浪，潮水猛地上漲，把迪克絆得一個踉蹌滾到了地上。我下意識地和沙耶加縮成一團，頭頂的管道都響起了共振的嗡鳴聲。

水面湧起腥紅色的血花，約翰瞬間被炸成了碎片。

那顆本來應該被破壞掉的小型炸彈爆炸了。

第十六章　食罪人

沙耶加已經嚇得不會說話了，她的身體抖得像篩糠一樣。

「這不可能。」達爾文驚恐地看著湖面，自言自語道。「炸彈系統明明已經失效了，我已經把病毒植入控制器了……」

「會不會是引爆系統不止一個？」我從震驚中回過神來。

「不可能，一定有哪一環節錯了。」達爾文搖著頭。

愛德華並沒有對爆炸表現出絲毫驚訝，他有些疲倦地揉了揉額頭，向身邊一個特務說：「去通知地面，用最快的速度，用通訊室那部紅色電話，告訴他們『拓荒者計畫』失控了。」

「長官，您，您是指啟動緊急預案……」

那名特務猶豫著還沒問完，就被愛德華粗魯地打斷了，他似乎把集中的怒氣一瞬間全發洩了出來，就像一隻被驚擾的野獸——

「你沒有聽懂嗎!?計畫失控了，所有基地成員都要迅速撤離!這是命令!」

那名特務抿著嘴，向後退了幾步，轉身離去。

另外兩名特務迅速給迪克戴上手銬，他仍然沒從震驚中緩過來，呆呆地看著約翰消失的方向。

「這些，都是你幹的嗎？」

我看不見迪克的臉，但我們都知道他在問誰。

沒人回答。

「我問你，這是你幹的嗎？你殺了他嗎？」迪克看著他的爸爸，聲音在發抖。

「約翰和你想像的不一樣，迪克。」愛德華已經完全冷靜下來。

「但他剛才並沒有想要傷害誰！你殺了一個手無寸鐵的人！爸爸！」迪克的眼淚洶湧而出。「你還是我的爸爸嗎？我從小最崇拜的英雄……即使是美國隊長，也不會殺死一個手無寸鐵的人……」

「約翰並不是普通人，而是一名訓練有素的特務。」

「普通人？難道你沒有殺害過普通人嗎？那些住在阿什利鎮上的人，他們難道不是普通人嗎？那些從地底逃出來的人，難道也不是普通人嗎？M是對的……她怕你，因為她認出了你。她問過你是不是殺死過無辜的人……我不想相信，即使在賢者之石看到你簽名的醫療檔案時我也不願意相信。我一直祈禱著不是你，我爸爸不會做這樣的事，你是我的英雄……怎麼能這麼做？你怎麼能這麼做！」

迪克已經泣不成聲，我的心裡一陣酸楚。

「我沒有殺死約翰，每顆炸彈都有雙重引爆機制，」過了好一會兒，愛德華歎了口氣。「一旦中控室的引爆裝置失效，十分鐘之後炸彈就會自動爆炸——不但是約翰身體裡的，其他人也會一起跟著爆炸。這個引爆機制就是用來防止今天這種情況的，這是我們和中情局最初達成的協議——寧願犧牲所有變種人，也不會讓他們脫離國家的控制。就在剛才那一瞬間，我們已經一併損失了另外幾名最優秀的特務，他們正在執行的任務都和這個國家的未來息息相關。所以，這個計畫已經完蛋了。」

我和達爾文面面相覷，約翰至死都不知道，在他身體裡的是一顆無論如何都會爆炸的炸彈。

「都帶走。」愛德華抬起一隻手，示意旁邊的特務把我們帶回基地。

「你要把我們帶到哪裡？啊？」迪克掙扎著想往前衝。「你還沒回答我，是不是你把M帶走的!?」

「我不知道你在說什麼，」愛德華有一絲不耐煩。「你不會再回喬治亞，你已經十八歲，可以服兵役了。」

「參軍？」迪克似乎突然意識到什麼。「因為我知道了你們的祕密，所以你也要讓我成為祕密的一部分？」

「我在保護你。」

就在這時，一個特務拽了沙耶加一把，她一個踉蹌摔在地上。

「放開她！」迪克吼道。「你要把他們帶去哪裡？」

沉默了幾秒，愛德華冷冷地說：「他們知道了不該知道的事。」

「什麼意思？你要幹什麼？」迪克的臉一下變得慘白，他拚命搖著頭。「不會，你不會這麼做，你不會……我也知道了不該知道的事，我也知道你們在這裡做的這些齷齪的勾當，拿無辜的人做實驗……」
「你給我閉嘴！」愛德華終於發怒了。
「爸！」迪克幾乎是在懇求了。「不要傷害他們……他們是我朋友啊！」
「你會有新的朋友。」愛德華邊說邊打了個手勢。那個特務從地上拎起沙耶加，她扭傷的腳撞到石筍上，發出了一聲痛苦的呻吟。
「你他媽不要碰她——」
話音未落，迪克突然消失了！不到半秒的時間，他就出現在那個特務的身邊。他用肩膀撞飛了特務手裡的槍——對方應聲而倒，迪克也跌坐在旁邊的河灘上。
白色的藥瓶從迪克口袋裡滾出來，僅剩的膠囊撒得滿地都是。
一時間，所有特務的目光都集中在地上的膠囊上。愛德華的臉色瞬間就變了。
一個看起來和愛德華年齡相仿的黑西裝男人，撿起了其中一顆聞了聞，迅速地跟胸口的對講機說了幾句話。
然後他轉過頭，盯著愛德華：「他的藥物沒有被登記過，而且已經出現二期反應，服藥至少三年以上。」
迪克的藥物沒有被登記過，這是什麼意思？我抬頭看見達爾文焦慮地看著愛德華，突然反應過來，難道說，迪克的藥是愛德華背著軍方偷著給他吃的!?
「少將，我希望你對此解釋一下——你的兒子恰巧出現在這裡，他又恰巧是MK-58的服用者。」

「我會解釋，但不是和你，我不需要你去報告上級。」

「職責所在。」「黑西裝」回答愛德華的時候，眼神裡充滿了警惕，他扣著迪克背後的手銬，把他往自己跟前擋了擋。

愛德華和「黑西裝」就這樣僵持了幾秒。

「史蒂夫，你是要違抗命令嗎？」愛德華率先向這個叫作史蒂夫的黑西裝特務施壓。

「你我都明白，我們任何一個人都承擔不了這個後果。」史蒂夫押著迪克，不為所動。

他一邊回答，一邊按下領帶下方的無線對講機：「這裡是史蒂夫，發現入侵者當中有一名已經出現MK-58第二期反應，請求最新指示。」

我的心提到了嗓子眼，史蒂夫戴著耳機，我們並不能聽到對方在裡面給他傳遞著什麼樣的指令，只看到史蒂夫抬起頭意味深長地看了愛德華一眼。

「你沒必要這麼做，」愛德華壓低了聲音說。「我們應該先上去。」

史蒂夫並沒有回答愛德華，他用槍托頂了頂迪克，讓他往前走。

我們被押著回到了剛逃出來的實驗基地，穿過白慘慘的走廊和中央控制室，我看到一些特務和研究員正在清理現場，他們雖然訓練有素，卻仍壓抑不住一絲好奇，抬起頭看著我們。也許是好奇這幾個長得像高中生的毛頭小子究竟是怎麼找到阿什利鎮，而且順利穿過礦洞到達這裡，甚至毀壞了引爆裝置的。

「張朋呢？」沙耶加小聲問。

我朝蓄水池瞥了一眼，渦輪增壓機還在拚命攪動，有人正在打撈一片被攪碎的布料——那是張朋的衣服。

我閉上眼忍住眼淚，暫且不說張朋的槍傷，任何活物被絞進水底的增壓機裡，都不可能活下來。

「他死了。」

「怎麼會……」沙耶加倒吸了一口氣。

另一邊，幾個穿著防護服的人正在把一大袋白色粉末倒進蓄水池的水泵中，袋子上印著KCN和危險化學物質的標誌。

「那是什麼？」

「氰化鉀！」達爾文低呼道。「他們要毀了這裡！」

我的心一沉。

「水泵會把氰化鉀泵到地表湖，湖裡跟地下河裡的所有生物都會死光！」

「是因為雅典娜……」我想起當時和張朋一起掉下去的八爪魚卵，難道他們要用這個辦法把包括魚卵在內的所有生物趕盡殺絕!?

「不要交談！」押解我的特務用槍托猛地敲了一下我的肩胛骨，我發出一聲哀叫。

「加里——加里！」我幾乎立刻就想到加里。他們連湖裡的生物都不放過，何況是阿什利鎮失敗的試驗品。

我想我終於明白愛德華的意思了。

他說計畫失控了，他要所有的人都撤離，他要啟動緊急預案……

「你，你們是不是要摧毀這裡？」我一邊掙扎一邊大叫。「你們要殺光所有生物，還有那些地底居民！計畫失控了，你們要把一切都抹去！對不對？唔……」

我還沒說完，就被後面的槍托又打了一下，這次是後腦，我差點沒痛暈過去。

「是誰給你的權力，讓你去殺害那些手無寸鐵的人！無辜的人！」迪克朝愛德華吼。「這是犯罪！你沒有這個權力！」

「聽過食罪人嗎？」

愛德華突然停下腳步，我看不清他的表情，但他聲音平靜：「為了讓死去的人能夠聖潔地上天堂，洗去他所沒有懺悔過的罪，食罪人會替他吃掉所有的罪孽，讓這些罪轉到自己身上。有時候，我們必須把道德感埋在心裡，才能保證最初的理想和動機不被汙染。這個國家需要高尚的英雄，也需要在陰影裡的食罪人。」

「你只是在為你犯下的罪開脫，爸爸。」迪克盯著愛德華的背影。「你還記得嗎，十一年級的時候，我在學校外面為了救一個被混混兒勒索的同學，被一槍打穿了屁股，在醫院躺了一個月……他們都說我是傻瓜，連媽媽都說我是傻瓜，每個人都笑話我，只有你說我不是，你說要成為英雄，就要學會做一個『異類』。這個道理我記在心裡，現在我還給你，爸爸。美國隊長或許是英雄，但平凡人也能成為英雄，一個人冒著和群體規範背道而馳的危險，還能為了心中的道德和正義站出來，站到惡勢力對立面去，他就是英雄！即使他一無所有！」

我看到愛德華的身體輕微地抖了抖。他沒有再說話，而是向前走去。

我們來到了一部電梯前面，那個叫史蒂夫的「黑西裝」突然不走了。

「計畫有變，愛德華，」他開口說。「你的許可權更改了。」

愛德華轉過身，深深地看了史蒂夫一眼。

「你應該收到指令了，」史蒂夫按著耳朵裡的無線對講機。「他們幾個現在由我負責。你可以現在坐電梯到地面，但他們留在這兒，我們會移交給別的部門。」

「移交給別的部門？」愛德華揚了揚嘴角，諷刺地說。「這裡就是底層，還有什麼部門？」

史蒂夫和另外幾個「黑西裝」舉起槍對準愛德華：「這是上級的指令。」

「我以為我兒子能跟我一起走。」

「我很抱歉，但他跟我們最初想像的不一樣。」

「他雖然吃過藥，但不代表他不是普通人。」

「你可以到地面之後當面跟部長解釋。」史蒂夫側了側頭。「但別在這裡，別讓我們難做。」

「當然。」

「很好，現在，進去電梯。」

愛德華沒有吭聲，慢慢走進電梯。

電梯門在我們面前緩緩關閉，達爾文和迪克互相看了一眼，但手被手銬銬著，一絲逃脫的機會都沒有。這裡是個死角，即使迪克隱身也沒辦法逃出去。

「好了，現在只剩下我們了。」史蒂夫說。

他讓我們站成一排面對電梯門，我聽到身後的上膛聲。

我們都不能活著走出去了。

「嘿。」是達爾文的聲音，我抬頭看著他。

「對不起，沒把妳帶出去。」他的鼻音很嚴重。

我的記憶中他沒哭過，或許在上一次談到吉米時，他的眼裡含著淚光。除此之外，達爾文不是一個喜歡哭的人，哪怕在迷失之海險些出不去的時候，哪怕是被多多抽打的時候。

可這一刻，他的眼淚順著臉頰流下來，不是因為恐懼，他的眼睛裡充滿歉意。

我搖了搖頭看著他。

「汪桑。」沙耶加忽然輕輕貼了過來，我們的手被綁著，但我能感覺到她肩膀的溫暖。

「不知道為什麼，和妳在一起，我不害怕了。」她輕聲說。

「我也不害怕了。」

「下輩子還要做好朋友。」

我感到槍口頂住了我的後腦。

就在這時，面前的電梯門突然打開。

是愛德華！

他迅速朝我們身後開了兩槍，我感覺到某些液體濺到我的後脖子上，還是溫熱的。

「快進來！」他一邊吼著，一邊擊退周圍的特務，槍聲震動著我的耳膜，頓時只聽見嗡嗡聲。

我們幾個拔腿往電梯裡跑，愛德華示意我們躲在電梯的一側做掩護，他靠在門邊和外面的人交火。我看到無數火星在金屬門上迸射出來，愛德華一邊舉槍還擊，一邊把一張ＩＤ卡扔到我腳下。

「按Ｆ１！」他向我吼道。「關門！」

我撿起ＩＤ卡放在感應器上，也許是外面的人已經拉警報了，我使勁按Ｆ１，但一點反應也沒有。

我的手指在鍵盤上拚命戳著，Ｆ１、Ｆ２、Ｆ３……只有Ｆ２亮了起來。

電梯裡響起了一個悠揚的機械女聲：「愛德華少將，請問是否前往Ｆ２實驗區域，確認請說『Ｆ２』。」

「Ｆ２！可以去Ｆ２！」我大叫。

可是電梯一點反應也沒有，那個機械女聲又重複了一句：「語音辨識失敗。愛德華少將，請問是否前往Ｆ２實驗區域，確認請說『Ｆ２』。」

這部電梯是聲控的，必須愛德華的聲音才行，我說根本沒用！

「關門！」愛德華大聲說，電梯門慢吞吞地在槍林彈雨中閉合。

眼看電梯門就要關上了，愛德華忽然衝了出去！

「爸！」迪克大叫著也要往外衝，被沙耶加和達爾文一把拉住。

「爸！快回來！」

愛德華並沒有理會迪克，他側身一槍打中了電梯外面的按鍵，頓時火花四濺，這一槍讓外面的人都沒機會再按電梯了。而他的這個舉動，剛好給了其他特務一絲喘息，瞬間愛德華的腿上和肩膀上挨了兩槍，他一個踉蹌跌倒在電梯門外。

「爸！放開我，我要我爸！」迪克一邊掙扎一邊大哭。「要走一起走！」

「我是軍人，我不能因為叛國罪而死。」愛德華還在還擊，我聽到他虛弱的聲音。

「離開這兒，這裡快爆炸了。」

「爸！嗚嗚——」

「嘿，上校。」我只能看到愛德華的小半個背部，他似乎又中了一槍，他乾澀地笑了一聲，聲音變得溫柔，就像我第一次見到他時一樣。

「孩子，你知道嗎，或許你是對的。」

「爸……不……」

「我為你感到驕傲。」

在電梯門合上的最後一秒，我聽到愛德華大聲喊道：「F２！」

那是他在生命的最後一刻，用盡全力的呼喊。

「聲音已確認，電梯將抵達F２。」柔美的機械女聲響起，電梯門在關上的那一刻，我看到愛德華倒了下去。

「爸！」

電梯在迪克的哭號中緩緩上升。

愛德華

愛德華靠著電梯門慢慢地坐下來，他感覺到背上濕乎乎的液體粘在門上，逐漸變得冰冷。看了看倒在不遠處的史蒂夫和另外兩個特務，在確定他們已經沒有還擊能力之後，他舉著槍的胳膊才垂了下來。

他剛剛殺死了他的同事，他知道很快將有下一批人趕來。

愛德華顫抖地吸了一口氣，他是個硬漢，這種程度的疼痛對他而言還在忍受範圍之內。他稍微檢查了一下身上的中槍處——一處在肩胛骨，一處在大腿，這兩處都不是致命傷，關鍵的一槍來自他的右下肋骨，打中了動脈。如果不及時搶救，血液會隨著血管破裂而滲滿整個肺部，最後他將窒息而死。但他知道還沒有那麼快，死神還會為他留下一些懺悔的時間。

該懺悔什麼好呢？

如果真有上帝，他會接受食罪人的懺悔嗎？想到這裡，愛德華自嘲地笑了笑。

身為軍人，他在很早的時候就對死亡有了覺悟，他曾經無數次幻想過在臨死前的一刻自己會記掛些什麼、眷戀些什麼。他以為他會想到自己的兒子、他的妻子和母親，但這一刻真正來臨的時候，他想到的是另一個人。

血就像沒擰緊的水龍頭一樣，從肋骨上的槍眼向外汩汩冒著，染紅了愛德華胸口的那枚銅質的獅子勳章。

飛行優異十字勳章，於一九六二年七月二日正式設立，授予在戰爭中參加空中任務時成績卓著的軍人。愛德華在戰爭結束後獲得了這枚勳章，和他同時獲得的，還有約翰。

他們從同一所空軍學校畢業，作為最優秀的飛行員被派往越南戰場，並肩執行了不下百次的合作任務。儘管約翰只是個普通木匠的兒子，卻仍和出身軍人世家的愛德華成了合作無間的戰友和最親密的夥伴。他們一起喝酒、打獵、抽雪茄、談論心儀的女孩兒，軍中沒有人比他倆更有默契了。

直到那一天，一切都變了。

由於越南政府對美國提出的和談沒有任何回應，時任總統決定對越方進行為期兩天的轟炸，當時美軍駐越基地的飛機幾乎傾巢出動。

選擇轟炸是有原因的，距離戰場中心越近的人，對敵人越容易產生同情心理。戰爭陷入膠著以來，陸軍已經產生了厭戰情緒，越來越不願意傷害平民，而陸地之上幾千公尺高空的飛行員則更容易服從命令。當然，他們都比不過數萬公里之外坐在五角大樓的那些高層和政要。死去的人對他們而言只是一些上升的數位，這些數位落在紅色和藍色的表格裡，成為沒有意義的符號，沒有人會對這些數字有多餘的感情。他們隨時都會毫不猶豫地按下那個紅色的按鈕，當機立斷地發布圍剿的命令。

約翰和愛德華接到的是一個簡單的後勤飛行任務，他們只需要飛到越方基地外緣五十公里，扔下炸彈就可以返航，畢竟越方早在半年前就已毫無還手之力。

在飛向藍天之際，這兩個年輕人都不知道命運之神在前方為他們安排了什麼樣的苦難。

「你聽說了嗎?·戰爭馬上要結束了，最多個月。」約翰坐在自己的 F-4A 戰鬥機裡，通過對講機對愛德華說。

「我看了報紙，國內示威的大學生們聚集華盛頓，他們把反戰的標誌噴在白宮外面。」F-105 的發動機傳來巨大的轟鳴聲，愛德華調整著自己的耳罩。「那些人裡還有我們以前的同學，他們似乎對我們有些微詞……」

「什麼微詞?」

「他們說我們不是戰爭英雄，是殺人犯和劊子手。」愛德華歎了一口氣，拉動操縱杆，把飛機拔高了三百英尺。

這是他們倆自飛行任務以來的標準搭配，愛德華駕駛的 F-105 轟炸機負責炸彈投放作業，而約翰則駕駛戰鬥機為其護航。

「我才不在乎別人怎麼說。我討厭那幫唯恐天下不亂的嬉皮士，要是沒了毒品和酒精，他們就是一些隻會蹲在牆角自怨自艾的可憐蟲而已。我他媽的已經厭倦了，戰爭一結束我就回家。」

「回喬治亞?」

「對，麗莎會在那兒等我，她答應我的求婚了。」對講機裡傳來約翰有些激動的聲音，他的戰鬥機緊跟在愛德華之後。「我昨天收到了她的信。」

「兄弟，恭喜你。」

「我本來想這次任務之後再告訴你，但我忍不住了，我知道你是會真心為我高興的人。」約翰難掩自己的喜悅。「我打算回去就退役，我會去梅西百貨訂我們的戒指——雖然我知道麗莎不在乎這些，但她配得上最好的。然後我們會去佛羅里達度蜜月，在海邊晒到皮膚變紅為止。我算了算我的退役金，夠我們在橡樹鎮買個房子，我想把它的外牆刷成藍色的，麗莎最喜歡藍色……夥計，你會來做我們的證婚人嗎？」

「除非你給我準備足夠的伏特加和朗姆酒，否則我怕我會因為嫉妒在婚禮現場打暈你。」

「放心，一定夠你醉上一個月。」約翰笑道。「你呢，戰爭結束之後有什麼打算？」

愛德華一時間沒說話，他從沒想過這個問題。他的祖父和父親都是軍人，他也一直把軍人當成自己的職業，服從命令是軍人的本職，可如果沒有戰爭，他也將不再被需要。

「看情況吧，國家安排我去哪兒我就去……」

愛德華話音未落，他的身後忽然爆發生一聲震耳欲聾的巨響。飛機迅速下墜，氣流的顛簸搖晃著愛德華的身體向前撞去。

愛德華從短暫的震驚中回過神來，急忙拉動操縱杆，轟炸機歪斜著向上拔高了一些。飛機左側冒出了一陣濃煙，左機翼底部被炸出了一個窟窿。

在他們身後出現了越南軍方米格-17戰鬥機的身影。

他們中了埋伏。

「你沒事吧!?」對講機裡傳來約翰著急的聲音。

「我還好，一側渦輪發動機風扇受損，火控系統部分失靈。」

「扔掉炸彈，降至兩萬五千英尺，我掩護你！」

愛德華拉下操縱杆，切進一個大角度俯衝。約翰的F-4A迅速爬升過轟炸機，一路開火和越方的戰鬥機周旋在一起。

對方有五架米格戰鬥機。別說打贏了，連逃跑的可能性都幾乎為零。愛德華心裡暗叫不妙，按下對講機呼叫總部。

沒有回應。

遠端通訊系統也一併失靈了，除了近距離的戰鬥機之外，愛德華根本聯絡不到總部。

「兄弟，你怎麼樣?快點呼叫總部請求支援！」愛德華切換訊號臺，朝約翰喊道。

「來不及了，我們現在距離基地超過四百英里……」約翰在對講機裡喘著粗氣。

「我引開他們，你迅速返航！」

愛德華的心猛地一沉，他知道約翰這句話是什麼意思。

這是空軍戰鬥演習的重要一環，F-105轟炸機沒有安裝對空機槍，根本不能進行空戰。約翰駕駛的戰鬥機不但要負責掩護轟炸機，還需要在必要的時候以犧牲自己為代價換得轟炸機順利返航。這是每一個飛行小組心照不宣的戰略方針。

「你……現在還掛有多少彈藥？」愛德華的聲音如鯁在喉。

「『響尾蛇』兩枚，『麻雀』四枚，一門機砲。」

愛德華雙手使勁抓住操控手柄，他心裡比誰都清楚。「響尾蛇」和「麻雀」導彈只能對付那些沒有機動能力的大型轟炸機，根本對付不了靈活的米格戰鬥機。換句話說，約翰唯一有效的武器僅僅是一門機砲而已。

他必死無疑。

「我還有油，你快走，我來跟他們周旋。」愛德華艱難地說。

「你他媽的不相信我的技術嗎!?我讓你返航！這是命令！」約翰的聲音沒有一絲感情，他正在槍林彈雨中和敵機搏擊，用僅有的一門機砲準確地命中其中一架敵機。

「我不走……」

「立刻返航，聽我的！我會擊落它們的。」約翰的聲音再次從對講機傳來，不容置疑地打斷愛德華。

「麗莎……麗莎在等你啊！」愛德華已經不知道該說什麼了。

「你再不走我們就只能同歸於盡了！」約翰吼道。「走啊！」

愛德華一咬牙，轉動操縱杆，轟炸機一個急轉彎往回飛去。

「兄弟，告訴麗莎我愛她……」

愛德華說不出話，腦子嗡嗡作響，眼淚無聲地流下來。

三天之後，愛德華在戰臨時醫院找到了約翰。

他很勇敢，擊落了其中兩架米格－17，在他把第三架的機翼打斷的時候用光了砲彈。幾分鐘之後，他的戰鬥機被地面導彈擊中了油箱和左側引擎罩，飛機掉進了叢林裡。憑著頑強的意志，約翰在飛機爆炸前從駕駛艙爬了出來。他保住了一條命，可腹部仍被流彈炸傷，幾塊彈片射穿了腎部，醫生說以當地的醫療技術無法把彈片取出。

約翰在注射了大量的抗生素和嗎啡後才止住疼痛，因為藥物的副作用，他每隔幾分鐘就忍不住要吐一次，一吐腹部就開始滲血，護士開始幫他換了兩次繃帶，之後就不再搭理。戰地臨時醫院的傷患實在太多了，無論是誰見慣了死亡，都會逐漸變得麻木。

「幫我照顧麗莎……」

清醒的時候，約翰拽著病床旁的金屬護欄，勉強支撐身體，握著他最好兄弟的手說。

「我不會幫你照顧她，」愛德華緊緊攥著約翰的手，好像不那麼用力，他就會消失一樣。「你自己照顧她，你一定可以回到麗莎身邊，你一定會好起來的。」

「我一定會好起來的。」約翰重複著這句話，像是對愛德華說，又像是對自己說。

「我會活下去，我不想死。」
「你不會死。」
戰地臨時醫院的條件十分惡劣，戰爭後期大批醫生陸陸續續離開。約翰咬著牙又撐了兩周，他開始發高燒和胡言亂語。愛德華幾乎找遍了所有能找的關係，才把約翰安排上返回美國的飛機。
又過了幾天，越方終於同意重返和談，每個人心裡都清楚，戰爭要結束了。
美國國內幾乎所有年輕人都在慶祝，他們覺得這場戰爭的結束都是自己的功勞，要不是聲勢浩大的示威和遊行，世界和平的口號絕不會到達越南的每一個角落。酒吧和餐廳通宵營業，凌晨時分仍有醉漢在街上高聲歌唱，為自己和個人主義的勝利叫囂。
愛德華也接到了回國的命令，可迎接他的沒有鮮花和掌聲，只有白眼和嘲諷。沒人願意關注那些從槍林彈雨中回來的軍官，這場戰爭裡沒有英雄，人們恨不得把他們跟這段不太光彩的歷史一併抹去，更不要提那些躺在醫院裡奄奄一息的士兵了。
愛德華在接受頒發勳章的典禮之後，接到醫生的電話。
「我是約翰的主治醫生。他不想聯繫家屬，讓我給你打電話。」
愛德華握著話筒，他手上端著的酒杯有些顫抖，這本來是應該慶祝他獲得飛行優異十字勳章的酒會，但他沒有絲毫的喜悅，他的嘴裡泛出苦味，頹然坐在了身邊的凳子上。

醫生一直在電話那頭說著，可他只能聽懂一些斷斷續續的詞。

「在腎臟裡的彈片引起衰竭……無法代謝藥物……併發了心衰……沒有匹配的移植器官……或許還有幾個月……幾星期……」

「他還有救嗎？」愛德華聽見自己問。

「我知道這個消息讓人難以接受，但我們或許可以見一面，談談臨終關懷……」

愛德華掛了電話。

他深深吸了一口氣，又吸了一口，精緻的領帶此刻似乎成了上吊的繩索讓他無法呼吸。他下意識地握緊了胸口的銅質勳章，站起身來走到伍德上將面前。伍德是宴會上唯一的四星上將，也是為愛德華頒發勳章的人，和愛德華的家裡有些交情，最近一些小道消息傳說他會是下一任國防部部長。

「長官，能借一步說話嗎？」

「怎麼了，我的孩子？」伍德上將跟著愛德華來到陽臺，他注意到愛德華的臉色不好。

「我需要醫生，美國最好的內科醫生。」愛德華知道自己的請求已經逾越了上下級的關係，但他實在想不到還有什麼更好的辦法，他的大腦已經無法再多思考。

「你有什麼不舒服嗎？」

「不，不是我，」愛德華搖著頭。「是我的戰友，約翰・肯特。我們一起在越南執行飛行任務，但他腹部受傷，現在危在旦夕……」

「約翰・肯特。」伍德上將沉吟了一下，他想起了授勳名單上的那個缺席的名字。「據我所知，他現在接受治療的醫院，已經是最好的之一……」

「那裡的醫生救不了他！」愛德華的聲音顫抖起來。

「我想軍方已經盡了最大努力，我很遺憾。」伍德上將拍了拍愛德華的肩膀。「我可以再向國會為他申請一枚一等榮譽勳章。」

國會一等榮譽勳章，這枚勳章通常只會頒發給在戰爭中犧牲的軍人，以保證其家屬在其去世後享受國家津貼和補助。

「該死，他要的不是什麼狗屁榮譽，他要活下去！」愛德華幾乎吼了出來。

「這場戰爭曠日持久，我瞭解你的心情，但陣亡的軍官不止約翰一個。」

愛德華沉默了，他知道伍德上將說得很對，每一句話都很對，戰爭總有人死去，約翰不是第一個，也不是最後一個。他比任何人都更明白這一點，可他心中仍有一種無法消解的愧疚，約翰是因為他才變成這樣的。

「我要把我的腎捐給他。」愛德華抬起頭。

「你醉了。」伍德上將冷冷地看了愛德華一眼，扔下一句話，轉身走回會場。

一星期後，愛德華在醫院接到了伍德上將的電話。

「你爸爸跟我談了一下。」伍德上將開門見山。「我也諮詢過約翰的主治醫生，他的雙腎都受了傷，即使你捐了其中一個給他，他也活不過一年。」

「哪怕他能多活一個月，我也要這麼做。」愛德華穿著病號服，看著床上已經陷入昏迷的約翰。「明天就進行取腎手術，我心意已決。」

電話那頭的伍德上將遲疑了一下：「你能宣誓對我們國家的忠誠嗎？」

「長官，我在入伍的第一天就已經宣過誓，無論發生什麼我都不會違背對國家的忠誠。」

「如果我告訴你，現在有一個機會，不但能讓你進入級別更高的保密部門工作，同時能救活你的戰友，你願意嗎？」

愛德華一下沒有反應過來，幸運女神毫無徵兆地降臨，他還在回味這句話的意思，直到伍德上將又問了一次。

「我願意犧牲一切，去換得這個機會。」

「很好，我會安排你和你的戰友今天下午從醫院轉移到別的地方，約翰將參與一種新型藥物的實驗研究，但對外會宣稱他已經犧牲。」伍德上將的口氣突然變得嚴肅起來。「愛德華上尉，你以下即將聽到的話，是國家一級機密……」

愛德華表面上是在猶他州空軍基地服役，但他真正工作的地方，是和空軍基地距離三百英里的一處軍事禁區。這處軍事禁區在衛星地圖中被遮罩起來，沒有公開座標，也沒有開闢任何道路，只能從空軍基地搭乘指定飛機抵達。

大家把那個地方稱作「方舟」。

那是一棟金屬灰色的大樓，四四方方，沒有窗戶，遠看就像平原上一塊突兀的石磚。大樓內部有一個中空花園，裡面有人工噴泉和日本竹，是方圓五十公里內唯一的綠色植被。其他區域被嚴格劃分成九塊，不同區域的人不允許交談，無論去任何地方都要經過證件和瞳孔的雙重驗證。

雖然僅有一牆之隔，但這棟建築似乎是一個隔絕於美國存在的獨立世界。這裡沒有電視和廣播，沒有人討論越戰，也沒有人關注蘇聯是否即將解體。他們關注和研究的東西只有一個——最強士兵。

最初一年，愛德華接觸到的只是一些基本的文職工作，包括閱讀一些資料和檔案分類，週末參加電腦培訓課程。他知道這是對於所有新人的考核，在短時間內他們會接受嚴格的考查，不會被告知任何跟核心機密有關的資訊。

約翰被分配到藥物試驗區，愛德華沒有許可權接觸他，只能在午飯的時候偶爾看見約翰坐在輪椅上被推過走廊。但這已經足夠了，愛德華心想，伍德上將沒有騙他，這種新型的實驗藥物確實有效。儘管兩人相隔甚遠，愛德華仍能注意到約翰的精神狀態逐漸好了起來，他雖然還是不能自己走路，卻偶爾能說上兩句話，原來深凹的兩頰也漸漸豐滿起來。

那是愛德華回國後最快樂的一段時光，他甚至認識了猶他州的小鎮姑娘凱特，他們結了婚，住進了空軍基地附近的複式公寓，週末會一起去度假。愛德華甚至幻想用不了一年，就能三個人一起——他、凱特和約翰，他們曾經約定過去佛羅里達，在海邊把皮膚晒到發紅為止。

那是一個極為普通的星期三，愛德華被叫到他的上司亞歷山卓的辦公室——那是一個很小的辦公室，有一張和二十世紀六〇年代一樣的冷色金屬辦公桌，上面堆滿了檔。

亞歷山卓從中間抽出了一個資料夾遞給愛德華，資料夾上面有一行用老式打字機打出來的字：拓荒者計畫。

愛德華知道自己通過了長久以來的考查和審核。

「看完後即刻焚毀。」亞歷山卓淡淡地說。

愛德華打開檔案，裡面紀錄了一個叫阿什利鎮的印第安居民區從二戰結束之後到現在的詳細情況。

愛德華一頁一頁地往下翻，他的手開始微微發抖，臉上交替閃過複雜的表情——震驚、恐懼、疑惑和憤怒。

「這些報告是真的嗎？」他終於忍不住問。「你們拿這些無辜的普通老百姓來做藥物試驗？而他們至今仍毫不知情？」

「我以為你在越南殺過這麼多人，對這種事已經司空見慣。」

亞歷山卓是個有些禿頂的瘦削中年人，鬢角長滿了灰白的頭髮，愛穿花呢西裝，不喜歡像中情局那幫老傢伙一樣系黑色領帶。此刻，他正盯著愛德華的眼睛，小心打量著他。

「別拿我和你們做的事相提並論！我在戰場上殺的是敵人！」愛德華衝口而出。

「哦？」亞歷山卓眯著眼睛，似乎聽到一個笑話。死掉一個敵人，或是死掉一個自己人，在亞歷山卓的眼裡並沒有什麼不同。

「你可以把檔案裡的這些人也看成為國捐軀的英雄，他們為國家的未來做出了貢獻，如果這樣想能讓你舒服一點的話。」

「這根本不一樣！這些居民對於自己被利用這件事根本一無所知，你們這麼做是犯罪……」

亞歷山卓沒有繼續跟愛德華爭論，他揉了揉太陽穴，轉過座椅拉開身後的百葉窗。

「你看看外面，告訴我你看到了什麼？」百葉窗折痕的陰影落在亞歷山卓臉上。

愛德華冷笑了一下，隨即向外看去。不遠處天井的對面，約翰正坐在輪椅上，兩個護士將他扶了起來，他緩緩向前伸出一隻腳，走了一步。

然後他示意護士放開他，他又向前走了一步，又一步。

「他服用的藥物是第二代，現在看起來，他痊癒得非常好。」亞歷山卓看著約翰。

「如果沒有檔案裡那群印第安人的犧牲，MK-57 就無法被改進，你的戰友早就死了。現在告訴我，你還覺得這個實驗是錯誤的嗎？」

「但那些印第安人自己是不知情……」

「據你所知，這個世界上有什麼人能在知情的情況下自願成為實驗砲灰？你？還是你的家人？」

愛德華一時語塞。

「對於阿什利鎮居民的犧牲我也深感遺憾，但我們可以讓他們的犧牲變得有價值，為我們的軍人帶來更好的保障，為我們的下一代帶去健康。如果藥物研發成功，以後再也不會有和約翰一樣的人，沒有一個士兵需要承受這種巨大的痛苦。」

亞歷山卓流露出一個惋惜的表情，但愛德華知道，他的心裡絲毫沒有對這些實驗物件產生任何一點同情，再真摯的謊言也掩蓋不了他虛偽的本質。

雖然愛德華討厭亞歷山卓，但他說得沒錯，如果沒有這個實驗，約翰就不會痊癒。

愛德華看著窗外的約翰，陽光灑在他的肩膀上，他正在笑，他又能走路了，也許過不了多久，就會變得和正常人一樣，就能回到喬治亞州，他還來得及在梅西百貨買下那對心儀已久的戒指，麗莎還在等著他。

「本來這個部門已經不再需要實驗物件了，但伍德上將給我打了好幾個電話，非要我幫這個忙。」亞歷山卓回頭看了愛德華一眼。「你從明天開始負責阿什利鎮，不要讓我對我的選擇後悔。」

愛德華發現，一旦跨越自己心裡的那條道德底線，阿什利鎮對他並不是一個難題。這裡比想像得更容易控制，小鎮居民對外界一無所知，對軍隊有著絕對的信任和服從。

他只要保證這些人不要被外界得知，也不要對外界產生任何好奇。愛德華受過談判訓練，一些普通的震懾技巧和威脅手段都對阿什利鎮的居民行之有效。他出色地完成了自己的本職工作，甚至得到了上級的褒獎。他儘量不去想那些人襤褸可怖的樣子——他們的悲劇將是歷史的句號，他在心裡這麼安慰自己。

直到那天下午，他聽到「方舟」的實驗區域傳來了一聲絕望的怒吼。

那是他最熟悉的聲音，約翰的聲音。

愛德華的心一下懸了起來，一種恐懼油然而生。他從辦公室奪門而出，撞開阻攔的安保人員，連闖了幾個門禁，衝進約翰所住的病區。

然後，他看見約翰此刻撕碎了上衣，赤裸地站在鏡子前面。

除了那一聲怒吼，愛德華已經完全無法從外觀上辨認出這位昔日最熟悉的夥伴。

瘦削的身形，透明的皮膚，下削的肩膀，手臂和大腿內側長滿了和八爪魚一樣的吸盤，腹腔裂開了一條細長的縫，裡面有著和史前生物一樣的鋸齒和黏液。

第二代藥物的研發同樣也失敗了，約翰變成了一個怪物。

「我是什麼？」約翰嘶吼著。「為什麼我會變成這樣!?」

愛德華看著約翰，他們同時意識到了一點。

他們再也回不去了。

「是你把我帶到這裡來的，對嗎？」約翰打翻了桌上的藥瓶，藍色的藥丸散落得滿地都是。「你早就知道我會變成這樣，對不對？」

愛德華動了動嘴巴，什麼都沒說，他知道他無論解釋什麼都沒有意義了。

約翰不會信的。

「為什麼當初不乾脆讓我死了呢？為什麼讓我承受這種痛苦……」

約翰聲嘶力竭，一拳將玻璃打碎，同時打碎的還有他們的友誼。

愛德華因為違反相關規定連闖禁區，被停職一個月。當他再次回到「方舟」的時候，發現約翰已經不見了。

「你不應該再見他，」亞歷山卓用和平常一樣沒有情緒的聲音對愛德華說。「你對他的感情會影響你在工作上的專業判斷。」

「他去哪裡了？」愛德華知道自己不該問的，這個問題已經越級了。

「他去執行任務了。」出乎意料，亞歷山卓直截了當地告訴愛德華。「藥物的副作用雖然讓他的身體發生變異，卻也帶來了某種優勢——他可以隨意偽裝成任何人。我們為他這樣的物件研製了一種特質矽膠皮套皮膚。他的身體可以輕易改變形狀，只要稍加訓練，就能成為最出色的間諜。」

「他這樣的物件……你的意思是說，不止約翰一個？」

「當然。」亞歷山卓笑了笑。

愛德華愣了愣，忽然意識到什麼。

「所以你早就知道他會變成今天這樣！」他的怒火抑制不住地爆發出來，他覺得自己被耍了。

「你當初的願望是想你的戰友能夠活下來，」亞歷山卓聳了聳肩。「他確實活下來了。」

「我要見他！」

「你以後再也不會見到他，」亞歷山卓喝了一口咖啡。「這個世界早就沒有約翰‧肯特這個人了，他在來之前就被官方登記了死亡。他本人已經接受了這一點，我希望你也能接受。」

你被利用了。愛德華內心有一個聲音對他說。

這一切都是安排好的，他們都是被選中的，無論是約翰也好，還是他自己也好，都是被有預謀地安排進這個部門，從他們進來的那一天起，這一切都註定會發生。

「看開點，這未必是壞事。」亞歷山卓站起來拍了拍愛德華的肩膀。「你們曾經在越南並肩作戰，如今同樣也並肩作戰，只是你在明、他在暗，你們仍然在為這個國家做著貢獻。」

愛德華心裡某樣牢固的東西，裂開了一道細紋。

約翰就像是人間蒸發了一樣，儘管愛德華利用自己的許可權私下找了很久，卻再也沒有他的消息。

所有檔案都被清零，他留在世間的，只有華盛頓陣亡烈士紀念碑上的一個名字。

時間一天一天過去，就在愛德華幾乎要放下過去的時候，命運之神又讓他們相遇了。

某個被俄羅斯策反的「方舟」科學家攜帶了大量「拓荒者計畫」的實驗資料，企圖用假護照從達拉斯登機前往莫斯科。愛德華接到命令，必須在機場攔截對方，並將其活捉。

他們的作戰計畫被俄方破譯，當天機場來了數十名俄羅斯特務為那名科學家保駕護航。愛德華帶領的梯隊不能在公開場合開槍，事情一度變得十分棘手。就在飛機起飛前十分鐘，一個俄羅斯裔的老婦人突然打倒了幾名俄國特務，成功控制住了科學家。

老婦人從外表上看已經超過八十歲，身高不過一百五十五公分，瘦得和柴火一樣。當局在機場安插其他易容的特務也並不足為奇，愛德華本來對這種安排見怪不怪，引起他注意的，是那名老婦人的一個小動作。

她在結束任務之後匆匆離開候機室，就在這時，一架波音７４７正巧從停機坪起飛，飛機的渦輪引擎傳來巨大的轟鳴聲。老婦人朝窗外看了一眼，左手忽然舉起，下意識地把手指插進耳後的頭髮裡。

她想調整耳罩。愛德華的心一下提了起來。

這是戰鬥機駕駛員在升空前的標準動作。戰鬥機不如其他機種的制動力強勁，所以往往要踩死油門才能保證順利升空，而油門全開帶來的副作用則是引擎巨大的雜訊。

所以，一個長期駕駛戰鬥機的人，都會有起飛前調整耳罩的習慣。約翰是個左撇子，老婦人抬起的恰好是左手。

「約……約翰……」愛德華儘量克制住聲音的激動。

老婦人顫了一下，轉過頭，他們的視線短暫地交接，愛德華認出了那個眼神。

愛德華跟在約翰的身後，穿過候機室，轉進廁所。約翰把廁所門反鎖，脫掉身上的衣服。他披著一個八十歲老婦發皺的軀殼，在大腿內沿有一條隱形矽膠拉鍊，約翰脫掉皮囊，舒展了一下四肢，露出他本來的樣子。

儘管在內心早有準備，但愛德華仍被他的外形嚇了一跳，他無法接受自己曾經的好友變成了這種模樣。

那不是一個人類的樣子。

他們就這樣互相沉默地看著對方，廁所狹小的空間令人窒息。約翰收回眼神，從背囊裡掏出另一身裝備，幾分鐘之後，他就變成了剛才被抓獲的科學家的樣子。

「我還要替他飛往莫斯科，拿到那邊的情報。」約翰無聲地歎了口氣。

「你要潛入俄羅斯當局……」愛德華反應過來。「那會很危險。」

「這幾年我幹過比這危險得多的事。」約翰的聲音已經完全變了，自從用腹腔發聲之後，他已經失去了原有的聲音。

「你單槍匹馬？有撤離計畫嗎？如果被抓獲怎麼辦？」

約翰抬起頭看著愛德華，表情有些吃驚，就像是看一個故意跟他開玩笑的人。他眼睛裡的憤怒和怨恨轉瞬即逝，頓了兩秒，他忽然指了指自己的腹部。

「你們在我身體裡裝了炸彈，一旦我落入敵手，我就會自爆。」他笑了起來，聲音絕望。「所以你根本不需要擔心我會出賣你們。」

愛德華瞪大了眼睛，他從來沒想過事情會變成這樣，他更不敢想，約翰在這幾年遭受過什麼樣的危險和折磨。

過了好一會兒，他才喃喃地說：「我不是擔心你會出賣誰，我是擔心你……」

「我們早就不是朋友了，我還要趕著登機。」

約翰冷冷地撂下一句話，拿起西裝外套，把其餘的東西扔進垃圾桶，又扔進一個小拇指大小的燃燒劑，轉眼間垃圾桶裡的東西都被低溫火焰燒得無影無蹤。

「等等！」愛德華突然掏出紙筆，在洗手臺上匆匆寫下一個位址，塞進約翰手裡。「事情不是你想的那樣，執行完任務回來找我，這是我家的地址。」

愛德華知道他的這個舉動已經觸犯了保密協議，上層明確禁止過他跟約翰重新接觸。可這一刻他的內心亂作一團，職業生涯和軍人操守完全被拋到了腦後。

約翰看了看手裡的字條，沒有說話，推門而去。

一回到「方舟」，愛德華就被亞歷山卓叫進了辦公室。

「任務執行得不錯。」亞歷山卓端著咖啡，緩緩地說。「除了你和那名特務在洗手間裡待了三分鐘。」

愛德華握緊了拳頭，手心快攥出汗來，他的大腦飛快地轉動著，思考著自己該說些什麼。

他知道這句話是一個試探。美國中情局的監視系統無處不在，監視鏡頭遍布每個角落，愛德華見過什麼人、走過哪條路都會被系統紀錄下來，再經由衛星導航傳輸回情報局。

但這些情報也不是滴水不漏的，監視器再強大也沒有錄音功能，他們未必會在一個普通廁所裡裝監聽系統。

並且，亞歷山卓並沒有問他和約翰說了什麼，他說「那名特務」。會不會亞歷山卓不知道他在機場遇見的特務是約翰？

如果不是因為摸耳朵那個小動作，愛德華也絕對不可能認出約翰。他記得亞歷山卓說過，像約翰這種經過實驗改造的人不止一個，如果每個變種人都被派去執行獨立任務，那麼亞歷山卓的許可權也未必知道他們具體負責什麼，再加上變種人有完美的喬裝技巧，根本無法從外表上辨別出來。

亞歷山卓不耐煩地用手指敲了敲桌子。

「我只是問他……認不認識約翰。」愛德華小心翼翼地說。

「那他怎麼說呢？」

「他說他們每個人負責的都是獨立任務，彼此沒有任何聯繫。」

「你還是對你的老友念念不忘啊。」亞歷山卓哼了一聲，但他似乎對愛德華的這個回答比較滿意。

「只是那名特務的外形讓我想起了約翰而已。」愛德華聲音嚴肅。「長官，我保證不會再犯同樣的錯誤！」

「你最好記得你自己說的話。除了約翰之外，也不要私下接觸任何變種人，他們十分危險。他們和普通人類不一樣，有超出正常人體極限幾十倍的速度、反應力和痊癒力……這種能力是一把雙刃劍，可以刺向敵人的咽喉，也可以刺傷我們自己。他們哪怕有一人背叛，對我們而言都將是慘重的打擊，所以國家要對他們進行嚴密的控制，這種控制不體現在限制自由，而是……」

亞歷山卓沒有說下去，但愛德華心裡清楚是什麼。

「那麼如何實現對他們的控制呢？」儘管如此，愛德華還是假裝吃驚，明知故問。

「他們每個人的身體裡都有一枚小型炸彈，炸彈一旦移植成功，終生不能取出。如果有人叛逃，我們只需要按下一個開關。」亞歷山卓露出得意的笑容。

愛德華感覺整個世界都靜止了，完全僵在原地，他極力保持鎮定，裝作隨意地問道：「那這些引爆控制器又由誰控制呢？」

「以前是我，但以後就是你啦。」亞歷山卓忽然露出一絲不易察覺的狡黠。「引爆控制裝置，就在你管轄的阿什利鎮地下實驗基地。」

愛德華頹然靠著電梯門，他感到自己正在逐漸失去意識。

遠處傳來了隱隱約約的爆炸聲，是地下礦洞的方向。他閉上眼睛，眼前出現了兒子圓圓的臉。

愛德華想起迪克十一歲生日那天，他們在一起看了半個通宵的《超人》動畫片，快到清晨的時候，迪克躺在他腿上迷迷糊糊地睡著了。

「爸爸，我也要成為英雄，成為跟你一樣的人……」

他把睡著的迪克抱到床上，迪克在病癒後的兩年迅速長胖了許多，愛德華快要抱不動他了。關燈之前，愛德華給他蓋上一條毯子，把他最愛的超人玩具和蝙蝠俠公仔放在他的枕邊，又給了他一個晚安吻。睡著的迪克面色紅潤，呼吸均勻，一點都看不出他曾經是個孱弱的漸凍症患者。

你一定要逃出去，逃到天空下面，到自由的地方。

愛德華捂住胸前的傷口，用盡全力扶著牆站起來。他記得在電梯附近二十公尺的地方，有一個安全警報裝置。如果拉響，他所在的這塊實驗區域就會引爆，同時上層建築的門禁也會自動關閉，十分鐘以內即使用門禁卡也無法打開。

讓老爸最後再為你做點什麼，再為你爭取點時間。愛德華咬緊牙關。

可這二十公尺對目前的愛德華來說，比登天還遙遠。

上帝啊，如果你真的存在，再給我一點力量，讓我守護我的孩子走完最後這一程。

愛德華向前走了一步，血滴到地上，濺出一朵紅色的花。

他想起第一次看到迪克，醫生把他交到自己手上。他在繈褓裡閉著眼睛，滿身是血，雙頰蒼白，沒有像任何一個健康的嬰兒一樣發出哭聲，而是微微地發著抖。

醫生說，這孩子或許活不過三歲。

也許是老天開眼，也許是凱特悉心的照料起了效果，迪克奇跡般地活過了三歲，又活到了七歲。愛德華每次執行完任務第一時間就是跑回家，陪在兒子的身邊。他甚至產生了一種僥倖的想法，也許從小身體孱弱的孩子長大之後就會變得健壯，他甚至能走進大學，甚至能在球場揮灑汗水，甚至能遇到一個喜歡的女孩，步入婚姻殿堂，繼而兒孫滿堂。

然而在迪克四年級的某一天，愛德華的美夢被無情地打碎了。

「迪克今天在，在學校摔，摔倒了……」凱特在電話那頭已經泣不成聲。「醫生說，說他……漸凍症……」

愛德華握著話筒，只覺得天旋地轉。

「醫生說，說沒有痊癒案例。」凱特捂住嘴。「確診後死亡率幾乎是百分之百……」

「迪克知道嗎？」

「他什麼都不懂……」

「不要告訴他，會有辦法的，我們會挺過去的。」

愛德華掛斷電話，他知道他對凱特撒了謊。

沒有辦法。

這一刻，愛德華似乎又回到了十年之前，他看著生命中最重要的朋友躺在病榻上，那時候的他至少還能為約翰做點什麼——捐出一個腎臟，甚至兩個。

可如今輪到自己的兒子，他什麼都做不了。

沒有什麼比束手無策地等待死亡更讓人絕望的了，迪克的病發展得很快，沒有多久就走不了路了。

愛德華和凱特什麼都沒有對迪克說，但這個孩子天生心思敏銳，他似乎也感應到自己命不久矣，他會每天抱著自己的超人玩具，坐在門廊上看著不遠處空軍基地的飛機起起落落，等爸爸下班回來。

「爸爸，哪一架是你執行任務的飛機？我能從這裡看到嗎？」

「當然能了。」愛德華把兒子從輪椅上抱起來安慰道。「今天覺得好些了嗎？」

「那爸爸在天上的時候，能看到我嗎？」迪克又問。

「寶貝，爸爸一直都看著你。」愛德華說。

「爸爸，如果有一天我們相隔很遠很遠，也許你再也不能抱著我了，但我也想讓你知道，我會一直在某個地方看著你，看著天空。」迪克突然說。

愛德華的眼睛突然濕潤了，他抱著兒子，儘量不讓他看到自己的眼淚：「爸爸哪裡都不會讓你去的，你會一直留在爸爸媽媽的身邊。」

壞消息在幾年之後如期而至。

「迪克他……他無法呼吸了。」凱特在電話裡慌亂地哭喊著。「他快不行了……」

愛德華的淚水決堤，他忍住失控，喃喃地動了動嘴巴：「我馬上回來。」

愛德華開車從空軍基地出來的時候，暴雨毫無徵兆地開始下起來，車輛通過檢查崗的時候被堵住了，有將近兩千人在基地上班，檢查崗前面停滿了車，把閘門塞得水泄不通。

他下了車，在暴雨裡穿過擁堵的車流，他忘了怎麼把證件遞給檢查崗的士兵，忘記了自己是怎麼回答士兵的問題的。他徒步離開了空軍基地，在高速公路上奔跑了幾公里，直到從頭到腳的軍裝濕透。

今天他即將失去自己最愛的人，他無能為力，沒有選擇。

愛德華跑回家的時候，天已經快要黑了，滂沱大雨裡站著另一個人。

這一次他的外形已經全然不同，那是一個亞裔少年，穿著海軍藍的條紋襯衫和牛仔褲，打著雨傘，一雙黑色的眼睛沒有任何感情。

愛德華還是在幾秒鐘之內就認出了他：約翰。

「你的兒子快要死了。」約翰開口說。

愛德華沒有回答，他們兩人站在雨裡，就這樣無聲地對視著。

「我能幫他活下去。」

約翰從口袋裡掏出了個玻璃瓶，裡面裝著愛德華曾經見過的藍色藥丸——MK-58。

愛德華沒有伸手去接，他知道這意味著什麼，這種藥能夠迅速為迪克帶來健康，但這種健康只是虛假的表像，在一段時間後，迪克會因為副作用變成跟約翰一樣的怪物。

「看你的選擇了，」約翰平靜地說。「讓你的兒子活下去，還是讓他去死。」

愛德華微微抖了一下，他知道這是約翰對自己的報復，否則他不會平白無故地出現在這裡，在他兒子即將離開人世的這一天。愛德華仔細地看著約翰的臉，他猜測著這張亞裔皮囊之下約翰真實的表情，究竟是嘲諷還是憐憫。

「至少他會比我幸運。」約翰轉頭看著愛德華所住的公寓，昏黃的廊燈光線勾出他臉上的輪廓。「我會在之後很長一段時間給你提供藥物——沒有通過當局管制和登記的藥物，除了我和你之外，不會有第三個人知道你的兒子在服用MK-58。換句話說，他至少不會淪為跟我一樣的殺人工具。」

「你為什麼要這麼做？」愛德華知道，約翰不會把藥白白給他。

「我知道我身體裡的炸彈有一個中控系統，你要把中控開關的情報給我，幫我摧毀它。」

這相當於讓愛德華背叛國家。

「只要你足夠忠心，他們是不會讓你去死的……」愛德華的聲音虛弱，他在說著連自己都不相信的話。

「你看到我現在的這副軀殼了嗎？他曾經是個活生生的人，比你的孩子大不了幾歲，」約翰垂下眼睛。「他叫吉米，在一所普通高中上學。但他被殺了，就在幾天之前。他必須死的原因只有一個——他無意中看到了我本來的樣子。」

愛德華沒有說話。

「他是個無辜的孩子，他沒有做錯什麼。」約翰歎了口氣。「以前我們在戰場殺死敵人，現在開始殺死普通人——無辜的婦女和兒童。我已經搞不清楚，我們付出的一切，這一切的殺戮，究竟在保護誰？」

約翰把藥瓶遞向愛德華：「想想你的孩子，再看看我，看看這張臉。」

公寓裡傳來凱特的哭喊，愛德華猶豫了一下，接過藥瓶，轉身朝屋裡跑去。

愛德華又向前走了一步。他離安全警報的控制按鈕又近了一點。

「不許動。」

在他身後傳來一個熟悉又冰冷的聲音。

亞歷山卓。

他的花呢子西裝上有些褶皺，鬢角冒著汗，襯衫紐扣鬆開了兩個，微喘著氣——他應該也費了老大力氣趕到這裡來。

「舉手就免了吧，你傷得不輕。」亞歷山卓沉聲說。

愛德華扶著牆，沒有向前走，也沒有轉過頭，他對亞歷山卓的出現並沒有顯得太驚訝。

「不要再錯下去，現在住手還不算晚。」亞歷山卓稍微抬高了一點音量。「後面的人在趕來，醫療隊就在外面，我們會送你出去，你受的傷不算致命……」

「你說你會放過我的孩子。」愛德華打斷他。

「我說我會放過迪克，是在他聽話的前提下。」

亞歷山卓索性放下了槍，眼前這個受重傷的人對他已經沒有任何威脅了。他整了整衣領，用長輩規勸晚輩的聲音柔聲說道：「你也知道，你的兒子基因不好，再繼續吃藥的後果你很清楚。」

愛德華眨了眨眼，似乎在思考著什麼。

「凱特多少歲？四十五還是五十？我看過她的體檢報告，她還能正常排卵，等你的槍傷好了之後，你們仍能人工受孕，現在的基因排查和醫療技術這麼發達，你們完全能夠再生一個健康的孩子。他不需要吃藥，他能健康長大，陪你們到老。」

「但他不是迪克。」

「你是一名優秀的軍人，」亞歷山卓說。「從把你招進『方舟』的時候我就知道，我從心底堅信你是國家不可多得的人才。想想你的家族，你的祖父在一戰中就是英雄，你的父親在二戰中戰功卓著，甚至得到過英女皇頒發的維多利亞十字勳章，而你，也得到過飛行員勳章。從你的祖輩開始就為這個國家盡忠，這個選擇對你不難——你只需要把對約翰做的事再做一次。」

「把對約翰做的事再做一次。」愛德華把這句話重複了一遍。

在 MK-58 的幫助下，迪克的身體一天天好轉起來，沒過多久，他甚至能像正常孩子一樣，在陽光下玩耍了。

愛德華和約翰定期見面，他們都接受過中情局的培訓，有著高超的反偵察技巧，每次約翰都會帶定量的沒有經過登記的 MK-58 給愛德華。

而作為回報，愛德華告訴約翰有關阿什利鎮的所有情報——座標、環境、平面圖，還有引爆控制的系統許可權……

直到兩天前，愛德華坐在辦公室裡，忽然之間手機接到一個沒有顯示號碼的電話。

「我在阿什利鎮。」

愛德華聽得出這個聲音。他知道這一天要來了，約翰要來摧毀引爆裝置。

愛德華說不清楚自己現在是什麼心情，是不安、後悔，還是如釋重負。

「你不該打這個電話，在這個時候。」他壓低聲音。

「我要告訴你一件事，」約翰在電話那頭說。「迪克也在這裡。」

愛德華的整個身體都僵住了，過了好半天才問：「你說什麼？」

「我說你的兒子也在這裡，和我在一起。」

「……」

「你知道的，我進不去實驗室，一旦走到裝置檢測範圍之內我就會自動引爆，我需要一個人幫我把病毒隨身碟插進主機。」

不，你需要的是一個籌碼，你把我的兒子當成籌碼。愛德華閉上眼睛。

他終於意識到自己太天真了，約翰早就沒有把他當成朋友了，他早已變成另一個人。

「你不應該讓迪克捲進來。」愛德華終於開口說。

「你從接受我提供的藥物那天起，迪克就已經捲進來了。」約翰的聲音沒有感情。

「現在你只要聽我的，當作什麼都沒發生，我在摧毀裝置之後會保證迪克安全撤離，他會平平安安回家，而我也會回到麗莎身邊。」

「你在勒索我。」

「我只想確保你什麼都不會做。」

愛德華的大腦一團亂麻，他不知道自己是怎麼掛掉的電話，他感覺已經用光了身體裡的最後一點力氣。

然後他轉過頭，看到了亞歷山卓的臉。

他聽到了，他聽到了多少？他是在哪句話的時候進來的？

出乎意料，亞歷山卓的表情放鬆，甚至還有一絲笑意，就像什麼都沒發生一樣。

「方便談談嗎？」亞歷山卓平靜地說。「來我辦公室。」

愛德華跟著亞歷山卓穿過長長的走廊，一路上他都在想，一會兒對方會問什麼，而他又該怎麼回答。

該主動承認自己和約翰來往嗎？還是該坦白約翰要去炸毀裝置的事實？如果他們

發現兒子也在那裡怎麼辦？他們會怎麼對待迪克？

亞歷山卓的辦公室一如既往地幽暗又寒冷，他指了指其中一張凳子：「坐。」

他們兩個都坐下來，亞歷山卓凝視著愛德華，似乎在等他先開口。而愛德華動了動嘴脣，什麼都沒有說。

「其中一個變種人，你也認識的——約翰，他叛國了。」亞歷山卓突然一笑。「他用給你身患漸凍症的兒子提供藥物威脅你、操控你、逼迫你，讓你不得不向他提供某些機密情報，對嗎？」

愛德華一愣，他完全想不到亞歷山卓毫無責怪他的意思。

甚至幫他編好了謊言。

「你放心，國家沒有怪你，我也沒有怪你，自始至終你都別無選擇，換成誰都會理解的，我們沒有懷疑過你的忠心。」

「你……你們是什麼時候知道的？」愛德華如鯁在喉。

「從他聯繫你的第一天起，我們就知道了。」亞歷山卓又笑了一笑，就像說著一件無關緊要的小事一樣。

「你們一早就知道，為什麼沒有採取行動？」愛德華忍不住問。

「因為你給他的都是一些次級情報，對核心的東西沒有什麼威脅，但這些次級情報換取了約翰對你的信任。」亞歷山卓說。「現在我們希望你能——維，持，現，狀。」

維持現狀？」愛德華一下沒有反應過來。
「什麼都別做，讓他去破壞中控室的引爆裝置。」
「可是……約翰摧毀引爆裝置，他和別的變種人就都自由了……」
「關於這件事吧，其實我沒有告訴你全部真相。」亞歷山卓抱歉地攤了攤手。「其實他們身體裡的炸彈都有雙重引爆系統，一旦中控室的引爆裝置失效，十分鐘之後這些炸彈就會自動爆炸——不僅是約翰，所有變種人都會一起爆炸。」
愛德華呆住了，隔了好幾秒，他才斷斷續續地說：「你的意思是說……解除引爆裝置，等於加速他們的死亡？」
「答對了。」
「你讓我保持現狀……就是什麼都不說，讓他們在解除爆炸系統之後自爆？」
亞歷山卓又點點頭。
愛德華腦子有點亂，他想起亞歷山卓第一次向他提起那個爆炸系統。他是故意告訴自己的，因為亞歷山卓知道約翰遲早會接觸自己，這一切都在他的計畫之中。
「如果你們只是想殺了他們，為什麼不直接按下那個裝置，而要……」
「我跟你說過，變種人很危險。」亞歷山卓說。「約翰在這幾年，早就跟其他幾個變種人取得聯繫並統一了戰線，他們為了擺脫我們的控制什麼都做得出來。只有讓他們相信有這麼一個爆炸系統，只要摧毀就能獲得自由，他們就會保持心中的希望，繼續受管制。」

「為什麼是我……」

「約翰相信你，其他變種人相信約翰。約翰知道你不會欺騙他，但他沒想到的是你也並不知道事情的全部真相。」

「為什麼要毀掉他們？」

「因為這幾年他們變得越來越不好控制，他們做的事越多，就知道的越多，這對我們不利。是時候培養第二代變種人了——更忠誠、更服從的超級戰士。」

「即使約翰沒有把我當作朋友，我也不能這樣對他，任由他在不知情的情況下受死。」愛德華咬緊牙。「我不會這麼做的。」

「你會這麼做的，」亞歷山卓毫不介意愛德華的出言不遜。「我們也知道你兒子的事。」

愛德華愣了愣，忽然頹然地坐回椅子上。

「你想想，約翰自由之後，他還會管迪克嗎？」亞歷山卓的身體向前探了探，十指交叉，語重心長地對愛德華說。「當你沒有利用價值之後，他就不會給你兒子藥了。」

愛德華努力保持著鎮定，他不敢去想迪克，想他因為漸凍症窒息的樣子，他只要想起那個畫面就會崩潰，一切將如氣泡般破滅。

「約翰雖然信任你，但他同時也恨你，恨你把他變成現在這個人不人、鬼不鬼的樣子。」

這句話像一記重拳，打在愛德華心上。
「他不會再給你兒子藥了，但我們會給你。」亞歷山卓清了清嗓子。「對於你這麼忠心的軍人，國家會盡力扶持你和你的後代，迪克的藥不會斷，他會得到全力的保障。」
「然後呢？然後他就會變成下一代約翰？」
「他會比約翰好，這多虧你的教育，他和你的祖輩一樣愛國，我們會不遺餘力地培養他，他會成為最優秀的戰士。」
「他會……安全嗎？」愛德華動搖了。
「我向你保證他的安全。」亞歷山卓拍了拍愛德華的肩膀。「只要他聽話。」
「聽我的話，」亞歷山卓從口袋裡掏出一部對講機。「在這裡面朝迪克說兩句，讓他別逃了，停在原地。」
愛德華盯著對講機，雙眼通紅：「你們會殺了他。」
「相信我，我沒騙過你，最初我真的想給他提供藥物，保護他長大，把他培養成優秀的士兵。」亞歷山卓歎了口氣。「可是剛才他在被捕後的表現我也通過監視器看到了，他對他的朋友有太深的執念，他沒有繼承你的忠誠，他對這個國家的信仰發生了動搖。」
愛德華想起幾分鐘之前，迪克拚盡全力護著身後那個女孩，他流著淚對自己吼著。

「我們需要的是像你這樣的人，愛德華，」亞歷山卓放緩語氣。「有鋼鐵一樣意志的人。在國家面前，朋友、家人都不重要。」

「把他叫回來。」亞歷山卓把對講機放到愛德華手裡。

愛德華打開對講機，腦海裡浮現出迪克最後對他說的話。

「平凡人也能成為英雄，一個人冒著和群體規範背道而馳的危險，還能為了心中的道德和正義站出來，站到惡勢力對立面去，他就是英雄……」

「兒子！跑啊——」

愛德華突然用盡全力撞開亞歷山卓，把牆上的那個紅色警報裝置按下去。

爸爸不希望你成為我這樣的人。

你會成為你想成為的人。

會成為英雄。

寶貝，如果有一天我們相隔很遠很遠，也許我再也不能抱著你了，但我也想讓你知道，我會一直在某個地方看著你，看著天空。

無論相隔多遠，你要記得，每當看見一架飛機衝上藍天，那都是爸爸在遙遠的地方，對你最真摯的祝福。

「轟隆——」

實驗室應聲而爆。不到一公里以外的地下礦洞地動山搖，底層上方的岩石轟然塌陷，一縷灰色的陽光射了進來……

第十七章　脫逃

「爸——嗚嗚——」迪克趴倒在地上，哭得聲嘶力竭。我在旁邊拍著他的後背，卻不知道該怎麼安慰他。

突如其來地，我失去了朋友張朋，迪克失去了爸爸。我感到一陣迷茫。

我想起上一次見到愛德華時他說的話。

「沒人希望戰爭，但當它無法避免要發生的時候，我們能做的就是儘量把傷亡降到最低……」

我還記得，當時他拿著一瓶啤酒坐在迪克邊上，微笑地看著我們。

他確實在用他的方式履行著這句話——他犧牲了阿什利鎮上的居民和雅典娜，換來 MK-58 的研發和一批變種士兵——藥物可以迅速提高軍人在戰場上的身體機能以此減少傷亡，而變種人則可以安插在每個國家的機要部門，窺探政府情報，做到不戰而降人之兵。

「我們會不計一切代價保衛這片土地，保衛我們愛的人，保衛正義和自由，哪怕犧牲軍人的生命。」

可是愛德華所做的事，真的保衛了正義和自由嗎？

他保衛的美利堅高貴的正義和自由，是建立在對地底居民的不義和囚禁上的。

我抬頭看了看低矮的電梯頂部，明晃晃的白熾燈讓我窒息。這個鹽礦就像一個巨大的牢籠，在裡面的我們掙扎著無法出去，難道外面的世界就不是牢籠嗎？

在地底被當成試驗品卻一無所知的無辜村民，會不會就是在地面生活在社交網路中的我們？

那些媒體報導出來的內憂外患，那些鬧得人心惶惶的國家威脅，會不會就是軍方口中並不存在的核彈？

我們是否也在恐懼的感染下，叫囂著應該為了大多數利益犧牲個體利益？

電梯突然轟隆一聲巨響，外面傳來了刺耳的纜繩摩擦聲。我身體一輕，感覺電梯開始往下降，我一個趔趄摔在地上。

「下面爆炸了！」達爾文一邊說一邊往電梯門爬去。「快點來幫忙！」

我和沙耶加也連忙靠過去，用盡全力扒電梯門。

電梯門外是一堵灰白色的水泥牆，唯獨上方露出了一個半人高的缺口。

「快點爬出去，不然來不及了！」達爾文一邊說一邊搖晃迪克。

「我不走，嗚嗚，我爸爸還在下面……」迪克趴在地上一動不動。

「你的命是你爸爸用他的命換的，你死在這兒他就白死了！」達爾文一把揪起他，轉頭對我們說。「我們先把他頂上去。」

達爾文說完，彎下身子當起了人梯：「快上！」

我和沙耶加七手八腳、連推帶拉把迪克頂了上去，又分別爬了上去，最後再把達爾文拉上來。他剛上來沒幾秒，整個電梯轟然墜落。

「這是哪兒？」我一邊喘氣一邊向四周張望，雙目可及之處，都是鹽晶形成的石筍。

話音未落，又是一陣隆隆的爆炸聲，大約持續了十多秒，洞頂上的鹽晶紛紛掉落，我們抱住頭緊貼著洞壁蜷縮在一起。

「快點走！」達爾文從口袋裡掏出那個快沒電的手電筒，我們在昏暗狹長的岩洞中磕磕絆絆地往前狂奔。

「汪桑，妳快看，那是什麼？」達爾文背上的沙耶加朝遠處一指，手電筒所及之處，有一些能量棒的包裝袋和空礦泉水瓶，我一下就認了出來——這正是我們到達中間站之前休整的地方！

太諷刺了，我們一直尋找的出口一度距離自己這麼近，卻誰也沒發現。

「轟隆！」

又是一聲沉悶的爆破聲，裡面隱隱約約夾雜著絕望的號叫。

是阿什利鎮的人！

「加里！」我心一沉，拔腿就往聲音傳來的方向跑。

一路上地動山搖，礦洞開始大面積塌方。我跌倒了爬起來，爬起來又跌倒，手掌和膝蓋已經撞得沒有知覺。一塊碎石砸中了我的頭頂，血從額頭上流下來，一直流到嘴裡，但我什麼都顧不得了。

礦洞終於有了亮光，但那不是礦燈，而是爆炸迸發的火舌，就像地獄裡的烈火一樣吞噬著一切。

如果不是加里的聲音，我已經完全辨認不出那是他了。他被一塊坍方的岩石壓住了半個身體，腰部以下已經稀爛。

在熒熒火光中，加里努力睜眼看著我，發出微弱的呼喊。

「汪……」

「加里！」

我撲過去，把他的頭扶起來放在自己腿上，一時間我竟然說不出一句話。愧疚、悲傷堵住了我的喉嚨，五臟六腑上上下下翻滾著，心痛得無以復加。

「加里，堅持住，堅持住……」

我像是說給他聽的，又像是說給我自己聽的，這句話在這一刻顯得那麼蒼白無力。

「好痛。」加里的眼睛裡盈滿了淚水，他在用僅有的一點力氣抓著我的手臂。「好害怕……」

我把他摟在懷裡，儘量不去看他被壓住的下半身。

「不要怕，別怕，我在這裡。」

「妳回來……找我嗎？」

「嗯，我回來帶你出去，我們去最好的醫院，去大醫院，一定能把你治好。」

「霍克斯死了。」

「對不起，對不起……」我重複著，眼淚眯得我睜不開眼睛。

「我也要死了……」

「你不會死的，不會的。」我慌張地四處張望，就像拚命去抓住懸崖上的一根小草。「你的鐵盒子呢？你的藥。我們先吃藥，吃藥就會好，就不會疼了……」

加里的小手拉住了我的衣服，他搖了搖頭。

「我們，是，朋友……嗎？」

「別閉上眼睛，看著我，看著我，我要帶你出去，我會帶你出去……」我哭喊著。

「巧克力，很甜……」

加里的手垂了下去，他在我懷裡停止了呼吸。

我再也控制不住自己，心裡有什麼東西隨著加里的死轟然崩塌，碎成齏粉。

「加里！！」

隨著我的呼喊，一瞬間山崩地裂，石壁的盡頭耀眼的光芒灑進來，恍如隔世——那是我們經過長久黑暗後見到的第一縷陽光。

加里，睜開眼睛看看，這就是天空，這就是外面的世界，這就是本該屬於你的地方。

可他再也看不見了，我抱著他瘦小的身體，在塌陷的礦洞中發出絕望的嘶吼。

我忘了究竟是誰把我拖出了礦洞，但我們離開阿什利鎮後，見到的第一個人是清水。

她沒有像以往那樣穿著和服，而是換上了並不顯眼的普通衝鋒衣和鴨舌帽。她的車停在阿什利鎮口的樹林裡。

「我——」

「啪！」還沒等沙耶加說完，一個火辣辣的耳光就抽在了她的臉上。

「蠢材！」

我嚇了一跳。迪克直接一步擋在了沙耶加面前，揮著他的拳頭說：「老女人！妳敢再碰她一根汗毛試試！」

「對不起。」沙耶加似乎特別忌憚清水，她垂下頭咬著嘴脣說。「幫幫我們……」

「妳搞錯了，我不是來救妳的。」清水譏諷地瞥了沙耶加一眼。「我是怕妳的身分敗露，給我們造成不必要的麻煩才來把妳弄走的，至於他們……」

清水連看都懶得看：「已經是死人了。」

我和達爾文對望一眼，清水說得沒錯，在實驗基地被捕的時候，軍方應該早已摸清了我和達爾文的身分，更別說迪克還是愛德華的兒子。就算我們逃出來，也不可能平安回到鎮上，回到以前的生活。

軍方肯定不會放過我們。

「上車吧。」清水對沙耶加說，繞過我們幾個走到車門邊上。「趁妳爺爺還不知道之前。」

沙耶加沒有動。

她的腿在微微發抖，但目光堅定地看著清水，繼而搖了搖頭：「我不走。」

「妳不是總有選擇，節子。」清水冷笑了一下。「也犯不著拿妳的命要脅我，妳早就不像以前那麼值錢了。」

沙耶加抖了一下，垂下了眼。

「從前因為妳爺爺喜歡妳，少夫人生的又是女兒，妳在爭奪繼承權上還有一絲優勢。如今，二少夫人又懷孕了，產檢可是個男孩。妳知道家主之位必須傳給男丁吧？」

「妳他媽在說什麼……」迪克一點也聽不懂，我急忙打住他，讓清水講完。

「妳對我們來說，已經沒有太多利用價值了，明白嗎？節子——」清水故意把最後兩個字拖得很長。「我剛才說了，我們只是不想因為妳出現在這裡讓荒原客棧攪和進來。但把妳的屍體帶回去也是一樣的。妳想活著離開，還是死在這裡？」

清水把車門打開，看著沙耶加。

沙耶加還是一動不動。

「我可以死在這裡……」半晌，沙耶加虛弱卻堅定地說。「我可以死在這裡，但也可以把我的價值最大化——我身體裡流著的是純正的血脈，我可以嫁進親王的府邸，替正宮的女兒延續純血的子嗣。我可以成為你們的棋子。我只有一個要求，帶我的朋友一起走……」

「妳知道自己在說什麼嗎？」清水的眼睛裡閃過一絲震驚。「妳要辜負妳母親用性命給妳換來的自由嗎？妳要回到高牆之內，成為一個生子機器，重蹈我和妳母親的命運嗎？」

沙耶加看著清水，無聲地點了點頭。她一咬牙，取下手上那枚一直視若珍寶的戒指，扔在了地上。

「我願意放棄繼承權，成為下一任卡閣。」

戒指滾了幾圈，在清水腳下停住了，她彎腰拾了起來。

「為什麼要去犧牲自己幫助這些無關緊要的人呢？」

「他們不是無關緊要的人，他們是我的朋友。」沙耶加咬著嘴唇說。

「節子啊，妳確實變了。」清水忽然笑了一下，顯得有些落寞。「妳爺爺看得沒錯。」

「爺爺愛的是死去的節子，我是鶴子。」

清水歎了口氣：「妳爺爺曾經說過，他雖然更偏愛節子沒錯，但鶴子才是具有君王之氣的人。這枚戒指最後到了妳的手裡，也是命運吧。」

「這麼說，妳答應了？」沙耶加有些驚喜。

「不，用妳一個人去換這三個人的安全，是樁賠本買賣，我做不到。」清水搖了搖頭。

「妳就算想做這個買賣，我們也不樂意。」我哼了一聲說。「我們不用妳救，妳走吧！」

「幼稚。」

清水挑了挑眼角，冷笑了一聲：「為什麼死了這麼多人，妳還是這麼幼稚？你們能有什麼打算？找媒體曝光還是錄影片發到網上？這地方已經被夷為平地了，你們怎麼能讓別人相信這不是你們嗑了藥之後的鬼話？而且你們找到的媒體是否能做到快准狠，讓軍方不對你們下手？還是你們想好了退路，逃跑的時候能快過直升機和警車？」

清水把我噎得一句話也說不出來。

「節子換不了你們幾個人的全身而退，但我知道有一樣東西可以。」清水突然神祕地笑了笑。

「是什麼？」沙耶加忍不住問。

「節子呀，我要是告訴妳，我有什麼好處呢？」

「老女人，妳又打什麼鬼主意!?」迪克忍不住了。「我就知道你們這些商人都他媽是魔鬼，不用問了，我們不同意！」

沙耶加趕緊攔住迪克：「讓她說完。」

「妳媽媽當時的承諾，如今也該兌現了。」清水淡淡地說。「回到妳爺爺身邊，我們需要宮家的勢力。」

「不行……」

迪克沒說完，就被沙耶加打斷了。

「我願意。找到M之後，我就回去。」

「妳不用答應她，我們會有其他辦法的。」我拉住沙耶加。

「別說了，汪桑。」沙耶加搖了搖頭。「我遲早要回去的。」

「那可不行啊，節子，如果她找不到了或者死了，妳豈不是一輩子都不回去了？」清水揶揄道。「三個月。」

「不行，至少半年。」

「兩個月。」

「成交了。」沙耶加皺了皺眉頭，咬著牙說。「現在告訴我們，該怎麼做？」

「先上車吧。」清水攏了攏衣服，逕自鑽進了車廂。

一輛毫不起眼的麵包車，掛著內華達州的牌子。開車的還是那個侏儒，清水坐在副駕座，戴上了一副「雷朋」墨鏡。迪克和沙耶加坐在中間一排，我和達爾文坐在後排。

我回頭最後看了阿什利鎮一眼，在幾處濃濃的黑煙下，我再也分辨不出什麼。我極力把這個畫面刻在腦海裡，淚水又不知不覺地眯了眼睛。

加里永遠地留在了這裡。

我感到萬分懊惱，我不知道加里的悲劇到底該責怪誰——是欺騙了地底居民的多多，是想用「神的基因」讓大多數人獲利的愛德華，是服從命令的軍人，是利用雅典娜做實驗的醫生，還是觸發警報導致實驗基地爆炸的張朋……

可他們都死了，都已經閉上了嘴巴，和加里一同埋葬在了地下。

我甚至連一個報仇的目標都沒有，我能做的，只有拚命地怨恨自己。是否為了大多數人的利益，就可以把少部分人視為草芥？是否為了科學研究的成就，就能放棄一部分人性？

我看著灰濛濛的天空，如果真的有無所不能的神監視著我們的文明，為什麼它不阻止人類的殺戮和戰爭？為什麼它不對這個無辜的孩子施以援手？為什麼它只是靜靜地看著？

「這不像妳。」前座的侏儒踩了一腳油門，不滿地嘟囔著。「這筆買賣沒半點賺頭。」

「但也不至於賠本，就當是年終促銷了。」清水淡淡地說。

「妳還是沒有放下過去。」

「可能是我年紀大了，偶爾會發發善心。」

「善良在我們這一行裡可不是褒義詞。」

「開你的車吧。」清水不再搭理他。

「現在能告訴我們，該怎麼做才能讓軍方放過我們嗎？」沙耶加看著車子越開越遠，忍不住再次問道。

「還記得你們上一次賣給我的照片嗎？」清水突然轉過頭，狡黠一笑。「你們應該不會傻到只拍了拍旅遊照，什麼都沒帶出來吧？」

「那塊石頭！」我脫口而出。

沙耶加從迷失之海祭壇上順出來的那塊石頭，上面雕刻著奇怪的花紋，卻因為年代久遠而腐蝕不堪。我們沒有錢把它送去研究室做專業的年代鑒定，我為此還專門聯繫了駱川——可他還沒來得及看，就進了醫院。

「呵，石頭也好、骨頭也罷，我都沒興趣。但我知道有人有興趣，」清水頓了頓。「那個買你們照片的人。」

「買照片的人……妳確定他能擺平軍方？」迪克狐疑地問。

清水顯然不太愛搭理迪克，她轉過臉去說：「他不但是荒原客棧的老主顧，還是我們的東家之一。如果他願意，立刻就能把整個墨西哥買下來，即使讓美國總統下臺也不是不可能。他會為了想要的東西開出沒人能拒絕的價格。你們能用照片換到賢者之石的入場券，就能用石頭再換三塊免死金牌。」

我和達爾文面面相覷，那塊石頭倒是扔在我的床底下好長一段時間了。

「我把你們帶回去，如果三天之內沒有人來找你們麻煩，就代表買家和荒原客棧達成了這筆交易。反之嘛，也沒有反之了，」清水輕哼了一聲。「人終歸是要死的。」

我們幾個吞了吞口水，卻也沒有更好的辦法。

車開上高速公路的時候，又下起了暴雨——和我們到達這裡時的天氣一樣。周圍的每一處荒草地都安靜得好像什麼都沒發生過一樣。

車上的暖風吹得我昏昏欲睡，前排的迪克已經打呼起來，就在我蜷起的身體慢慢向下滑、快要睡著的時候，忽然感覺大腿被什麼東西硌了一下。

我摸了摸褲子口袋，來的時候我穿了一條工裝褲，兩側各有一個大口袋，從阿什利鎮出來的時候有一邊已經磨破了，而另一邊竟然露出了一個皺皺巴巴的信封的一角。

這是什麼？我不記得我在口袋裡放過什麼東西啊？

我小心翼翼地取出來，信封已經被我的汗水浸得滿是褶皺，上面用潦草的筆跡寫了一行字——帶給她。

她是誰？我正在納悶，又摸到鼓鼓囊囊的信封裡面有一個東西。

我把信封倒過來，一條金屬項鍊掉了出來，上面掛著塊鐵牌子，看起來有些年份了。

迪克曾經給我科普過，這是美軍的身分牌。軍人在作戰中如果傷亡，可以根據身分牌知道這個士兵隸屬于哪個部隊和身分的相關資訊，以此通知家屬。

鏈子的尾端，用迴紋針別著一張字條，上面寫著一個陌生的位址。

身分牌上面的字已經十分模糊，我辨認著上面的內容，這似乎是一個我從來沒聽說過的人。身分牌的第一行寫著姓氏 Kent，第二行的名是一個縮寫J。

其他的資訊還包括血型、隸屬部隊、社保號等，但對我來說是完全沒有意義的。

J.Kent，我反覆念著這個名字，卻毫無印象。

就在我一籌莫展的時候，忽然發現信封裡還有一張藍色的紙——那是一張體檢報告。

我見過這種報告。

在鹽礦裡的中間站，我們在醫生辦公室裡找到過一樣的藍色體檢報告，當時那些報告是截止到一九九三年，信封裡的這一份是一九九四年底的。

被體檢的人有著和這塊身分牌相同的縮寫——J.K！

J.K 就是 J.Kent，這是個軍人！

我努力回想在地下看到的體檢報告，J.K 自一九八五年開始服藥，不僅治癒了他本身的尿毒症，連行動力、智力、抗打擊能力和痊癒速度都有了大幅提升，也沒有像地底居民一樣變異。

可為什麼他一九九四年的後續報告會出現在我的褲子口袋裡呢？我帶著疑惑讀了下去，而報告上面的結果讓我毛骨悚然。

一九九四年十二月三日

檢測對象：J.K　服用藥物：MK-58

服藥週期：一一七個月

臨床報告：檢測物件自十一月開始，突然出現大幅度迅速變異，口腔及聲帶器官退化，全身毛髮脫落，腹腔出現類似頭足綱動物空腔的顎片和齒舌，腋下出現吸盤類增生。變異原因不明，觸發誘因不明。

報告的最後，附帶了一張模糊的照片，就算再模糊，我也能認出那是誰。

照片中的他相比現在更健壯一點，眼神透露著絕望，還有兩根稀疏的頭髮貼在額頭上——是約翰！

怪不得，他說他雖然扮演過很多人，但最早的名字是約翰——John Kent（約翰•肯特），這是他的名字！

他根本不是雅典娜的卵孵化出來的八爪魚人，他就是人！

這一切突然解釋得通了，中間站的突然停電，目的就是支開其他人，約翰當時摸黑來到我身邊卻沒有傷害我，就是為了把這封信塞進我的口袋。

這是他做的另一手準備，如果計畫失敗了他逃不出來，還能通過這封信讓我們把這塊身分牌帶出去。

我想起約翰曾經對愛德華說的話，他說「我們曾經在越南並肩作戰」，他說「看在我效忠這個國家三十年的分上」。

他曾經是參加過越戰的士兵，因為戰爭的原因得了病，於是又自願參加了這個藥物試驗，變異後仍然服務於軍方……我突然想起，他對愛德華說的那話——「讓我走吧……哪怕看在你兒子的分上……」

因為他們倆吃的，是同一種藥物！

我把那張體檢報告遞給達爾文，他的手開始劇烈地顫抖著。我們都沒有說話，而是看著前排睡著了的迪克。

他枕在椅子上側了側頭，輕輕地咳了一聲。我發現他的頭頂露出了指甲蓋大小的頭皮，被周圍的頭髮巧妙地蓋了過去。

迪克現在的隱身能力、反應速度和敏捷度都已經大大超越了普通人類，可MK-58的副作用像一顆定時炸彈一樣在他的身體裡潛伏著。在未來的某一天，迪克也會變成和約翰一樣的「怪物」……可他現在還渾然不知。

我們該告訴他嗎？我們到底該怎麼辦？

握著那塊身分牌，我呆呆地盯著上面掛著的那張字條，陷入了沉思。

窗外的雨下得更大了。

（未完待續）

逆思流

沒有名字的人3：失落之城

作者／FOXFOXBEE
榮譽發行人／黃鎮隆　總經理／陳君平
協理／洪琇菁　國際版權／黃令歡
執行編輯／呂尚燁　美術主編／李政儀
企劃宣傳／楊玉如、洪國瑋
出版／城邦文化事業股份有限公司　尖端出版
台北市中山區民生東路二段一四一號十樓
電話：（〇二）二五〇〇七六〇〇　傳真：（〇二）二五〇〇二六八三
E-mail：7novels@mail2.spp.com.tw
發行／英屬蓋曼群島商家庭傳媒股份有限公司城邦分公司　尖端出版
台北市中山區民生東路二段一四一號十樓
電話：（〇二）二五〇〇—七六〇〇（代表號）
傳真：（〇二）二五〇〇—一九七九
中彰投以北經銷（含宜花東）／楨彥有限公司
電話：（〇二）八九一九—三三六九
傳真：（〇二）八九一四—五五二四
雲嘉經銷／威信圖書有限公司　嘉義公司
電話：（〇五）二三三—三八五二
傳真：（〇五）二三三—三八六三
客服專線：〇八〇〇—〇二八—〇二八
南部經銷／威信圖書有限公司　高雄公司
電話：（〇七）三七三—〇〇七九
傳真：（〇七）三七三—〇〇八七
香港總經銷／城邦（香港）出版集團有限公司
香港灣仔駱克道193號東超商業中心1樓
電話：（八五二）二五〇八—六二三一
傳真：（八五二）二五七八—九三三七
E-mail：hkcite@biznetvigator.com
馬新經銷／城邦（馬新）出版集團　Cite(M)Sdn.Bhd.
E-mail：Cite@cite.com.my
法律顧問／王子文律師　元禾法律事務所
台北市羅斯福路三段三十七號十五樓
二〇二一年十一月一版一刷

■中文版■

郵購注意事項：
1. 填妥劃撥單資料：帳號：50003021戶名：英屬蓋曼群島商家庭傳媒(股)公司城邦分公司。2. 通信欄內註明訂購書名與冊數。3. 劃撥金額低於500元，請加附掛號郵資50元。如劃撥日起 10～14日，仍未收到書時，請洽劃撥組。劃撥專線TEL：(03) 312-4212 ・ FAX：(03) 322-4621。E-mail：marketing@spp.com.tw

國家圖書館出版品預行編目資料

沒有名字的人3 : 失落之城 ; FOXFOXBEE 著 .
--初版. --臺北市：尖端出版, 2021.11
面 ; 公分. --(逆思流)
譯自:
ISBN 978-626-316-183-2(平裝)

857.7 110016291